# 더블린의 하프

## 아일랜드 문학 읽기

# 더블린의 하프 아일랜드 문학 읽기

초판 1쇄 발행일 2017년 8월 31일
전남대학교 영미문화연구소 편저

**발행인** 이성모
**발행처** 도서출판 동인

주 소  서울시 종로구 혜화로3길 5 118호
등 록  제1-1599호
TEL      (02) 765-7145 / FAX (02) 765-7165
E-mail  dongin60@chol.com
I S B N  978-89-5506-773-6
정 가  24,000원

| 영미문화연구소 총서 002 |

# 더블린의 하프
## 아일랜드 문학 읽기

전남대학교 영미문화연구소 편저

도서출판 ▎동인

■ 이 책은 2017년도 한국연구재단 대학 인문역량 강화사업(CORE) 지원에 의해 출판되었음.

# 시작하는 글

민태운 _전남대 영미문화연구소장

　　우리는 왜 머나먼 서유럽 변방의 한 나라에 눈길을 주었을까, 뒤돌아보고 또 뒤돌아보다 끝내 그 눈길을 거두지 못했을까? 왜 우리와 피부색도 다르고 역사와 문화도 같지 않은 그들에게 연민을 느끼고 공감하며 심지어 동질감마저 느꼈을까? 시에 조금이라도 관심이 있는 사람이라면 예이츠의 시 한두 구절이 못내 잊히지 않고 마음에 부유(浮遊)하여 혹은 가슴에 응어리져 남아 있을 수 있었을 것이다. 아니 최소한 대학 교양영어 과목에서 조이스의 『더블린 사람들』 이야기 하나쯤은 어렴풋이 기억하고 있을 것이다. 예를 들자면 짝사랑하는 소녀의 시니피앙이랄 수 있는 이상화된 애러비를 찾아 떠났지만 파장 무렵 정작 상업적이고 산문적인 건물을 발견한 사춘기 소년이 환멸감을 느끼며 허공을 응시하는 이미지에서 한번쯤 어릴 적 자신의 모습이 중첩되는 경험을 해보았을 수 있을 것이다. 하지만 단지 이런 단편적인 기억과 구절만이 우리를 흡인력 있게 끌어들인 자기장이었다고 말할 수는 없으리라.

　　따지고 보면 서양은 동양에게 제국과 지배, 과학, 이성 등의 의미로 존재했다. 백인은 한때 비백인에게 우월성과 진보의 대명사이었다는 것도 부인할 수 없다. 백인은 죄책감 없이 유색인종에게 인종차별적 시선을 던지기도 했다. 그리하여 서양은 우리에게 멀고 낯설기 만한 그 어떤 것이 아니었던가? 하지만 빈곤과 억압의 삶을 살아온 아일랜드 사람들은 유럽인이자 엄연한 백인이었지만 다른 백인들과 조금 다른 대접을 받았다. 그들은 "유럽의 흑인"이라는 멸시를 받기도 했고 또한 이성보다는 감성이 지배하는 민족으로 묘사되기도 했다. 영국의 산업혁명을 신호로 유럽백인들이 번영을 누리고 다른 인종들이 이미 살고 있는 "새로운" 땅을 "발견하여" 식민지화함으로써 영토를 확장하고 국제적인 세력을 키워가기 시작했을 때 아일랜드는 아직도 농업중심 국가의 신세를 면치 못하고 있었고, 19세기 중반에는 많은 사람들이 감자기근으로 인해 절망적으로 죽음과 이민이라는 막다른 골목에 서 있어야 했다. 그렇다면 아일랜드인은 타자화된 원시적인, 가난한 백인이었을까? 백인 안의 유색인종이었을까?

물론 최근에는 사정이 달라져서 아일랜드가 부유한 유럽 국가들의 모퉁이에 자리 잡기도 했고 이민 떠나는 나라에서 이민 오는 나라가 되기도 했다. 또한 미국 남부로 이민 갔던 아일랜드인들이 보수적인 남부 주민들에게 동화되기 위하여 인종차별주의적인 백인우월주의자들이 되었다는 것도 역사적인 사실이다. 그들 안에 백인우월주의자적인 측면과 억압받는 유색인종적인 측면이 있었던 것일까? 어떤 이유에서건 그들은 우리에게 친근하게 다가왔고 그들의 문화와 역사는 미묘하게 우리의 것과 교차되면서 우리에게 멀리 사는 가까운 친척 같다는 착시현상을 주기도 하였다. 간혹 우리나라를 아일랜드에 비교하면서 아시아의 아일랜드라고 하기도 한다. 그렇다면 아일랜드는 유럽의 한국쯤 되었을까? 지지리 가난했고 이웃 강국의 침범을 밥 먹듯이 당했으며 감성적인 면에서는 누구에게도 지지 않는 그 한국말이다.

아일랜드 문학은 오랫동안 영문학의 범주에 포함되어 왔다. 그럼에도 불구하고 아일랜드 문인들을 영국 문인들과 구분해 주는 것이 있다면 그것은 무엇일까? 지금까지 많은 비평가들이 이 구분의 작업에 뛰어들었지만 시원하게 답해주는 사람을 찾기란 쉽지 않았다. 영어로 쓰인 두 문학 간의 유사점도 적지 않게 발견되기 때문이다. 단순하게 구분해 본다면, 아일랜드에서 태어나고 성장한 작가들이 아일랜드 특유의 문화와 역사의 맥락 안에서 그 장소와 관련하여 글을 쓰기 때문에 아일랜드 작가들의 작품이 영국 작가들의 것과 다를 수밖에 없을 것이다. 예를 들면, 조이스는 더블린에서 태어나 교육받은 후 다른 나라로 망명을 가서 평생을 살다시피 했지만 그는 오로지 더블린에 대해서만 집필하였다. 그는 문예부흥운동에 동조하지 않았고, 「죽은 사람들」의 게이브리엘처럼 그 운동이 영향력을 펼치던 시기에 힘을 얻었던 주장, 즉 시인이 되기 전에 먼저 민족주의자가 되어야 한다는 식의 주장에 동의하지도 않았다. 문학인이 되기 전에 아일랜드인이 되어야 한다는 것은 아일랜드 문학의 민족주의적 특성을 강조하는 것이다. 이러한 입장을 수용하지 않았음에도 불구하고 조이스의 작품에는 아일랜드 특유의 가톨릭 문화, "악몽"의 역사 등이 진하게 스며들어 있다. 하물며 문예부흥운동을 주도하며 아일랜드 특유의 문학을 찾고자 했던 예이츠의 작품이야 말할 필요도 없을 것이다. 1885년에 예이츠는 "민족성 없는 위대한 문학은 없고 문학 없는 위대한 민족성은 없다"고 말한 바 있는 아일랜드 애국자 오리어리(John O'Leary)를 만난 후 "아일랜드" 작가가 되기로 결심했다고 하니 더욱 그렇다.

아일랜드는 독특한 역사와 문화를 지니고 있고 이것이 아일랜드 문학의 특징을 이룬다. 영국제국에 의한 식민 경험은 작가들로 하여금 탈식민적 시각으로 현실을 보게 하였다. 또한 가톨릭이 지배적인 사회에서 억압적인 성(性)은 저항을 불러일으키기까지 하였다. 한때 외설적이라는 이유로 금서목록에 올랐던 『율리시스』의 집필은 성의 억압에 대한 조이스 나름의 저항방식으로도 볼 수 있을 것이다. 한편 식민지 상황에서 독립운동을 위한 비밀 독립 결사체가 생겨났고 이웃/민족을 돈과 지위의 세속적인 보상과 기꺼이 맞바꾸는 배신자/밀고자들도 있었다. 아일랜드 독립 후 영국령에 계속 남아있게 된 북아일랜드의 상황은 소수로 전락한 가톨릭 사회의 입장에서는 식민 상황의 연장으로 볼 수도 있는 것이다. 다수의 신교도측에 대한 IRA의 폭력적 투쟁은 상대편에 의해 테러리즘으로 비난받기도 했고 그들의 비밀스러운 활동이 배신 및 사랑과 얽히면서 가족 및 다른 공동체 안의 불화를 낳기도 하였다. 이러한 상황에서 진실을 말하기란 어려웠고 진실은 자주 왜곡되었다. 또한 1840년대의 대기근이라는 큰 재해는 역사적인 트라우마의 렌즈를 통해 재조명되고 있는 독특한 아일랜드의 과거가 되었다. 이러한 아일랜드적 문화/역사는 다양한 문학작품에서 형상화되어 왔고 본 총서의 각 논문은 주로 이러한 내용을 분석하고 있다.

총서의 필자들은 모두 오래 전 유배지로 각광받았고 빈곤과 차별의 험난한 계곡이 두드러진 삶의 지형이었으며 친절함의 처세술 밑에 숨겨져 있는 저항의 맥박을 생득권처럼 물려받은 전라도 지역에서 태어나 배우고 삶의 일정부분을 보낸 분들이다. 추측컨대 유럽의 흑인이라 불리던 아일랜드인의 굴곡진 과거가 그들에게 좀 더 남의 것처럼 느껴지지 않았을 것이며 소수자로 전락하여 억압을 받는 북아일랜드 가톨릭교도들의 분노에 조금은 더 교감할 수 있었을 것이다. 물론 아일랜드 문학이 독특한 역사와 지역성으로 인해 그 특징이 부각되는 것은 사실이지만, 그럼에도 불구하고 시대를 뛰어 넘어 세계 곳곳의 사람들에게 감명을 주는 것은 그 문학이 지니고 있는 보편성 때문이라는 것을 지적하지 않으면 안 될 것이다.

끝으로, 아일랜드 문학이라는 우산 아래 기꺼이 모여주신 모든 필자들에게 감사드리며, 특히 편집과 수정의 수고를 마다하지 않고 옥고를 내어 주신 전남대 윤정묵 명예교수님과 충북대 윤기호 교수님께 감사드린다.

2017년 7월 24일
민태운

# 차례

He died for love of me | W.B. Yeats

*All I know is a door into the dark*

—Seamus Heaney

# 예이츠와 탈식민주의

● ● ● 윤정묵

　본 논문은 20세기 영문학을 대표하는 시인 가운데 하나인 예이츠(W. B. Yeats, 1865-1939)의 문학세계를 탈식민주의(postcolonialism)의 관점에서 살펴보려고 한다. 즉 예이츠의 시를 탈식민주의 문학의 범위 안에 놓고 그 독특하면서도 다양한 측면들을 살펴보려는 것이다. 예이츠 시의 탈식민주의적 주제와 관련하여 국내 영문학계의 동향을 살펴보면 아직은 이에 대한 연구가 활발하게 이루어지고 있는 것 같지는 않다. 이 점은 외국 영문학계도 마찬가지이다. 다만 근래에 와서 몇몇 중요한 연구 성과들이 나오게 된 점은 주목된다. 이는 이미 1980년대부터 활발하게 이루어져 온 예이츠 시의 정치적 측면에 대한 연구 성과들을 바탕으로 하여 예이츠의 시를 아일랜드의 식민지적 상황과 관련시켜 읽어보려는 시도들이 나타나게 된 것으로 볼 수 있다. 그 대표적인 것들로는 에드워드 사이드(Edward Said)의 「예이츠와 탈식민주의」("Yeats and Decolonization"), 데이비드 로이드(David Lloyd)의 「정치의 시학－예이츠와 정부 수립」("The Poetics of Politics: Yeats and the Founding of the State"), 그리고 데클란 카이버드(Declan Kiberd)의 『아일랜드 만들어내기』(*Inventing Ireland*)를 들 수 있고, 보다 최근에 와서는 자한 라마자니(Jahan Ramazani)의 「W. B. 예이츠 ─탈식민주의 시인인가?」("W. B. Yeats: A Postcolonial Poet?")와, 데보라 플레밍(Deborah Fleming)이 편찬한 책 『W. B. 예이츠와 탈식민주의』(*W. B. Yeats and Postcolonialism*)를 들 수 있다. 하지만 이러한 연구들 대부분이 예이츠만을 단독으로 다루지 않고 탈식민주의 영시 혹은 아일랜드 문학의 일부로 다루고 있는 것을 보면 심도 있게 예이츠 시의 탈식민주의적 성격을 다루고 있다고 보기는 어려울 것 같다. 예이츠만을 다루고 있는 플레밍의 책의 경우에도 여러 평자들의 글을 모아놓은 까닭에 너무 단편적인 인상을 준다. 그럼에도 불구하고 이러한 연구들이 보다 심도 있고 체계적인 연구를 위한 선구자적 역할은 충분히 하고 있는 것만은 분명하다.[1]

예이츠의 시를 탈식민주의 문학의 관점에서 살펴보려는 시도의 첫 번째 근거는 예이츠의 조국 아일랜드가 거의 8세기에 가까운 기간 동안 영국의 식민지였다가 20세기에 들어서서 그 지배로부터 벗어난 최초의 국가라는 사실이다. 물론 아일랜드를 아시아나 아프리카의 제3세계 식민지 국가들과 같은 성격의 국가로 볼 수 있느냐에 대해서 논란의 여지가 없는 것은 아니다. 『아이리쉬 스터디즈 리뷰』(*Irish Studies Review*) 제7권 2호(1999

---

[1] 사이드, 로이드, 카이버드의 글들은 모두 1990년대에 출판되었고, 라마자니와 플레밍의 저서는 2001년에 출판되었다. 플레밍의 저서를 제외하고는 모두 예이츠를 연구의 일부분으로서 다루고 있는 셈인데 각각 Said, *Culture and Imperialism*, 220-38; Llyod, *Anomalous States: Irish Writing and the Post-colonial Moment*,, 59-82,; Kiberd, *Inventing Ireland*, 1-7, 115-29, 162-65, 199-217, 251-59; Ramazani, *The Hybrid Muse: Postcolonial Poetry in English*, 21-48에서 다루고 있다. 이러한 연구들 가운데에서 특히 라마자니의 연구는 단지 한 장(chapter)만을 예이츠에 할애하고 있기 때문에 너무 개괄적인 면이 없지는 않지만 비교적 포괄적이면서도 체계적으로 그의 시의 탈식민주의적 성격을 밝히고 있는 것으로 보인다. 따라서 본 논문은 다른 연구자들보다도 그의 연구에 더 크게 힘입고 있음을 밝혀둔다.

년 8월)가 아일랜드를 탈식민주의 국가로 볼 수 있느냐의 문제를 집중적으로 다루고 있는 것을 보면 이 문제가 관련 학계에서 상당한 비중으로 다루어지고 있음을 말해준다(Fleming 51). 또한 루크 기본즈(Luke Gibbons)가 그의 저서 『아일랜드 문화의 변형』(*Transformations in Irish Culture*)의 서두에서 "아일랜드는 제1세계 국가이지만 제3세계 기억을 가지고 있다."라고 말한 것도 이러한 식민지로서의 아일랜드의 특이성과 그에 따른 논란의 여지를 반영한 것으로 보인다(3). 아일랜드에 대한 이러한 논의는 곧바로 예이츠 시의 탈식민성에 대한 논란으로 이어진다. 앞에서 언급한 사이드, 로이드, 카이버드, 라마자니 등의 비평가들은 아일랜드를 탈식민주의 국가의 범주 안에 놓고 그 맥락에서 예이츠의 작품세계를 논하고 있는 대표적인 예라고 할 수 있다. 그에 반하여, 탈식민주의 문학에 대한 대표적 저술의 하나로 여겨지는 빌 애쉬크로프트(Bill Ashcroft), 개레스 그리피스(Gareth Griffiths), 헬렌 티핀(Helen Tiffin)의 공저 『제국이 답장하다: 탈식민주의 문학의 이론과 실제』(*The Empire Writes Back: Theory and Practice in Post-Colonial Literatures*)는 예이츠나 아일랜드 문학을 전혀 다루지 않고 있다. 다만 탈식민주의 이론이 새로운 관심 분야에 적용될 수 있는 예로서 아일랜드에 대한 연구를 언급하고 그 예로서 카이버드의 연구를 들고 있을 뿐이다(201).

아일랜드와 예이츠 시의 탈식민적 성격에 대한 이러한 논란에도 불구하고, 1172년 당시의 교황인 알렉산더 3세가 영국 왕 헨리 2세에게 아일랜드의 통치권을 승인해준 때부터 1922년 아일랜드 자유정부(Irish Free State)가 수립될 때까지 750여년에 걸쳐 아일랜드가 영국의 식민지였다는 것은 분명한 역사적 사실이다. 또한 그러한 사실이 그의 삶의 초기로부터 후기에 이르기까지 다양한 형태로 아일랜드의 현실을 노래했던 예이츠에게 큰 의미를 가졌으리라는 것은 쉽게 짐작이 간다. 그렇지만 영국의 식민지로서의 아일랜드의 역사적 사실이 예이츠 시의 탈식민주의적 성격을 규정하는 첫 번째 조건이 된다고 하더라도 아일랜드 역사의 어느 시점부터를 탈식민의 시기로 보아야 하는가의 문제가 제기될 수 있다. 왜냐하면 이 문제에 대한 해답 여부에 따라 탈식민주의 시로서의 예이츠의 시의 범위도 결정될 수밖에 없기 때문이다. 만일 탈식민의 개념을 말 그대로 식민 이후 즉 식민지 상태를 벗어나는 것으로 이해한다면 아일랜드가 독립정부를 수립한 1922년 이후에 쓰인 예이츠의 시만이 탈식민주의 시의 범위에 포함될 수 있을 것이다. 그러나 이 경우에 있어서도 보는 관점에 따라 독립정부 수립보다는 그것을 가능케 한 역사적 대사건이었던 1916년의 부활절봉기(Easter Rising)를 탈식민의 시점으로 볼 수 있으며, 또는 실제적으로 아일랜드가 완전한 독립을 이루었다고 할 수 있는 1949년 아일랜드공화국(Republic of Ireland)의 수립이나, 더 나아가 앞으로 북아일랜드까지도 영국의 지배로부터 벗어나 아일랜드 전체가 하나의 국가로 통합하게 될 시점을 탈식민의 시작으로 볼 수 있을 것이다. 그러나 이와는 달리 탈식민의 개념을 확대하여 식민지 상태가 시작된 이후의 모든 시기를 가리키는 것으로 이해한다면 예이츠뿐만이 아니라 아일랜드의 식민지배가 시작되는 12세기 이후의 모든 아일랜드 작가들의 작품을 모두 탈식민주의 문학으로 봐야 한다는 문제가 제기될 수 있다(Ramazani 23).

이러한 점들을 고려할 때 몇몇 비평가들이 탈식민의 개념을 독립 이후 (postindependence)나 식민 이후(postcolonization)의 시기로 한정하는 대신에 반식민, 즉 식민주의에 대한 저항 혹은 반대(anticolonialism)의 개념으로 이해하려고 한 것은 쉽게 수긍이 간다.[2] 이러한 이해의 시도는 독립 이전이

---

[2] 이러한 시도의 가장 대표적인 예로는 헬렌 티핀을 들 수 있다. 그녀는 "Here the post-colonial is conceived of as a set of discursive practices, prominent among which is resistance to colonialism, colonialist ideologies, and their contemporary forms and subjectificatory legacies. The nature and function of this resistance forms a central problematic of the discourse."라고 말하고 있다(Introduction to *Past the Last Post: Theorizing Post-colonialism and*

나 이후에 상관없이 식민 상황에 반대하고 대항하는 작가들의 작품들을 하나의 일관된 관점에서 볼 수 있다는 점 이외에도, 탈식민주의 논의 자체에 정치적 힘을 부여해 줄 수 있다는 점에서도 설득력이 있는 것으로 보인다. 그렇다면 예이츠의 작품은 어느 정도 식민주의에 대한 반대나 저항의 의미를 지니고 있는 것일까? 물론 그것은 예이츠의 삶의 시기에 따라 조금씩 다르게 나타난다고 할 수 있겠지만, 대체적으로 그가 식민지적 상황에서 비롯된 아일랜드인들의 고통과 그에 따른 영국에 대한 증오를 깊이 의식하고 있었음은 분명하다. 이러한 사실은 무엇보다도 그가 세상을 떠나기 2년여 전에 쓴 「나의 작품에 대한 전반적 소개」("A General Introduction for My Work") 안에 잘 나타나 있다.

> '아일랜드인들'은 여러 전쟁들을 통하여 그들의 오래된 '퇴적물'을 보유해 왔는데, 그 전쟁들은 16, 17세기에는 말살을 위한 전쟁이 되었다. 리키가 그의 『18세기의 아일랜드』 첫머리에서 말하듯이, 어떤 민족도 이보다 더 큰 박해를 받지 않았으며, 그 박해는 오늘까지도 완전히 멈춘 것이 아니다. 이러한 과거가 우리들 속에 항상 살아 있으니 어떤 민족도 우리만큼 증오하지는 않으리라. 여러 순간 증오가 나의 삶을 해치고, 그것을 적절하게 표현하지 못한 나의 나약함을 스스로 비난하곤 한다. (*Essays and Introductions* 518-19)

이러한 맥락에서 보면 영국에 대한 저항감이 비교적 적게 나타난 시기라고 할 수 있는 예이츠의 중기, 즉 1903년부터 1916년의 부활절봉기까지의 시기의 경우에도 그 주된 원인은 영국에 대한 저항감 자체가 감소했기 때

---

*Post-modernism*, vii). 마찬가지로 데클란 카이버드 역시 "postcolonial writing does not begin only when the occupier withdraws: rather it is initiated at that very moment when a native writer formulates a text committed to cultural resistance."라고 말하고 있다(6).

문이라기보다는 연극 활동과 몇몇 사건들을 통하여 아일랜드 민족주의자들과 심한 갈등을 겪으면서 아일랜드의 정치적 현실에 대하여 분노와 환멸을 느낀 때문이라고 할 수 있다.

특히 그가 말년에 보여준 반영국적인 태도는 놀라운 것이어서 전반적으로 그에 대하여 곱지 않는 시선을 보내고 있는 코너 크루즈 오브리언(Conor Cruise O'Brien)조차도 "오랫동안 예이츠 안에 잠들어 있던 반영국적인 감정이 1937-1939년 시기에 보다 더 강하게 표현된" 사실을 인정하고 있다(Allison 43). 이 시기의 작품들 가운데에서 오브리언은 「로저 케이스먼트」("Roger Casement"), 「로저 케이스먼트의 유령」("The Ghost of Roger Casement"), 「디 오라히리」("The O'Rahilly"), 「내 주위에 모여라 파넬 지지자들이여」("Come Gather Round Me Parnellites") 등을 예로 들고 있는데, 그 중에서도 특히 『로져 케이스먼트의 유령』을 가장 좋은 예로 보고 있다. 이 작품은 비슷한 제목의 시 『로져 케이스먼트』와 마찬가지로 아일랜드의 민족주의자로서 영국에 대항하여 봉기하고자 독일로부터 무기를 들여오려는 시도를 하다가 발각되어 결국 1916년 영국정부에 의해 처형된 로져 케이스먼트라는 인물을 다루고 있는 시이다. 전체 4연 가운데에서 "가장 난해하면서도 가장 힘 있는"(Cullingford 225) 부분으로 보이는 1연은 그의 영혼의 출현을 묘사하고 있다.

아 저 갑작스런 소리는 무엇 때문이지?
문지방에 서 있는 것은 무엇이지?
존 불과 바다는 친구이니까
바다를 건너오지는 않았겠지.
그러나 이것은 옛날 바다가 아니고
이것은 옛날 바닷가도 아니다.

노호하는 파도 소리 속에 우르릉거리는
저 조롱의 소리는 무엇 때문이지?

로져 케이스먼트의 유령이
문을 두드리고 있네.

O what has made that sudden noise?
What on the threshold stands?
It never crossed the sea because
John Bull and the sea are friends;
But this is not the old sea
Nor this the old seashore.
What gave that roar of mockery,
That roar in the sea's roar?

The ghost of Roger Casement
Is beating on the door.[3]

여기에서 "이것은 옛날의 바다가 아니다"라는 말은 무슨 의미이며, "저 조롱의 소리"가 의미하는 바는 무엇일까? 이에 대하여 오브리언은 케이스먼트가 독일로부터의 도움을 얻으려 했다는 점에 근거하여, 제2차 세계 대전을 앞둔 시점에서 독일의 막강한 공군력이 영국의 해상지배력에 큰 위협이 될 수 있는 상황을 가리키는 것으로 본다. 이렇게 보면 "조롱의 소리"는 곧 독일 전투기들의 소리를 의미할 것이다. 이에 반하여, 컬링포드는

---

[3] *The Collected Works of W. B. Yeats, Volume 1: The Poems*, ed. Richard J. Finneran, 2nd edition (New York: Scribner, 1997), p. 313. 이하 예이츠 시로부터의 모든 인용은 이 시집에 의하며, *CP*로 표기함.

이미 아일랜드가 비록 완전한 것은 아니라 하더라도 독립을 이루었기 때문에 과거에 영국이 누렸던 바다에서의 지배력은 어느 정도 감소할 수밖에 없는 상황을 의미하는 것으로 해석한다. 이는 예이츠 시의 탈식민적 성격의 관점에서 보면 보다 설득력 있는 해석으로 보인다.

다음 연들에서도 영국에 대한 조소와 증오, 특히 영국의 제국주의적 식민정책에 대한 비판과 풍자는 계속된다. 2연에서는 구체적으로 영국의 국가적 근간을 이룬다고 할 수 있는 의회(Parliament), 대영제국(British Empire), 그리스도 교회(Church of Christ) 등을 언급하면서 속으로는 제국주의적 야욕에 의하여 아일랜드를 강탈하면서도 겉으로는 의회민주주의를 가장하며 여러 가지 명분을 내세워 식민정책을 정당화시키는 영국의 위선적인 태도를 조롱하고, 이어 3연에서는 영국의 대표적 식민국가인 인도의 예를 들어 영국의 식민지 경영이 잘못된 인종적 우월감에서 비롯된 것임을 비판하고 있다. 특히 "정직"(honesty)에 대한 언급은, 케이스먼트를 처형하기로 결정한 영국정부가 그에 반대하는 여론을 무마하기  위하여 케이스먼트의 동성애적 행위가 기록된 그의 일기를 유포시킨 사건이 일부 사람들에게 날조된 것으로 의심을 받았던 사실을 암시하면서 결국 영국의 비도덕성을 풍자하기 위함으로 보인다.[4]

예이츠의 반영국적인 정서가 잘 드러나 있는 작품의 예는 후기뿐만 아니라 초기와 중기의 경우에도 쉽게 찾아볼 수 있다. 초기의 경우, 그가 21세였던 1886년에 발표한 시 「두 거인 －정치시」("The Two Titans: A Political Poem")는 영국과 아일랜드 간의 투쟁을 상징적으로 표현한 작품이다. 여기에서 아일랜드는 피를 흘리며 바위에 묶인 젊은이의 모습으로 그려진다.

---

[4] 이러한 의혹을 바탕으로 하여 1936년에 William J. Maloney의 책 *The Forged Casement Diaries*가 출판되고, 예이츠는 이 책을 읽고 분노를 느끼며 케이스먼트에 대한 시들을 쓴 것으로 보인다.

이보다 3년 뒤에 발표된 초기의 대표작 『어쉰의 방랑』(*The Wanderings of Oisin*) 역시 악령(demon)에게 사로잡힌 처녀를 등장시키고 주인공인 어쉰이 그녀를 구하기 위하여 싸우는 것으로 설정함으로써 영국과 아일랜드의 관계를 상징화한다. 또한 초기 예이츠의 민족주의적인 열망이 잘 나타나 있는 시 「다가올 시대의 아일랜드에게」("To Ireland in the Coming Times")는 "아일랜드의 고통을 달래기 위해 노래했던"(That sang, to sweeten Ireland's wrong) 과거의 아일랜드의 시인들과 한 형제로 여겨지기를 바라는 시인의 소망을 보여주고, 「일곱 숲에서」("In the Seven Woods")는 "뿌리 뽑힌 타라와 새로 왕좌에 오른 비속한 자"(Tara uprooted, and new commonness / Upon the throne)의 표현을 통하여 영국에 의한 아일랜드의 강탈과 지배를 노래한다. 앞에서 언급한 것처럼 영국에 대한 반감이 비교적 약하게 나타나 있는 중기의 경우에도, 부활절봉기와 뒤이은 영국과의 전쟁 시기에 쓴 일련의 작품들은 반영국적인 성서를 잘 드러내고 있다. 라마자니는 그러한 작품들의 예로서 「열여섯 명의 사자들」("Sixteen Dead Men"), 「장미 나무」("The Rose Tree"), 「보복」("Reprisals"), 「1919년」("Nineteen Hundred and Nineteen") 등을 들고 있다(25).

이 네 작품 가운데에서 「보복」은 예이츠 시집의 본문에는 수록되어 있지 않고 다만 부록으로만 수록되어 있는 특이한 작품이다. 그레거리 여사(Lady Gregory)의 아들인 로버트 그레거리 소령(Major Robert Gregory)의 죽음을 노래한 이 작품의 내용이 친영국적인 그레거리 소령의 미망인의 마음에 상처를 줄 것을 염려하여 그레거리 여사가 작품의 출판을 만류한 까닭에 그렇게 된 것으로 보이지만, 이러한 과정 자체가 이 작품의 내용이 지니고 있는 과격성을 증명해준다고 할 수 있다. 이 시에서 시인은 제1차 세계 대전 중 이탈리아 전선에서 영국을 위하여 독일군과 싸우다가 전사한 그레거리 소령의 영혼에게 다시 그의 고향인 킬타탄 크로스로 돌아가 그

곳에서 벌어지고 있는 일들을 보면서 자신이 무엇을 위해 싸우다가 죽었는지를 잘 생각해보라고 말한다.

> 그러나 이탈리아의 무덤에서 일어나
> 킬타탄 크로스로 날아가 머무르며
> 그대가 따랐던, 그리고 우리가
> 그처럼 훌륭한 것으로 생각했던
> 그 명분에 대해 다시 생각해보라.

> Yet rise from your Italian tomb,
> Flit to Kiltartan Cross and stay
> Till certain second thoughts have come
> Upon the cause you served, that we
> Imagined such a fine affair: (*CP* 569)

물론 시인이 이렇게 요구하는 것은 아일랜드와 영국 간의 전쟁에서 영국 군들(Black and Tans)이 저지른 만행 때문이다. 그것을 보면 그레거리 소령이 싸웠던 명분이나 그의 희생도 잘못된 것이었음을 그는 깨닫게 되리라는 것이다. 따라서 시인은 이 시의 후반부의 대부분에서 영국군들의 만행을 구체적으로 보여주며, 결국 그레거리 자신도 영국을 위해 싸우다 죽은 다른 아일랜드인들처럼 "속은" 것임을 알게 되리라고 말한다.

> 반쯤 취한 혹은 완전히 미친 군인들이
> 그곳 그대의 소작인들을 학살하고 있다.
> 아직도 그대의 부친을 존경하고 있는 자들이
> 훤히 트인 들판에서 사살당하고 있다.

갓 결혼한 여인들이 이제 어디에 앉아서
애들에게 젖먹일 수 있을까? 무장한 자들이
지나가다가 그들을 죽일 수 있는데도
법도 의회도 전혀 개의치 않는다.
그러니 그대 눈에 흙을 덮고, 속아
죽은 다른 자들과 함께 누워 있으라.

Half-drunk or whole-mad soldiery
Are murdering your tenants there;
Men that revere your father yet
Are shot at on the open plain;
Where may new-married women sit
And suckle children now? Armed men
May murder them in passing by
Nor law nor parliament take heed;--
Then close your ears with dust and lie
Among the other cheated dead. (*CP* 569)

　이처럼 예이츠의 작품들이 드러내고 있는 반영국적인 정서는 그의 문
학세계를 탈식민주의 문학의 범주 안에 포함시키는 데 별다른 문제가 없
는 것처럼 보이게 한다. 그러나 영국과 아일랜드의 관계에 대한 그의 태도
가 그렇게 단순한 것만은 아니라는 사실은 그의 시의 탈식민주의적 성격
에 대한 논의를 복잡하게 만든다. 쉬운 예로서, 앞에서 인용한 바 있는 자
신의 작품에 대한 소개의 글에서 예이츠는 아일랜드인들이 영국으로부터
받은 "박해"를 아일랜드인의 입장에서 강조하여 얘기하면서 동시에 그 대
응이라고 할 수 있는 영국에 대한 "증오"가 자신의 삶에 독약 같은("poisons

my life") 것이었음을 놓치지 않고 지적한다(*Essays and Introductions* 518-19). 그러니까 이 글은 한편으로는 아일랜드인들에게 엄청난 고통과 피해를 가져온 영국에 대한 분노와 증오를 드러내면서 동시에 다른 한편으로는 영국에 대한 증오로부터 벗어나지 못한 채 고갈되고 황폐된 삶을 살아가는 아일랜드인들에 대한 비판적 시각도 간접적으로 드러내고 있는 것이다. 영국에 대한 무조건적인 증오가 아일랜드인들에게 가져온 부작용과 폐해에 대하여 그가 얼마만큼 심각하게 생각하였는가는 다른 여러 산문들이나 시들, 예를 들어 「내 딸을 위한 기도」("A Prayer for My Daughter")나 「1916년 부활절」("Easter 1916") 같은 작품들이 분명하게 보여주고 있다. 이처럼 이중적이면서 상호모순적인 예이츠의 태도는 매우 특징적인 것으로서 그것 때문에 그는 거의 평생에 걸쳐 아일랜드인들, 특히 과격한 민족주의자들과의 갈등을 피할 수 없었지만, 바로 그 점이 그의 문학적 창조의 원동력이 되었다고 할 수 있다.

예이츠 문학의 탈식민적 성격의 측면에서 볼 때, 이러한 예이츠의 이중적이고 상호모순적인 태도는 자연스럽게 그의 작품 안에 탈식민주의 문학의 다양한 측면들이 존재케 한다. 보다 구체적으로 얘기한다면, 그가 기본적으로 영국 낭만주의 시 전통을 따라 시 창작을 하려고 한 점에 있어서는 민족주의 대두 이전의 초기 단계라고 할 수 있는 동화적인(assimilationist) 측면이 엿보이고, 아일랜드의 역사와 신화, 전설, 민요, 그리고 고유한 지명들을 작품에 사용함으로써 식민 이전의 아일랜드의 고유한 과거를 되살리려 한 점에 있어서는 토착적인(nativist) 측면이 드러난다. 또한 그가 이러한 작업을 통하여 아일랜드인들에게 민족적 주체성을 되찾게 하고 영국의 지배로부터 벗어난 새로운 독립국가의 건설을 추구한 점에 있어서는 해방적인(liberationist) 측면이 엿보이지만, 그 반면에 그가 완고하고 폐쇄적인 민족주의를 비판하면서 초민족적인 성향을 보여주고 있는 것은 특히 1960년대 이후의 제3세계 탈식민주의 문학이 보여주고 있는 매우 반어적인(ironical) 측면이 드러난 것이라고 할 수 있다. 이러한 다양한 측면들은 탈식민주의 문학이 시간을 두고 전개되어 오는 과정에서 자연스럽게 형성된 것들이지만 예이츠의 민족주의가 지닌 다양성과 상호모순성 때문에 우리는 그의 작품 안에서 이러한 측면들을 동시에 발견할 수 있는 것이다. 그렇기 때문에 평자에 따라서는 이러한 다양한 측면들 가운데에서 어느 한 측면이 강조되기도 한다. 예를 들어 사이드는 토착적인 측면을, 그리고 카이버드는 해방적인 측면을 강조한다(Ramazani 32-33).

이렇게 보면 예이츠가 보여준 반영국적이고 반식민적인 태도보다는 오히려 영국과 아일랜드에 대한 이중적이고도 상호모순적인 입장과 태도가 그의 문학의 탈식민주의적 성격을 규정하고 있는 것이 아닌가 생각된다. 다시 말해 예이츠의 시가 탈식민주의 문학의 특성을 갖게 된 것은, 그리고 그의 시가 후대의 다른 탈식민주의 시인들에게 선례로서의 의미를 갖게 된 것은, 그가 영국 제국주의에 대항하여 투쟁적인 작품을 썼기 때문이 아니라 오히려 그가 영국과 아일랜드 각각에 대하여 이중적이거나 혹은 양면적인 입장과 태도를 취할 수밖에 없었다는 사실 때문이 아닌가 생각되는 것이다. 이러한 관점에서 흔히 거론되는 것이 잡종성(hybridity)의 개념이다. 일반적으로 말해 탈식민주의 문학이 식민 지배자와 피지배자 사이에 존재하고 있는 것이라면, 그 특징의 하나가 잡종성이라는 사실은 지극히 당연한 것이라고 할 수 있다. 사실 이 잡종성의 개념은 식민자와 피식민자 사이의 불균형과 불평등을 고려치 않음으로써 탈식민성 자체를 비정치화할 수 있다는 위험성에도 불구하고 예이츠를 포함한 탈식민주의 작가들의 복합적인 작품세계를 설명하고 규정하기 위한 보다 효과적인 틀을 제공해줄 수 있다는 점에서 앞에서 살펴본 반식민 개념 못지않게 중요한 개념이라고 할 수 있다.[5] 이미 1980년대에 셰이머스 딘(Seamus Deane)은 예이츠를 비롯한 다른 현대 아일랜드 작가들의 문학이 "전적으로 민족적이지도 식민지적이지도 않고 그 두 개의 잡종이라고 할 수 있는 문화"로부터 나온 것이기 때문에 그들의 작품은 "분명히 아일랜드적이면서도 동시에 그 말 가지고는 정의할 수 없는" 것이라고 말하고 있다(15-16). 보다 최근에 와서 유진 오브리언(Eugene O'Brien)은 한스 홀바인(Hans Holbein)의 유명한 그림 「대사들」("The Ambassadors")에 대한 라깡(Jacques Lacan)의 분석을 예로 들면서 그 그림에 대한 올바른 이해를 위해서 두 개의 서로 다른 시각이 필요한 것처럼 예이츠 시의 탈식민적 성격을 이해하기 위해서는 단순한 하나의 시각만으로는 부족하고 보다 복합적인 시각이 필요함을 강조한다(Fleming 55-56). 라마자니 역시 기본적으로 잡종성의 관점에서 예이츠의 시에 대한 접근을 시도하고 있는 것으로 보인다.

예이츠 시가 지니고 있는 탈식민주의적 복합성 혹은 잡종성은 무엇보다도 먼저 그의 출신 배경에서부터 찾아볼 수 있다. 그는 분명 아일랜드인으로 태어났으면서도 가톨릭을 믿는 대다수의 순수 아일랜드인들과는 달리 그의 조상이 영국에서 건너와 아일랜드에 살면서 프로테스탄티즘을 신봉하는 소위 앵글로아일랜드(Anglo-Ireland) 계층에 속했다. 한마디로 그의 출신 배경부터가 영국과 아일랜드 어느 쪽에도 온전히 속할 수 없는 경계인으로서의 삶을 살 수밖에 없는 운명이었던 셈이다. 자신의 출신 배경, 즉 자신의 조상들에 대한 예이츠의 복합적인 의식은, 유진 오브리언이 날카롭게 지적하고 있는 것처럼(Fleming 57-59), 1914년에 출판된 그의 시집 『책임』(Responsibilities)의 서문 역할을 하고 있는 「서시」("Introductory Rhymes")에 잘 나타나 있다. 시인 자신이 모드 곤에 대한 "열매 맺지 못한 사랑 때문에"(for a barren passion's sake) 아직도 결혼을 하지 못해 자식을 두지 못한

---

[5] 잡종성(hybridity) 개념이 지니고 있는 부정적인 측면에 대해서는 애쉬크로프트, 그리피스, 티핀의 공저 *Post-Colonial Studies: The Key Concepts*, 119쪽 참고.

점에 대해 조상들의 용서를 구하면서도 시(책)를 쓰는 행위를 통해 선조들의 혈통을 이어감으로써 나름대로의 "책임"을 완수하고 있음을 노래하고 있는 이 시는 구체적으로 그의 조상들을 언급하고 있는데, 특히 주목되는 것은 보인강 전투를 언급하고 있는 부분이다.

> 어떤 주사위가 던져지든지 목숨을 바친 군인들,
> 그 네덜란드인이 강을 건널 때 보인강의
> 짠 물 곁에서 제임스와 그의 아일랜드인들을
> 저지했던 버틀러가 혹은 암스트롱가의 선조여.

> *Soldiers that gave, whatever die was cast:*
> *A Butler or an Armstrong that withstood*
> *Beside the brackish waters of the Boyne*
> *James and his Irish when the Dutchman crossed;* (CP 101)

보인강 전투는 아일랜드 역사상 매우 유명한 사건 중의 하나로서 1690년 가톨릭이었던 영국의 제임스 2세가 프로테스탄트였던 네덜란드의 오랜지 공 윌리엄(William of Orange)에게 패배한 전투를 가리킨다. 이 전투의 결과로 인해 그전까지 아일랜드의 지배세력이었던 가톨릭 귀족들은 몰락하게 되고 그 대신 영국에 기반을 둔 프로테스탄트 세력이 아일랜드의 모든 영역을 지배하게 됨으로써 아일랜드의 운명이 완전히 바뀌게 된 대사건이었다(Curtis 270-71).[6] 이러한 역사적 배경을 두고 볼 때, 이 시에서 시인 예이츠가 자신의 조상 중의 누군가가 그 전투에 참가하여 제임스 2세 편이 아

---

[6] 영국과 북아일랜드의 통합의 중요한 계기가 되었던 이 전투의 승리를 기념하기 위하여 오늘날까지도 북아일랜드의 신교도들은 매년 "행진 기간"(marching season) 중 7월 12일(실제 전투가 있었던 날)을 정하여 행사를 갖는다고 한다.

니라 윌리엄 편에 서서 싸웠음을 확실히 밝히고 있는 것은 뜻밖의 일로 보인다. 아일랜드 문예부흥운동을 통하여 아일랜드인들이 민족적 정체성을 되찾고 문화적, 정치적 독립을 이루는데 한몫을 함으로써 아일랜드 민족주의의 시적 대변자가 되기를 원하였던 그가 자신의 가문이 아일랜드의 식민통치 세력과 연계되었음을 밝히고 있기 때문이다.

한 마디로 자신의 혈통 속에서 반아일랜드적인 행위의 흔적을 확인하고 있는 이러한 시인의 제스처는 그의 아일랜드인으로서의 민족적 정체성을 매우 복잡하게 만들고, 나아가 그의 시를 단순하게 반영국적인 탈식민의 범주 안에 두는 것을 어렵게 만든다. 그렇다고 그를 친영국적이고 반민족적인 시인으로 보는 것은 더욱 더 어렵다. 물론 그가 가톨릭 중산층이 주류를 이루는 아일랜드 민족주의자들과의 마찰과 갈등을 겪으면서 자연스럽게 앵글로아일랜드 지배계층과 그들의 전통에 마음이 끌리게 되고 거기에 자신을 일치시키려는 시도를 보여준 것은 사실이다. 그리고 이러한 점 때문에 수많은 아일랜드인들로부터 비난을 받고, 그의 시를 읽고 연구하는 여러 사람들로부터 마찬가지의 비판을 받아온 것도 쉽게 수긍이 간다. 그러나 그가 가톨릭 중산층 아일랜드인들을 비난하면서 그들로부터 멀어져 간 것처럼, 프로테스탄트 앵글로아일랜인들에 대하여서도 마찬가지로 분노하며 그들의 잘못을 날카롭게 지적한다. 그는 아일랜드 프로테스탄트 지배계층이 모든 것을 돈으로만 계산한다("The Irish upper classes put everything into a money measure")고 비판하는가 하면(*Explorations* 82), 심지어 그들이 돈 때문에 아일랜드를 영국에 팔아먹었다고 말하기까지 한다(*Autobiographies* 419). 이처럼 영국과 아일랜드 사이에 끼어 그 어느 쪽에도 온전히 속하지 못한 채 경계인으로서의 삶을 살아야 했던 예이츠의 상황은 그만의 특유한 것이면서도 그 이후의 많은 탈식민주의 작가들이 처했던 상황을 미리 보여준다는 의미에서 매우 전형적인 것이라고 할 수 있다.

예이츠와 그 후의 다른 탈식민주의 작가들 사이의 이러한 유사성은 그들의 출신 배경이나 교육과정 등에만 국한된 것이 아니라 그들이 사용한 언어의 문제에서도 나타난다. 즉 그들이 자국어가 아닌 식민 지배자의 언어인 영어로 글을 쓸 수밖에 없었던 사실은 탈식민주의 문학이 지니고 있는 잡종성의 한 측면을 드러낸다. 이러한 맥락에서 예이츠와 아일랜드어의 부활을 주장하는 자들 사이에 벌어진 논쟁 역시 이후 다른 탈식민주의 작가들의 경우에도 비슷하게 진행됨으로써 선례로서의 의미를 지닌다고 할 수 있다. 1892년 더글러스 하이드(Douglas Hyde)가 그의 유명한 강연인 「아일랜드를 탈영국화시켜야 할 필요」("The Necessity for De-Anglicising Ireland")를 통해서 아일랜드인들을 탈영국화 시키기 위해서는 아일랜드어의 쇠퇴를 막아야 한다고 주장한 데 대하여 예이츠는 이렇게 응답한다.7

> 그렇디면, 우리 민족이 딜영국화할 희망은 없는 것인가? 비록 언어는 영어이지만 그 정신에 있어서는 아일랜드적인 민족 전통, 민족 문화를 세울 수는 없는 것인가? 우리는 하이드박사가 사실 이미 불가능한 것이라고 말한 것을 시도하는 대신에, 옛 문학 가운데 최선의 것들을 그 리듬과 스타일에 있어서 뭐라고 정의하기 어려운 아일랜드적인 성격을 지닌 영어로 옮기거나 다시 이야기함으로써 민족의 삶을 지속시킬 수는 없는 것인가? (*Uncollected Prose by W. B. Yeats* 1:255)

그러니까 아일랜드를 탈영국화시키는 데 있어서 점점 사라져가는 언어인 아일랜드어에만 매달려 그것만이 아일랜드 민족정신을 지키는 길이라고 주장하는 것보다는 과거 아일랜드의 훌륭한 문학작품들과 이야기들을 영

---

7 하이드가 1892년 12월 2일 더블린의 아일랜드 문인협회에서 한 이 강연은 아일랜드어를 되살리기 위한 운동의 시발점이 되었고, 그 결과 다음해에 하이드를 초대 회장으로 한 게일어연맹(Gaelic League)이 탄생했다.

어로 옮기거나 혹은 영어를 사용하면서도 아일랜드의 고유한 정신이 담긴 새롭고도 수준 높은 문학작품들을 만들어 많은 아일랜드인들에게 읽히는 것이 오히려 더 낫다는 것이다. 그리고 그러한 작업은 영어는 영어이되 그 안에 아일랜드적인 리듬과 스타일이 스며들어 있는 영어를 사용함으로써 가능할 수 있다는 의미로 읽힌다.

이러한 예이츠와 아일랜드어의 관계를 다루고 있는 맥크린토크(Cara B. McClintock) 역시 비슷한 시각에서 이 문제를 보고 있는 듯하다. 그녀는 자신의 논문("It will be very difficult to find a definition: Yeats, Language, and the Early Abbey Theatre")에서 예이츠가 특히 애비극장(Abbey Theatre)을 창설하며 아일랜드 극운동에 열심이었던 시기에 "아일랜드의 정신과 이미지"를 되살리려고 노력하면서도 왜 정작 아일랜드어를 배우지는 않았는지, 그리고 그러한 시도들에 대해서 왜 부정적인 태도를 보였는지에 대해 질문을 던지고 있다. 그리고 언뜻 보면 이율배반적으로 보이는 이러한 예이츠의 태도에 대하여 두 가지의 이유를 들고 있다. 먼저 예이츠가 설령 아일랜드어가 부활된다고 해도 "순수한 표현 수단으로서"보다는 "정치적 선전 수단으로서" 작용할 것으로 생각했을 것이며, 이는 이 시기 예이츠를 사로잡고 있었던 "정치를 넘어선 예술"(art over politics)이라는 생각과 맞지 않았을 것이라는 점이다. 또 하나는 예이츠가 특히 이 시기부터 시의 언어로서 사용하고자 했던 "살아있는"(living) 언어의 관점에서 볼 때 아일랜드어는 부적합한 것으로 생각했을 것이라는 점이다. 따라서 그는 그 대안으로서 영어를 사용하되 거기에 아일랜드어의 리듬과 관용적 표현들을 첨가함으로써 아일랜드적인 정신이 깃들게 하는 것, 즉 영어에 아일랜드어의 요소들을 교체해 넣음으로써("relexify English") 영어를 "자기 자신의-그리고 자기 나라의-것으로 주장하려는" 시도를 하게 되었다는 것이 맥크린토크의 주장이다(Fleming 205-218).

어쨌든 아일랜드어와 영어의 사용에 대한 예이츠의 생각과 태도는 영어로 쓰인 아일랜드 문학이 가질 수밖에 없는 탈식민주의적 잡종성에 대하여 그가 긍정적으로 보고 있음을 말해준다. 그러나 다른 한편으로는 그가 아일랜드어의 부흥운동이 가져올 수 있는 정치적 영향력에 대하여 애써 외면하고 있는 것이 아닌가 생각되기도 한다. 말하자면 이러한 그의 태도는 탈식민주의 문학의 잡종성의 개념이 갖고 있는 탈정치화의 위험성을 그대로 보여 주고 있는 듯하다. 그러나 앞에서 인용한 예이츠 자신의 작품에 대한 소개의 글은 영어에 대한 예이츠의 생각과 느낌이 그렇게 단순하고 편안한 것이 아님을 말해준다.

> 그 때 나는 비록 나의 결혼이 나의 직계로는 첫 번째 영국인과의 결혼이지만 모든 나의 가족 이름이 영어로 되어 있다는 것, 그리고 나의 영혼이 셰익스피어에게, 스펜시와 블레이크에게, 아마도 윌리엄 모리스에게, 내가 생각하고 말하고 쓰는 영어에게 빚지고 있다는 것, 내가 사랑하는 모든 것들이 영어를 통해 왔다는 것을 스스로에게 상기시킨다. 나의 증오는 사랑으로, 나의 사랑은 증오로 나를 괴롭힌다. (*Essays and Introductions* 519)

물론 여기에서 예이츠가 자신의 영국 여성과의 결혼, 자신이 시인으로서 성장하는 데 결정적인 영향을 준 영국의 시인들, 그리고 자신이 사용하는 영어의 예를 들어 영어, 그리고 영국적인 것들을 사랑할 수밖에 없는 상황을 얘기하고 있는 것임은 분명하다. 그러나 이미 앞에서 살펴본 바와 같이 아일랜드인들이 그동안 영국의 식민지 지배로부터 겪어온 "말살을 위한 전쟁"과 "박해"에 대한 언급 다음에 곧바로 이 말을 하고 있는 것을 보면, 그의 표현대로 그의 영어에 대한 "사랑"이 영국에 대한 "증오"와 함께 섞여 있음을 웅변적으로 말하고 있는 것이기도 하다.

예이츠의 말대로 이러한 상황은 그에게, 그리고 같은 처지에 있는 다른 아일랜드 문인들에게 엄청난 고통의 원인이었을 것이다. 그러나 그러한 고통스러운 상황은 그로 하여금 영어를 사용하되 그 안에 아일랜드의 혼과 리듬을 불어넣어 진정한 아일랜드적인 민족문학을 창조하게 하였고, 그 결과 아일랜드 문학을 세계적인 수준의 문학으로 끌어올리는 데 기여했다고 볼 수도 있을 것이다. 혹은 다른 각도에서 보면, 아일랜드인이면서도 영어로 써야 한다는 사실에 대한 부담감이 오히려 영어 자체에 대한 관심을 증대시키고, 그 결과보다 뛰어난 영문학 작품의 생산을 가능케 했다고 말할 수도 있을 것이다. 데클란 카이버드가 19세기 아일랜드 사회에서 일어났던 아일랜드어의 급속한 쇠퇴를 영어로 쓰인 아일랜드 문학의 놀라운 성과와 연결시키고 있는 것도 같은 맥락으로 보인다. 그는 비단 작가들만이 아니라 일반 아일랜드인들 모두가 자신들의 영토 안에서 그처럼 빠른 기간 동안에 그처럼 철저하게 자신들의 언어를 내버리고 식민지 지배국가의 언어인 영어를 습득하게 된 사실을 매우 이례적인 것으로 보면서, 이러한 상황이 그들로 하여금 일종의 죄책감("guilt")을 갖게 하여 오히려 더욱 더 영어에 집착하도록 만들고, 그 결과 영어로 쓰인 문학의 놀라운 성과가 가능하였을 것이라고 말하고 있다(649-52).

이처럼 예이츠와 영어의 관계, 혹은 영어에 대한 그의 태도에서 확인할 수 있는 탈식민주의적 특성은 영국 시인들에 대한 그의 태도에서도 확인된다. 그는 자신이 시인으로 성장하는 데 있어서 과거 아일랜드의 시인들보다는 영국 시인들로부터 더 많은 영향을 받았음을 스스로 인정한다. 그렇지만 영국의 대시인들에 대한 그의 태도는 영어의 경우와 마찬가지로 이중적이거나 복합적이다. 예를 들어 그가 "전형적인 영국인"(typical Englishman)이라고 부른 워즈워드(Wordsworth)의 경우, 하이티(Haiti)의 반식민주의 투쟁가였던 프랑스와 도미니크 투생(François Dominique Toussaint)에게는 소네트

("To Toussaint L'Ouverture")를 지어 그의 훌륭함을 기리면서도 같은 해에 처형된 아일랜드의 독립투사 로버트 에메트(Robert Emmet)에 대해서나 몇 해 전에 있었던 1798년의 아일랜드의 봉기에 대해서는 침묵하고 있음을 지적한다. 그러니까 낭만주의 영시의 대가인 워즈워드에 대한 예이츠의 시각 속에는 단순히 후배 시인으로서의 시각만이 아니라 식민지 아일랜드인으로서의 시각이 함께 섞여 있다고 할 수 있다(Essays and Introductions 520).

영국의 시인들에 대한 예이츠의 이중적인 시각은 워즈워드만이 아니라 그 이전의 스펜서(Spenser)나 셰익스피어(Shakespeare) 같은 시인들의 경우에서도 찾아볼 수 있다. 특히 스펜서의 경우는 그가 1580년 아일랜드 총독의 비서로서 임명되면서부터 1599년 죽기 직전까지 아일랜드에 거주하면서 직접적으로 아일랜드의 식민통치에 관여하였다는 점에서 주목된다. 물론 예이츠가 초기에 스펜서로부터 많은 영향을 받았음을 스스로 밝히고 있고, 또한 그의 시선집을 편찬하면서 서문까지 쓴 사실을 보면 그를 위대한 시인으로 생각하고 있음은 분명하다. 그러나 다른 한편으로 예이츠는 스펜서가 아일랜드인들에 대하여 보여주었던 비이성적이고 비인간적인 태도에 대하여 비판을 퍼붓는다. 여기에는 스펜서가 영국 관리의 한 사람으로서 실제로 아일랜드에서 행했던 사실들 외에, 1596년에 『아일랜드의 현 상황에 대한 견해』(A View of the Present State of Ireland)라는 제목의 책을 써서 영국의 무자비한 아일랜드 식민통치를 부추긴 사실도 작용했을 것이다. 사이드의 말대로, "그처럼 인간적인 시인이자 점잖은 신사"(222)인 스펜서가 바로 이 책에서 아일랜드인들은 야만인들이기 때문에 모두 말살시켜야 한다고 당당하게 건의하고 있는 것을 보면, 아일랜드 시인인 예이츠가 어떻게 느꼈을 것인가는 충분히 짐작이 간다. 스펜서의 생애와 시에 대한 글에서 예이츠는 이렇게 적고 있다.

히스테리 환자처럼 그는 불충분한 전제의 내장으로부터 복잡한 비인간적 논리의 거미줄을 이끌어냈다. 즉, 엘리자베스의 것 말고는 어떤 권리도, 법도 없었고, 그녀에게 반대하는 것들은 모두 신에게, 문명에게, 그리고 전해져 내려온 모든 지혜와 예의범절에게 반대하는 것이어서 말살되어야 했다. (*Essays and Introductions* 361)

이어 예이츠는 스펜서 자신의 글을 인용해가면서 그의 생각이 엘리자베스 여왕에 대한 충성과 그녀가 상징하고 있는 영국의 제국주의적 이데올로기에 대한 맹신으로 얼마나 왜곡되어 있는가를 폭로한다.

더욱 더 중요한 것은, 예이츠의 비판이 단순히 스펜서의 인간으로서의 잘못에만 국한되지 않고 시인으로서의 잘못으로까지 확대되고 있다는 점이다. 예이츠는 만일 스펜서가 영국 관리로서가 아니라 진정한 시인으로서 아일랜드의 삶을 체험하였더라면 아일랜드의 아름다운 자연이나 풍부한 문학전통으로부터 크게 도움을 받을 수 있었을 것이고, 그만큼 더 위대한 시를 쓸 수 있었을 것이라고 말한다.

스펜서가 아일랜드에 대해 쓸 때 그는 관리로서, 그리고 국가에 의해 조직된 생각과 감정으로 쓴 것이다. 그는 단지 보도록 요구된 것들만을 본 수많은 영국인들 가운데 처음이었다. 만일 그가 그곳에 시인으로서만 갔더라면, 그는 그곳의 시인들 사이에서 심지어 페드리아와 애크래시아의 섬들보다도 더 놀라운 상상력을 발견하였을 것이다. (*Essays and Introductions* 372)

이처럼 예이츠가 스펜서에 대하여 한편으로는 그의 시의 위대함을 인정하면서도 다른 한편으로는 그의 한계점을 함께 읽어내고 있는 것은 물론 그 자신이 아일랜드인이면서도 영국시의 전통에 자신을 내맡길 수밖에 없었던, 한마디로 경계인으로의 삶을 살아야 했던 탈식민주의적 상황 때문인 것이다.

이러한 사실은 셰익스피어의 경우에도 그대로 해당된다. 라마자니의 견해에 따르면, 예이츠는 셰익스피어를 피식민자들의 편으로 끌어 온다. 이는 간혹 셰익스피어의 작품들이 대영제국을 정당화시키기 위하여 사용 된 것과는 대조적이라고 할 수 있다. 그 예로서 라마자니는 예이츠의 시 「한 아일랜드 비행사가 자신의 죽음을 예견하다」("An Irish Airman foresees his Death")와 「옥돌」("Lapis Lazuli")을 들고 있다. 「한 아일랜드 비행사가 자 신의 죽음을 예견하다」는 앞에서 살펴본 「보복」과 마찬가지로 그레거리 부인의 외아들로서 제1차 세계 대전에 참전하여 이탈리아에서 사망한 로 버트 그레거리 소령을 다루고 있는 작품이다. 여기에서 시인은 그레거리 소령을 전쟁터로, 그리고 죽음으로 몰아간 것은 무엇이었을까를 생각하며 나름대로 그의 마음을 헤아려보는 듯하다. 그리고 직접 그레거리 소령의 입을 빌려 그가 싸움터에 나선 것은 독일군을 증오하거나 영국군을 사랑 해서가 아니며, 그렇다고 그의 고향 아일랜드 킬타탄의 가난한 농부들을 위한 것도 아님을 말하고 있다.

> 내가 싸우는 자들을 증오하지 않으며
> 내가 지키는 자들을 사랑하지 않는다.
> 내 고향은 킬타탄 크로스,
> 내 동포는 킬타탄의 가난한 자들,
> 어떤 종말도 그들에게 상실을 가져오거나
> 전보다 더 행복하게 하지는 않을 것이다.

> Those that I fight I do not hate,
> Those that I guard I do not love;

My country is Kiltartan Cross,

My countrymen Kilrartan's poor,

No likely end could bring them loss

Or leave them happier that before. (*CP* 135)

이어 시인은 어떤 법도, 의무도, 정치적 계산도 아닌, 다만 "어떤 환희의 외로운 충동"(A lonely impulse of delight)만이 그를 죽음으로 이끌었을 뿐이라고 말한다. 이 시가 표현하고 있는 그레거리 소령의 이러한 모습은 매우 "셰익스피어적인" 인물로서 바로 탈식민주의적 인물의 전형적인 모습으로 볼 수 있다는 것이 라마자니의 생각이다(40).

　　마찬가지로 라마자니는 「옥돌」에 대해서도 탈식민주의적 해석이 가능하다고 말하고 있다. 이 시는 예이츠의 후기 시의 중심적 주제 가운데 하나인 "비극적 환희"(tragic joy)를 다루고 있는 대표작으로서 자주 거론되는 작품이다. 이 작품에서 시인 화자는 전쟁으로 인한 죽음과 파괴의 공포 앞에서 인간이 현명하게 대처할 수 있는 길을 가르쳐주는 것은 바로 셰익스피어 비극의 주인공들임을 말하고 있다. 즉 어떠한 비극적 상황에서도 항상 "즐거운"(gay) 모습을 보여주는 그들이야말로 실제 삶 속에서 전쟁이 가져오는 비극적 상황에 직면한 인간들에게는 하나의 모범이 될 수 있는 인물들이라는 것이다. 셰익스피어의 인물들에 대한 시인화자의 이러한 인식은 곧바로 모든 "옛 문명들"에 대한 그의 깨달음으로 이어진다,

　　걸어서 그들은 왔다, 혹은 배를 타고,

　　낙타를 타고, 말을 타고, 나귀를 타고, 노새를 타고,

　　칼끝에서 죽임당한 옛 문명들.

　　그리고 그들과 그들의 지혜도 멸망했다.

On their own feet they came, or on shipboard,

Camel-back, horse-back, ass-back, mule-back,

Old civilizations put to the sword.

Then they and their wisdom went to rack: (*CP* 301)

사실 역사상의 많은 전쟁들이 제국주의 전쟁이고, 그 결과로 생긴 수많은 문명들 역시 그러한 전쟁의 결과로 멸망해가는 것이 역사의 법칙이라고 한다면, 이에 대한 화자의 인식과 발언은 곧 모든 제국주의적 문명과 그 정치적 이데올로기에 대한 시인의 비판적이고도 회의적인 시각을 드러낸 것이고, 그러한 의미에서 그것은 탈식민주의적이라고 할 수 있다. 여기에서 흥미로운 것은 예이츠가 그러한 탈식민주의적 시각을 표현하는 데 바로 식민지 종주국인 영국의 작가 셰익스피어의 작품들을 이용하고 있다는 점이다. 심지어 라마자니는 예이츠가 "아일랜드는 영국보나 더 오래 셰익스피어 연극의 율동적인 대사를 간직해왔다"라고 말한 것을 예로 들어, 예이츠가 영국이 아니라 오히려 아일랜드를 셰익스피어의 진정한 계승자로 보고 있음을 말하고 있다(40).

지금까지 살펴본 바와 같이 예이츠의 출신 배경에서부터, 그가 사용한 언어, 그리고 그가 물려받은 문학 전통에 이르기까지 많은 요인들을 통하여 탈식민주의 문학의 특성인 잡종성의 근거를 확인할 수 있다면, 그의 시의 여러 형식적 요인들 가운데에서 잡종성의 특성을 확인해 보는 일은 그에 못지않게 중요하고 의미 있는 일로 여겨진다. 이러한 맥락에서 우리는 먼저 예이츠에 시에 나타난 지명들, 특히 아일랜드의 고유한 지명들에 대해 생각해볼 수 있다. 시 작품 안에서 구체적인 지역 혹은 장소를 거명하며 그에 대한 감회를 표현하는 것은 초기 낭만주의 시의 일반적인 특징이지만, 예이츠가 영국의 스노우던산(Mount Snowdon) 대신에 아일랜드의 벤

불벤(Ben Bulben)산을 사용하는 식으로 낭만주의 시를 아일랜드의 땅과 그 자연풍경에 "부착시키거나"(attach) 혹은 "결합시킨"(marry) 것은 곧 자신이 물려받은 영국 낭만주의 시 전통을 "탈영국화하려는"(de-Anglicize) 것이라고 할 수 있고(Bornstein 237-39),[8] 이러한 의미에서 그것은 "동시에 문학적이면서 정치적인 제스처"이다(Deane 13). 제국주의의 식민 정책 자체가 타인의 영토를 강제적으로 강탈한 것이라고 한다면 그에 대응하는 탈식민주의 문학에 있어서 영토, 자연풍경, 혹은 지명 등이 정치적으로 중요한 의미를 갖게 된 것은 당연하다고 할 수 있다. 예이츠 자신도 어떤 민족의 시인에게 있어서 땅과 자연은 단순한 객관적 사물로서만 존재하는 것이 아니라 민족의 역사적 삶과 정서가 스며있는 곳으로서 존재하기 때문에 "그의 시는 마치 거울처럼 자기 나라의 기후와 경치들을 적절하게 비추고 있어야 한다."라고 말하고 있다(*Essays & Introductions* 5). 이러한 관점에서 보면, 그의 초기 시 가운데 몇 작품만 살펴보아도 얼른 눈에 띄는 여러 아일랜드의 지명들은 단순히 어떤 장소를 가리키는 기능만을 하는 것이 아니라, 동시에 영국의 식민 지배를 받아온 아일랜드의 역사와 그 안에서 살아온 아일랜드인들의 삶과 정서를 환기시켜 준다는 의미에서 반영국적이고 반식민적인 정치적 기능까지를 수행하는 것이다. 바꿔 말하면 그 지명들의 사용은 결국 영국에 의하여 빼앗긴 땅과 주권을 되찾고 아일랜드의 정체성을 회복하고자 하는 탈식민적 의지의 반영인 셈이다. 군사적으로나 정치적으로는 불가능한 일을 시적 상상력을 통하여 이루어보려는 것이다.[9]

---

[8] Bornstein에 의하면, 이러한 "탈영국화"의 시도에도 불구하고 예이츠의 초기 시는 매우 애매한("ambivalent") 상태로 존재하는데, 그것은 그가 아일랜드의 땅과 영국의 문학전통 모두에게 "이중의 충성"(a double allegiance)을 바치고 있기 때문이다(240).

[9] 이러한 지명들의 예를 든다면, 영문학을 전공하지 않는 일반인들에게도 전혀 낯설지 않는 Innisfree("The Lake Isle of Innisfree")를 비롯하여, Sleuth Wood, Rosses Point, Glen-Car("The Stolen Child"), Drumhair, Lissadell, Scanavin. Lugnagall("The Man who dreamed

이처럼 아일랜드의 지명의 사용이 영국에 의하여 강점된 영토의 회복과 영국의 시 전통에 의하여 상실되어가는 시적 공간의 확보를 추구하는 것이라는 점에서 탈영국과 탈식민의 의미를 갖는 것은 분명하다. 그러나 다른 한편으로 보면 예이츠가 사용한 지명들은 고유한 아일랜드어의 지명을 영어로 표기한 것들일 뿐이다. 예를 들어 "Drumcliff"과 "Ben Bulben"은 각각 "Drom Cliabh"와 "Benn Gulban"이라는 아일랜드어가 영어로 표기된 것이다(O Hehir 93). 이러한 점에서 보면 아일랜드의 지명들의 사용 역시 앞에서 살펴본 바와 같은 잡종성의 표현이라고 할 수 있다. 예이츠 시의 아일랜드 지명들이 드러내고 있는 이러한 잡종성은 더 나아가 아일랜드 밖의 다른 지명들의 경우에서도 찾아볼 수 있다. 예이츠가 아일랜드의 자연과 그곳에 스며들어 있는 아일랜드인들의 삶과 정서를 노래하고자 노력한 시인임에는 틀림없지만, 그럼에도 불구하고 그의 시는 「비잔티움으로의 항해」("Sailing to Byzantium")에서처럼 아일랜드 밖의 여러 곳, 즉 그리스, 로마로부터 터키, 이집트, 인도를 거쳐 중국과 일본에까지 이르는 상상의 "항해"를 보여준다. 물론 이러한 상상의 "항해"는 단순히 공간적인 것만이 아니라 시간적으로는 먼 과거로의 여행이기도 하지만, 어쨌든 아일랜드의 지리적 경계선을 넘어 밖으로 나아가고자 하는 예이츠의 시적 제스처라고 할 수 있다. 그리고 그것은 아일랜드의 고유한 지명의 경우와 마찬가지로 아일랜드의 식민지적 상황에 대한 시인의 반대적 대응, 즉 그러한 제스처를 통하여 영국 제국주의의 억압과 구속으로부터 벗어나고자 하는 탈영국적 의도의 표현이라고 할 수 있다. 그러나 그것이 동시에 탈아일랜드적인 것이기도 하다라는 측면에서 보면 역시 잡종성의 표현으로 볼 수 있다.

예이츠 시의 지리적 공간의 사용에 드러난 잡종성은 그대로 신화의 사

---

of Faeryland"), Cummen Strand, Knocknarea, Cloth-na-Bare("Red Hanrahan's Song about Ireland") 등을 들 수 있다.

용에서도 드러난다. 그의 시, 특히 초기 시가 아일랜드의 신화와 전설 등을 사용하여 이루고자 했던 것은 아일랜드의 지명의 사용의 경우와 같다고 할 수 있다. 이 점은 아일랜드의 고유한 지명을 사용하고 있는 시들, 예를 들어 「잃어버린 아이」("The Stolen Child")나 「요정의 나라를 꿈꾼 남자」("The Man who dreamed of Faeryland") 같은 작품들이 아일랜드의 신화나 전설적인 내용을 다루고 있는 사실에서도 알 수 있다. 한 마디로 그는 아일랜드의 신화나 전설을 사용함으로써 자신이 물려받은 영시의 낭만주의 전통을 아일랜드화한 것으로 볼 수 있다. 그러한 의미에서 그것은 탈영국적이고 탈식민적인 것임이 분명하다. 그러나 그에 못지않게 그의 시는 아일랜드 밖의 다른 문화권의 신화들, 그리스·로마와 유대·기독교의 신화와 전설을 사용한다. 그의 초기의 유명한 시 「사랑의 슬픔」("The Soroow of Love")에서 영원한 미의 화신이라고 할 수 있는 대표적인 아름다운 여성은 아일랜드 신화의 데어드르(Deirdre)와 그리스 신화의 헬렌이다. 또한 자신의 결혼 이후의 변화된 심경을 노래하기 위하여 솔로몬(Solomon)과 시바(Sheba)의 여왕의 이야기를 가져온다. 아일랜드 신화와 전설의 시적 표현을 통하여 민족주의 문학의 가능성을 모색하는 듯한 제스처를 보여준 시인이 그 경계를 벗어나 전지구적 탐색을 수행하는 것은 일견 모순된 것처럼 보이지만, 이 점 역시 그의 시의 탈식민주의적 잡종성의 일면으로 이해된다.

　이처럼 지리적 공간의 탈경계화나 신화적 내용의 혼용 등을 통해서 확인해볼 수 있는 예이츠 시의 탈식민적 특성은 보다 기본적인 시 형식의 차원에서 검토될 수 있다. 기본적으로 스펜서나 셸리(Shelley) 등의 영국 시의 전통에서 출발한 예이츠는 자신의 초기 시가 그 형식에 있어서 지나치게 영국 시의 전통, 특히 낭만주의 전통에 의존하고 있다는 사실을 깊이 인식하고 그것으로부터 벗어날 수 있는 길을 모색했던 것으로 보인다. 다시 말해서, 여러 가지 요인에 의하여 어쩔 수 없이 영국 시의 전통을 자신의 것으로 받아들이면서도 아일랜드 시인으로서 자신이 다루고자 하는 아일랜드적인 주제의 표현을 위해서는 영국 시의 전통적인 형식이 적절치 못한 것임을 느꼈던 것으로 보인다. 이러한 예이츠의 인식은 그의 산문 가운데에서 쉽게 찾아볼 수 있다.

> 몇 년 뒤 『어쉰의 방랑』을 끝냈을 때, 나는 그 작품의 황색과 흐릿한 녹색, 낭만주의 운동으로부터 물려받은 그 모든 과다한 색깔들이 마음에 들지 않아 의도적으로 나의 스타일을 바꾸면서, 의도적으로 차가운 빛과 굴러 떨어지는 구름들과 같은 인상을 추구하였다. 나는 전통적인 은유들을 버렸고, 나의 리듬을 느슨하게 했으며, 내가 알고 있는 모든 인생론이 우리 것이 아닌 영국적인 것이라는 사실의 인식 아래 내 자신이 차가운 것으로 묘사하는 그런 감정을 가지고 가능한 한 감정적이 되었다. (*Autobiographies* 86)

이 글에 나타난 바와 같은 예이츠의 인식과 그에 따른 새로운 형식의 모색의 결과 예이츠는 영시의 전통적인 형식으로부터 완전히 벗어나지는 않으면서도 그보다 활기차고 다양한 리듬을 갖는 새로운 그만의 형식을 만들어냈다고 할 수 있다. 그리고 이처럼 영국의 전통적인 시 전통으로부터 물려받은 형식과 그것으로부터 벗어난 자신의 독창적인 형식 사이에서 균형을 이루며 시의 활로를 찾고자 한 것은 분명 탈식민주의적 잡종성의 표현으로 볼 수 있을 것이다.

　시의 형식과 관련하여 예이츠의 시가 보여주고 있는 탈식민주의적 특성은 시의 리듬만이 아니라 시어와 구문의 선택에서도 드러난다. 그는 자신의 작품에 대한 소개의 글에서, 자신의 마음에 드는 언어를 만들어내기 위하여 "워즈워드가 생각하듯이 흔히 사용되는 말들"이 아니라 "힘과 열정이 넘치는 구문과, 마침표와 시연의 완전히 일치"를 추구하였다고 밝히면서, 그 점에 있어서 자신의 시 형식이 영시의 흐름을 선도했다고 말하고 있다(*Essays and Introductions* 521-22). 이는 그가 영시의 전통 안에서 시를 쓰되, 보다 철학적이고 문어체 위주의 전통적인 영국 시 형식보다는 아일랜드 대중들이 실제로 사용하는 언어, 즉 정상적이면서도 생생한 감정이 스며들어 있는 시어와 문체를 사용함으로써 새로운 스타일의 시를 쓰려 했던 것으로 볼 수 있다. 이러한 시도의 이면에는 영국의 경우와는 달리 아일랜드인들의 삶과 문화 속에 아직도 민중적인 전통이 살아 있다는 인식이 크게 작용하였을 것이다. 어쨌든 이러한 예이츠의 생각과 시도는 그의 시가 식민지 종주국인 영국의 영향을 일방적으로 받은 것으로부터 탈피하여 아일랜드적인 요소가 가미된 새로운 형식을 갖도록 했고, 결과적으로 그를 위대한 시인으로 만든 중요한 요인이었다고 할 수 있다.

여러 측면에서 탈식민주의 문학의 잡종성과 예이츠 시의 형식상의 특성을 관련시키고 있는 라마자니는 예이츠가 즐겨 쓴 주된 장르라고 할 수 있는 서정시의 경우에 전통적인 영국 시인들의 작품들보다 짧고 간결하게 쓴 사실에 주목한다. 즉 예이츠가 즐겨 쓴 서정시들의 이러한 형식상의 특징은 그가 영국시의 전통을 따르면서도 그것과는 차별화된, 보다 아일랜드적인 특성을 지닌 형식을 추구한 결과라는 것이다. 이러한 견해에 대한 뒷받침으로 그는 예이츠가 「나의 작품에 대한 전반적 소개」에서 "영국인들의 마음은 명상적이고, 풍부하고, 신중하다. 그것은 탬즈강 계곡을 기억하고 있을지도 모른다. 나는 모든 발언이 짧고 집중적이며 극적 긴장감으로 꽉 짜인 짧은 서정시들이나 시극을 쓰려고 마음먹었다."라고 밝히고 있음에 주목한다(*Essays and Introductions* 521). 예이츠가 그의 시 「무절제한 발언에 대한 후회」("Remorse for Intemperate Speech")에서 "아일랜드로부터 우리는 왔다./ 커다란 증오, 비좁은 공간이/ 처음부터 우리를 망쳐 놓았다."(Out of Ireland have we come./ Great hatred, little room,/ Maimed us at the start.)라고 노래한 것처럼, 단순히 자연 환경뿐만 아니라 그 안에서의 인간의 삶 역시 오랜 기간의 영국의 식민통치로 인하여 고단하고 답답했음이 분명한 아일랜드 출신의 시인으로서 그는 분명 전통적인 영시의 형식과는 다른 보다 간결하면서도 촘촘하고 팽팽한 시 형식을 선호했을 법하다.

이러한 예이츠 시의 스타일상의 특징은 곧 그의 시에 나타난 이미지나 상징에 있어서도 마찬가지라고 할 수 있다. 예이츠가 그의 시에서 사용하고 있는 이미지들과 상징들은 많은 경우에 있어서 영국 혹은 유럽적인 것이면서도 동시에 아일랜드적인 의미를 갖는다. 즉 그는 영국 혹은 유럽문학의 전통으로부터 이미지들을 가져와 사용하면서도 그것들을 아일랜드적인 맥락에서 새롭게 이해하고 해석한다. 그 결과 그 이미지들이 보다 다양하고도 독특한 의미를 갖게 됨은 물론이다. 대표적으로 초기 시에 자주 나오는 장미의 이미지라든가 후기 시의 탑(tower)의 이미지가 그 좋은 예가 될 것이다. 그의 초기 시에서 점점 복잡한 의미의 상징으로 나타나기 시작한 장미의 이미지에 대하여 제파레스(A. Norman Jeffares)는 예이츠가 영국 시인들의 영향과 함께 아일랜드의 시인들의 영향을 받았음을 지적하고 있다. 즉 장미의 이미지가 아름다운 여인, 혹은 영원한 아름다움의 상징으로 사용되어 온 영시의 전통과 함께, 그것이 아일랜드를 가리키는 상징으로 사용되어 온 아일랜드 문학의 전통이 함께 예이츠에게 영향을 끼쳤다는 것이다. 이러한 맥락에서 제파레스는 예이츠 시의 장미가 영원한 아름다움을 상징하면서 동시에 그가 사랑했던 여인 모드 곤(Maud Gonne)과, 그녀를 통하여 아일랜드를 함께 상징한다고 말하고 있다(21-23).

이처럼 영국 혹은 유럽 문학에서 전통적으로 사용되어 온 시적 이미지가 아일랜드적인 맥락에서 새로운 의미의 확장을 이루고 그와 함께 복합성을 얻게 되는 것은 탑의 경우도 마찬가지다. 예이츠가 1928년에 출판한 시집 『탑』(*The Tower*)과 그에 이어 1933년에 출판한 시집 『나선 계단과 기타의 시들』(*The Winding Stair and Other Poems*) 모두에서 그 제목에서부터 여러 시편에 이르기까지 중심적인 상징으로 사용하고 있는 탑의 이미지는 장미의 이미지와 마찬가지로 영국은 물론 범유럽적, 혹은 범세계적 보편성을 갖고 있는 상징적 이미지라고 할 수 있다. 그러나 예이츠 시에 있어서 그것은 실제로 아일랜드 서부의 골웨이(Galway) 근처에 존재하고 있는 구체적 건축물인 발릴리탑(Thoor Ballylee)과 연결된다. 이 탑은 역사적으로 아주 오래된 노르만(Norman) 시대에 군사적인 수비의 목적으로 세워진 것으로서 1917년 초 예이츠가 아일랜드 정부로부터 구입하여 대대적인 수리를 한 후 주로 여름철에 거주함으로써 그의 실제적인 주거지가 된 동시에 그의 시에 있어서도 중요한 이미지의 하나로 자리 잡게 된 것이다. 한 마디로 앞에서 살펴본 장미의 이미지와 마찬가지로 탑의 이미지가 지니고 있는 범세계적이고 보편적인 의미 위에 특별히 발릴리탑이 지니고 있는 아일랜드의 오랜 역사와 시인 자신의 개인적 삶의 의미가 중첩됨으로써 훨씬 더 강력하고도 심오한 상징으로서의 기능을 하게 된다고 할 수 있다. 이처럼 예이츠는 그의 주된 이미지들을 사용함에 있어서 지나치게 유럽 혹은 세계적인 맥락이나 아일랜드적인 맥락에 치우치지 않고 그 양자를 혼용함으로써 탈식민주의적 잡종성의 일면을 드러내고 있는 것으로 보인다.

지금까지 간략하게나마 예이츠 시의 탈식민주의적 성격과 의미에 대하여 살펴보았다. 그의 출신 배경에서부터 그가 물려받은 문학적 전통, 그가 사용한 언어, 그리고 그의 시의 여러 형식적 특성들에 이르기까지 다양한 측면에서 탈식민주의적 요소들을 살펴본 셈이다. 이는 아일랜드의 탈식민적 성격에 대한 논란에도 불구하고 예이츠의 시가 탈식민주의 문학의 범위 안에 포함될 수 있음을 말해주는 것이기도 하다. 비록 아직까지는 이에 대한 연구가 미미한 수준에 머물고 있는 것이 사실이지만, 앞으로 탈식민주의 소설의 경우와 마찬가지로 활발하게 이루어지리라 생각된다. 예이츠 연구의 큰 맥락에서 보면, 예이츠 시의 탈식민주의적 성격에 대한 고찰은 그동안 많은 예이츠 학자들에 의하여 시도되어 온 예이츠와 아일랜드의 복잡한 관계에 대한 연구에 또 하나의 새로운 시각을 제공할 뿐만 아니라, 한 걸음 더 나아가 그의 시세계를 후대의 탈식민주의 시인들과 연결시킴으로써 그의 영향력이 아일랜드나 영국 문학의 범위를 뛰어넘어 아시아·아프리카 문학의 영역에까지 확대되고 있음을 밝히는 데에도 도움을 줄 것이다. 이러한 맥락에서 나이지리아 출신의 대표적 탈식민주의 소설가인 치누아 아체베(Chinua Achbe)의 소설 『붕괴』(*Things Fall Apart*, 1958)가 그 제목을 예이츠의 시 「재림」("The Second Coming")의 첫 행인 "만물은 흩어지고, 중심이 안 잡히고"(Things fall apart; the center cannot hold)로부터 가져왔다는 사실은 시사하는 바가 크다고 하겠다.

Adam, Ian and Helen Tiffin, ed. *Past the Last Post: Theorizing Post-colonialism and Post-modernism.* Calgary: U of Calgary P, 1990.

Bornstein, George. "Romancing the (Native) Stone: Yeats, Stevens, and the Anglocentric Canon." *Yeats's Political Identities: Selected Essays.* Ed. Jonathan Allison. Ann Arbor: The U of Michigan P, 1996. 235-52.

Ashcroft, Bill, Gareth Griffiths and Helen Tiffin. *Post-Colonial Studies: The Key Concepts.* London: Routledge, 1998.

_____. *The Empire Writes Back: Theory and Practice in Post-Colonial Literatures.* 2nd ed. London: Routledge, 2002.

Cullingford, Elizabeth. *Yeats, Ireland and Fascism.* New York: New York UP, 1981.

Curtis, Edmund. *A History of Ireland.* London: Routledge, 1992.

Deane, Seamus. *Celtic Revivals: Essays in Modern Irish Literature, 1880-1980.* London: Faber, 1985.

Fleming, Deborah, ed. *W. B. Yeats and Postcolonialism.* West Cornwall: Locust Hill Press, 2001.

Gibbons, Luke. *Transformations in Irish Culture.* Notre Dame: U of Notre Dame P, 1996.

Jeffares, A. Norman. *A New Commentary on the Poems of W. B. Yeats.* London: Macmillan, 1984.

Kiberd, Declan. *Inventing Ireland: The Literature of the Modern Nation.* London: Vintage, 1996.

Lloyd, David. *Anomalous States: Irish Writing and the Post-Colonial Moment.* Durham: Duke UP, 1993.

Loomba, Ania. *Colonialism/Postcolonialism.* London: Routledge, 1998.

O Hehir, Brendan. "Kickshaws and Wheelchairs: Yeats and the Irish Language." *Yeats: An Annual of Critical and Textual Studies* 1 (1983): 92-103.

Ramazani, Jahan. *The Hybrid Muse: Postcolonial Poetry in English.* Chicago: The U of Chicago P, 2001.

Said, Edward W. *Culture and Imperialism.* New York: Vintage Books, 1994.

Yeats, W. B. *Autobiographies*. London: Macmillan, 1955.

_____. *Essays and Introductions*. New York: Macmillan, 1961.

_____. *The Poems*. Ed. Richard J. Finneran. 2nd edition. New York: Scribner, 1997. Vol. 1 of *The Collected Works of W. B. Yeats*.

Young, Robert J. *Postcolonialism: A Very Short Introduction*. Oxford: Oxford UP, 2003.

※ 이 글은 「예이츠와 탈식민주의」, 『한국예이츠저널』 28 (2007): 113-144쪽에서 수정 · 보완함.

# 죽음에서 죽음으로
# —셰이머스 히니의 『인간 사슬』

●●● 김은영

## 1. 히니의 마지막 시집, 『인간 사슬』

어떤 예외도 없이, 모든 인간에게 공통적인 사실은 무엇일까? 그것은 바로 죽는다는 것이다. 누구나 죽고, 죽지 않는 인간은 없기 때문이다. 때문에 모든 인간은 죽음이 행렬 안에 있다. 또 한 가지 사실은 인간은 늘 죽음에 대해 의식하고 있으며 죽음에 사유한다는 것이다. 타인의 죽음을 계기로, 혹은 자신에게 닥쳐 온 죽음의 위기 등을 통해 인간은 죽음을 바라보게 된다. 이에 대해 프랑스 철학자 장켈레비치(Vladimir Jankelevitch)는 인간이 죽게 되리라는 점에서는 죽음 안에 있지만, 스스로 죽음을 생각하는 한에서는 그 안이 아니라 밖에 존재하게 된다고 말하며 죽음을 의식하는 존재인 인간을 상기시킨다. 그에 따르면 인간이란 죽음을 생각하면서, 동시에 죽음 안에 있는 동시적인 존재라는 것이다(69). 또한 죽음의 신비는 언제 '밝혀질 것인가'라는 질문에 대해, 밝혀진다는 표현을 쓸 수 있는 것은 비밀이며 죽음의 비밀이란 (간직한 사람이 없기 때문에) 존재하지 않는다고 말한 뒤, 그런 의미에서 죽음은 신비이며 "신비는 스스로 드러나는 것이므로 우리가 밝혀 낼 수 없다"(44)고 덧붙인다. 그의 말처럼 인간에게 죽음은 운명이지만 언제나 사유의 대상이었고, 미지의 영역이었다. 이러한 이유로 죽음은 모든 예술가들에게 가장 막중한 주제이면서 가장 보편적인 주제로 자리해 왔다. 결국 예술가란 죽음 안에 있지만, 죽음의 밖에서 죽음의 신비가 드러나길 기다리면서 그 가장자리에 닿으려고 끊임없이 노력하는 존재라 할 수 있을 것이다.

2013년 작고한 북아일랜드의 시인 셰이머스 히니(Seamus Heaney, 1939~2013) 또한 작품의 상당 부분에서 죽음이라는 모티브를 활용하면서 죽음에 대해 사유한 시인이라 할 수 있다. 주지하다시피 히니는 첫 시집 『한 자연주의자의 죽음』(*Death of a Naturalist*)에서부터 마지막 시집 『인간 사슬』(*Human Chain*)에 이르기까지 총 12권의 시집에서 북아일랜드 가톨릭 공동체의 풍경이라는 큰 주제를 작품의 바탕으로 삼고 있다. 역사적, 지리적, 문화적으로 영국과 아일랜드의 중간에 끼어 지난한 삶을 거쳐 온 북아일랜드 가톨릭 공동체 구성원들의 특수한 상황은 히니의 시에 지대한 영향을 끼쳤으며, 동시에 히니의 걸작들을 남기게 하는 토양이 되었음은 자명한 사실이다. 그러나 히니의 시의 목록을 살펴본다면 공동체의 노동을 묘사한 시들 뿐만 아니라 죽음에 관한 시들 또한 다수임을 발견할 수 있다.

이와 관련해 히니의 작품세계의 변화를 살펴보면, 아일랜드의 정체성에 대한 집요한 추구에서 시작하여 아일랜드라는 공간의 다양성에 따른 다양한 정체성을 인정하는 것으로 변화했다가 후기 저작들에 이르러서는 주로 북아일랜드 가톨릭 공동체를 바탕으로 하면서도 보편적인 인간의 삶에 호소하는 시들이 다수 등장한다. 그런데 이런 변화의 시기마다 히니의 시집 속에는 죽음에 대한 시들이 등장했으며, 이 시들을 통해 히니는 변화된 시의 주제에 대한 메시지를 전해 왔다. 후기작들에 두드러지게 드러나는 보편성을 위한 시인의 노력은, 죽음을 주제로 한 마지막 시집 『인간 사슬』의 시들에서 완결되었다고 할 수 있다. 히니는 『인간 사슬』에서 죽음이라는 단절의 주제를 이야기함에 있어 전작을 연상시키는 많은 모티브들을 활용하고 있다. 의미심장하게도 히니의 처녀작 또한 『한 자연주의자의 죽음』인 것을 떠올려본다면 히니는 첫 시집과 마지막 시집에서 죽음을 새로운 단계로의 진입을 위한 큰 주제로 삼고 있음을 알 수 있다. 이와 상응하듯 『인간 사슬』의 첫 시 또한 처녀작의 표제시 「한 자연주의자의 죽음」을 연상시키는 모티브를 활용하고 있다. 이는 수미쌍관 형식을 빌린 것으로, 첫 시집과 마지막 시집을 죽음이라는 큰 사슬로 아우르며, 개별 시들 또한 각각의 작은 사슬로 연결시키려는 히니의 전략으로 파악할 수 있을 것이다.

이에 대해 윌리엄 로건(William Logan)은 『인간 사슬』에 대해 평하기를, 아일랜드 경제 부흥과 사회적인 변화에도 불구하고 『인간 사슬』에 나타난 히니가 사랑하는 것들은 거의 변하지 않았음을 지적하며 『인간 사슬』은 바인더와 건초 뭉치는 기계, 끓는 보일러와 자선 모금함, 만년필 등 사람들을 옛날의 추억 속으로 인도하는 "물건들의 전시관"이라고 말한다. 덧붙여 로건은 『인간 사슬』을 포함한 후기작들은 "이미 쓰인 그의 숙련된 시들에 대한 주석과도 같다"라고 혹평한다. 그러나 『인간 사슬』에 등장하는 전작들의 그림자는 노년에 이른 시인의 변화된 시선에 따라 다르게 연관되면서, 인간애와 죽음이라는 보편적인 가치는 시간이 흘러도 변화하지 않음을 반증하고 있다. 따라서 본 글은 마르틴 하이데거의 존재의 개념과 장켈레비치의 죽음에 대한 사유를 바탕으로, 『인간 사슬』에 드러나는 죽음과 삶에 대한 '되돌아보기'와 '내다보기'를 통해 히니 시세계의 보편성을 향한 궤적과 종착역을 아우르고자 한다.

## 2. 연결 사슬로써 죽음: 죽음을 통해 말하기

북아일랜드의 척박한 주변부, 아일랜드 가톨릭의 삶을 문화적인 차원으로 끌어올렸다는 평을 받고 있는 셰이머스 히니의 시 목록을 살펴보면, 의외로 공동체 구성원들의 역동적인 모습을 그린 시보다 죽음에 대한 시들이 다수 포진해있음을 발견할 수 있다. 이와 발맞추듯 히니는 자신의 시세계가 전환점을 맞이할 때마다 죽음에 관한 시들을 통해 이를 설명하고 있다. 때문에 히니의 시에서 죽음이란 새로운 것을 맞이할 때 필연적으로 뒤따르는 일종의 희생 제의를 재현한 것처럼 여겨진다. 공동체 시인으로의 성장을 다룬 처녀작 「한 자연주의자의 죽음」("Death of a Naturalist")은 물론이고, 초기시 「크로피를 위한 진혼곡」("Requiem for the Croppies") 또한 아일랜드의 독립 투쟁의 역사에 기록된 1798년의 대규모 학살을 다루면서, 히니는 자신의 시가 나아가야 할 방향을 역설한다. 시의 마지막에서 히니는 "사람들은 우리를 수의도 관도 없이 묻었고 / 팔월이 되자 우리 무덤에서 보리가 자라났다"(They buried us without shroud or coffin / And in August the barley grew up out of the grave)(DD[1] 12)라고 묘사하면서 수의나 관도 없이 초라하게 묻힌 크로피들의 무덤 위에 시체를 거름 삼아 자라난 푸른 보리의 이미지로 그들의 부활을 재현한다. 이 시는 작가가 1916년 부활절 봉기 50주년을 기념하기 위해 쓴 시로, 히니는 시를 발표한 직후 다시 급진주의 IRA와 영국군 사이에 일어난 테러에 대해 언급하면서 "그 순간부터 시의 문제는 단순히 만족스러운 말의 기호를 획득하는 문제에서 우리가 겪고 있는 곤경에 알맞은 이미지와 상징을 찾는 문제로 옮겨갔다"(P 56)고 말한다. 이로써 히니는 자신의 시가 어떤 방향으로 나아갈 것인가에 대

---

[1] 이후 시를 인용할 때 *Door into the Dark*는 *DD*, *Death of a Naturalist*는 *DN*, *Field Work*는 *FW*, *Human Chain*은 *HC*, *Preoccupations*는 *P*, *The Haw Lantern*은 *HL*로 줄여서 표기함.

한 입장을 확고히 밝힌다. 이후 히니의 시들은 아일랜드의 고유한 정체성을 파내려가는 작업을 주 소재로 하여 아일랜드의 늪을 탐사하고, 현재까지 남아있는 아일랜드의 게일어의 흔적을 쫓는다.

『한 자연주의자의 죽음』에서 『북쪽』(*North*)까지 4권의 시집에 걸쳐, 어린 소년의 정신적인 죽음에서부터 늪에서 발견된 기원전 4세기경 철기시대의 미라까지 다양한 죽음의 양상을 통해 아일랜드의 고유한 정체성과 문화의 연속성을 증명하고자 했던 히니는 1972년 아일랜드 공화국으로 이주한 후 1979년 『현장답사』(*Field Work*)를 발표한다. 히니의 이주가 말해주듯 히니의 시세계는 새로운 국면을 맞이한다. 히니는 「사상자」("Casualty")에서 극단적인 민족주의와 이로 인한 분파주의가 가져온 평범한 공동체 구성원의 죽음에 대해 의문을 제기한다. 시는 1972년 영국의 공수부대에 의해 가톨릭교도 13명의 사망자를 낳은 "피의 일요일"(Bloody Sunday) 사건을 배경으로 하고 있다. 영국군에 의해 희생당한 민간인 13명의 장례식이 있던 날 밤 가톨릭 공동체에는 "야간통행금지"(curfew)(*FW* 22)가 선포되었다. 그러나 시의 주인공인 루이스 오닐(Louise O'Neill)은 야간통행금지를 깨고 술을 마시러 갔다가 같은 공동체 구성원들이 설치해 놓은 폭탄에 의해 희생당한다. 히니는 "지난밤 그가 / 우리 종족의 공모를 깨뜨렸을 때 / 그에게는 얼마만큼의 과실이 있는 것일까?"(How culpable was he / That last night when he broke / Our tribe's complicity?)(*FW* 23)라고 말하며 상대편이 아닌 같은 공동체 구성원까지 죽음으로 내몬 극단적인 민족주의에 대해 의문을 제기한다. 이후 이 질문과 함께 "오닐은 시인 히니에게 하나의 패러다임이 된다"(O'Brien, *Creating Irelands* 54). 초기 4권의 작품들에서 드러난 작가의 확신에 찬 태도를 떠올려 본다면, 오닐의 죽음에 대해 히니가 질문을 던지는 이 대목은 향후 작품 세계에 있어서 중요한 전환점으로 간주될 수 있을 것이다.

오닐의 죽음을 계기로 극단적인 민족주의에 대해 의문을 제기한 히니는 이후 민족주의를 의식한 사회적 책무에서 벗어나, 자신만의 자유로운 목소리로 시를 쓰는 것으로 시세계의 방향을 바꾼다. 이 과정에서도 어김없이 히니는 죽음을 호출한다. 히니는 『스테이션 아일랜드』(*Station Island*)의 동명 연작시에서 죽은 자들과 만나는 순례를 이어가며 시인으로서 자신의 가능성을 시험한다. 히니가 시세계의 외연을 넓히게 된 결정적인 사건은 바로 어머니의 죽음이다. 히니는 연작 소네트 「간격들」("*Clearances*")에서 어머니의 죽음의 순간 경험한 "순수한 변화"(a pure change)(*HL* 31)의 결과로 자신이 물리적인 것을 뛰어넘는 새로운 차원에 대한 인식에 도달했음을 고백한다. 히니는 "순수의 변화"가 일어난 순간을 한 공간을 꿰뚫는 빛의 이미지로 표현하며, 이 빛의 이미지를 어머니의 부재가 가져다주는 심리적인 틈 혹은 사이 공간에 대한 인식으로 확장시킨다. 빛은 다시 잘린 밤나무2와 잘린 후 남은 빈 공간의 이미지로 연결된다. 밤나무가 사라진 공간의 풍경과 밤나무가 존재했던 과거의 풍경은 다르지만, 히니에게 그 차이에 대한 인식은 사라짐이나 단절을 의미하지 않고 오히려 연속의 느낌으로 강하게 각인된다. 히니는 밤나무를 "가지로 뻗어나가며, 영원히 침묵하는, / 우리가 귀를 기울일 침묵 너머의 한 영혼"(A soul ramifying and forever / Silent, beyond silence listened for)(*HL* 32)이라 묘사하면서 식물의 생장 이미지와 미래의 풍경을 연결시키고 있다. 『인간 사슬』에 등장하는 죽음에 대한 태도, 즉 죽음이나 부재를 영원한 단절로 나타내지 않고 연속되는 어떤 것으로 나타내고자 하는 히니의 시도는 여기에서 시작되고 있는 것이다.

어머니의 죽음이 가져온 죽음과 삶에 대한 새로운 인식은, 시인으로서

---

2 히니는 『말의 정부』(*The Government of the Tongue*)에서 어린 시절 잘린 밤나무를 "일종의 빛나는 텅 빔의 일종으로 보았고", 나무를 나무가 있던 자리(나무가 잘려 나간 자리)와 동일시하기 시작했다고 고백하고 있다(3-4).

자신의 시선이 단지 물리적인 공간과 시간에만 머무는 것이 아니라 미래에 존재하게 될 공간과 시간에도 뻗쳐야 함을 깨닫게 만든다. 그 결과 히니는 아일랜드라는 공간을 미완의 공간, 즉 서서히 완성시켜갈 다양한 가능성이 있는 공간으로 인식하게 된다. 이에 따라 이후 히니의 시들은 아일랜드이면서 아일랜드가 아닌 보편적인 익명의 공간을 그려내면서 시의 보편성에 한 걸음 더 다가간 모습을 보여주게 된다.

## 3. 임박한 사슬의 끊어짐: 죽음에 대해 말하기

리차드 러셀(Richard Rankin Russell)은 『인간 사슬』을 가리켜 사슬처럼 서로 손을 맞잡은 인간 존재의 위대한 힘에 대한 찬양이 드러나 있으면서도, 바로 그 순간 "시집은 그가 이 사슬로부터 끊어짐이 임박한 것에 대해 애도를 나타내고 있다"(384)고 말한다. 다시 말해 히니의 마지막 시집 『인간 사슬』은 인간과 인간이 연결될 때 발휘되는 힘과 더불어, 죽음으로 인해 그 연결의 힘이 곧 끊어진다는 사실에 대한 아쉬움을 주 내용으로 하고 있다. 주목할 점은 『인간 사슬』의 시들이 히니의 전작들을 암시하는 전략 속에서 이러한 내용들을 성취해내고 있다는 점이다. 이는 제목에서 의미하는 '사슬'이라는 모티브를 독립된 시들을 잇는, 혹은 자신의 초기작과 마지막 시집을 잇는, 시의 연결 고리로 확대시키고 있는 히니의 전략으로 파악할 수 있을 것이다.

먼저 히니는 『인간 사슬』의 첫 페이지에 등장하는 「내가 깨어있지 않았더라면」("Had I Not Been Awake")에서 2006년 자신에게 갑자기 닥쳐온 가벼운 심장발작을 시의 소재로 삼고 있다. 시의 첫 연에서 히니는 자신이 깨어있지 않았더라면 놓칠 뻔 했던 그 어떤 것을 일종의 바람처럼 묘사한다. 이러한 묘사 덕분에 독자들은 시에 나타난 바람을, 시를 쓰게 만드는 새로운 에너지, 혹은 고대 시인들이 시를 시작하기에 앞서 주문(invocation)을 통해 호소하던 뮤즈의 영감과 혼동하게 만든다. 그러나 2연에서 시인은 그 바람이 "나를 일어나게 하고, 내 온 몸을 후두둑하게, / 살아있는데 전기철조망처럼 째깍거리게"(got me up, the whole of me a-patter, / Alive and ticking like an electric fence)(*HC* 3) 만들었다고 말하면서 이 바람이 자신의 신체에 미친 영향을 구체적으로 말하고 있다. 이어 3연에서 "예기치 않게"(unexpectedly), "위험하게"(dangerously)라는 단어들로 묘사된 바람의 방문은 마지막 연의 "택배로 온 강풍"(a courier blast)이 된다.

> 택배로 온 강풍 거기서 그때
> 소멸되어 정상이 된. 그러나 한번도
> 그 이후론. 그리고 지금까지는 없는

> A courier blast that there and then
> Lapsed ordinary. But not ever
> After. And not now. (*HC* 3)

히니는 "그때", "이후", 그리고 "지금"이라는 시간 표현을 연속적으로 배열하거나, 특히 "After"라는 말을 앙장브망(enjambment)으로 표현함으로써 자신을 찾아온 바람이 완전히 소멸되어 버린 바람이 아닌, 언제 다시 올지 알 수 없는 바람임을 나타낸다. 이 시가 히니의 실제 경험을 바탕으로 한 것이라는 사실을 고려해본다면, 이 바람은 언제 닥칠지 모르는 죽음에 대한 자각으로 연결 될 수 있다. 타일러(Meg Tyler)는 이 바람은 어떤 메시지를 담고 온 바람으로, 빠르게 약화되어 곧 정상으로 돌아오지만, 갑작스러운 바람에 대한 시인의 깨달음이나 경험의 태도는 시인의 모든 것을 완벽하게 바꿔버렸기 때문에, 이런 면에서 본다면 "정상 상태로 돌아온 것이 아니다"(140)라고 말한다.

히니는 대부분 시집의 첫 시에서 시집의 전체를 아우르는 모티브를 예고해 왔다. 마찬가지로 히니는『인간 사슬』의 첫 시인 이 시에서 심장발작이 가져다 준 죽음과 단절에 대한 갑작스러운 자각이 바로 시집의 바탕이 될 것임을 알리고 있다. 닉 레어드(Nick Laird) 또한 히니가 이 시에서 "불확실성과 위태로움에 대한 새롭고 낯선 행로를 정하면서, 심장 발작을 알레고리적으로 재연하고 있다"고 지적한다. 그런 의미에서 본다면 자신이 경험한 죽음에 근접한 경험을 일종의 바람으로 묘사한 것, 그리고 이 바람이 시 창작에 필수적인 뮤즈의 영감으로 연결되는 것은 히니가 고대 시인들의 패턴을 의도적으로 차용한 것으로 파악할 수 있을 것이다.

더불어 시에서 나타난 죽음에 대한 갑작스러운 자각은 시인의 첫 번째 시집의 표제시인 「한 자연주의자의 죽음」을 연상시킨다. 시에서 한 소년은 갑자기, 장난감과도 같던 개구리 알들이 머지않아 "거대한 점액질의 왕"(the great slime kings)(*DN* 4)으로 변해 자신을 위협할 것이라고 인식하게 된다. 이러한 갑작스러운 인식은 어린아이가 가지고 있던 자연에 대한 인상을 공포와 괴기스러움으로 바꾸어 놓는다. 시에 나타난 이 장면은 북아일랜드에서 시를 쓴다는 것은 단순히 자연에 대해 목가적인 시를 쓰는 것이 아니라, 북아일랜드의 정치적 상황을 대변하는 시를 써야 한다는 것을 인식한 젊은 예술가 히니의 성장 과정과 상징적으로 연관되어 있다. 때문에 하트(Henry Hart)는 이 시의 제목을 좀 더 정확하게 말한다면 바로 "한 전원시인의 죽음"(Death of a Pastoralist)(*Contrary Progressions* 22)이라고 표현한다. 지난 시절 생명과 자연에 대한 인식의 성장을 겪었던 시인은 이제 노년에 이르러 언제일지 모를 죽음의 강풍이 다시 불어 자신을 "꽉 잡아채

리라는"(would clutch)(DN 4) 것에 집중하고 있다. 이는 자신의 시가 또 다른 차원, 즉 죽음에 대해 이야기하는 차원으로 진입했음을 알리는 신호라 할 수 있을 것이다. 또 전작들에 나타난 타인의 죽음이 아니라 바로 자신의 죽음에 대해 이야기하고 있기 때문에 더 깊은 성찰의 효과를 가져올 수 있을 것이다.

이 시를 통해 우리는 앞서 장켈레비치가 말했던 죽음 안에 있으면서 (실제로 죽음에 직면했으면서) 죽음 밖에서 죽음을 이야기하는 히니의 상황을 받아들일 수 있다. 그러나 이는 히니의 특수한 경험이 아니라 인간 보편의 상황이기도 하다. 이는 인간은 '죽음을 향한 존재'라고 규정한 하이데거의 실존적 인식과도 통한다. 이때 '죽음을 향한 존재'라는 것은 존재이해를 가지고 있는 인간, 즉 하이데거식으로 말하면 '현존재'가 죽음은 언제든지 닥칠 수 있는 것이라고 생각하면서 죽음에 대해 태도를 취한다는 것을 의미한다(박찬국 147). 즉 하이데거가 '현존재'에게 "죽음은 아직 눈앞에 있지 않은 어떤 것이 아니며, 최소한으로 줄어든 최후의 미완도 아니요, 차라리 일종의 "앞에 닥침"이다"(335)라고 말하는 것은, 죽음이란 '현존재'가 언제든지 받아들일 수 밖에 없는 존재 가능성임을 의미하고 있는 것이다. 때문에 히니가 『인간 사슬』에서 묘사하고 있는 죽음에 대한 이야기들은 인간 존재에 관한 매우 보편적이고 본질적인 이야기들이라 할 수 있는 것이다.

히니의 전작들을 연상시키는 시들 중 눈에 띄는 작품은 「콘웨이 스튜어트 만년필」("The Conway Stewart")이다. 이 시에서는 청년 시인 히니의 선언문이었던 「땅파기」("Digging")에서 작가로서 자신의 책무를 밝히기 위해 사용했던 메타포인 만년필이 다시 등장한다. 시인으로서 새롭게 출발했던 젊은 히니에게 아일랜드 정체성을 파 내려갈 삽의 등가물이면서, 북아일랜드의 폭력적인 상황 하의 작가의 의지를 환유적으로 나타내던 만년필은 이제 추억의 매개체로 묘사된다. 시인은 "얼룩덜룩한 총신"(mottled barrel), "펌프질하는 레버"(pump-action lever)(*HC* 8) 등으로 만년필의 모양을 묘사하면서 과거 만년필과 권총의 느낌을 동일시했던 「땅파기」의 흔적을 내보인다. 그러나 노년의 시인에게 만년필은 자신의 재능을 이용해 공동체의 입장을 대변할 수 있는 도구가 아니라, 죽음의 세계에 있는 부모님을 떠오르게 하는 추억의 매개체이다. 만년필은 기숙학교인 중등학교에 입학해 부모와 헤어져야 했을 당시 부모님이 사주셨던 추억이 어린 물건으로, 히니는 이를 시에서 "우리에게 함께 보고 / 얼굴을 돌릴 시간을 주던"(Giving us time / To look together and away)(*HC* 8) 물건이라고 묘사한다. 시인은 마지막 연에서 "내가 손으로 / "사랑하는"이라고 쓰는 / 그들에게"(To my longhand / "Dear" / To them)라고 말하며 만년필을 "한 "인간 사슬" 속에서 관계들을 구축하기 위한 도구"(Hart, "Heaney's Gift" 221)로 묘사하지만, 결국 그들에게 예정되어 있는 것은 헤어짐이다. 이제 히니는 만년필이란 공동체와 시인을 이어주는 사슬의 역할을 하는 도구가 아니라, 부모님과의 단절과 헤어짐을 연상시키는 도구이면서, 부모님이 계시는 죽음의 세계에 대해 자신이 "손으로 쓰는" 도구임을 암시한다.

시집의 제목과 동일한 「인간 사슬」에서도 시인은 전작을 연상시키는 모티브를 활용하여 끊어짐의 순간을 재현하고 있다. 시인은 제3세계 어떤 지역의 봉사자들이 구호식량을 손에서 손으로 옮기는 TV의 한 장면을 보고, 북아일랜드 농촌에서 곡식 자루를 어깨로 운반하여 트레일러 위로 싣던 노동을 떠올린다. 이는 히니가 초기작들인 「땅파기」, 「수맥 찾는 이」("The Diviner"), 그리고 「개초장이」("Thatcher") 등에서 북아일랜드 공동체에서 볼 수 있는 노동의 풍경을 정교하게 묘사했던 것을 떠오르게 만든다. 그 노동은 서로 호흡이 척척 맞는 리듬감 있는 노동으로, 초기 시집에서라면 마땅히 시의 운율과 연결되면서 시의 환유적 등가물로 묘사되었을 것이다. 그러나 노년의 시인이 시의 마지막에 주목한 것은 노동의 과정이 아니라 곡식 자루를 어깨에서 내려놓는 순간이다. 히니는 그 순간을 "어떤 풀어줌, 다시 오지 않을. / 혹은 올, 한 번 더. 마지막으로"(A letting go which will not come again. / Or it will, once. And for all)(*HC* 17)라고 묘사하면서, 자신에게 다가왔던 죽음의 순간 그리고 앞에 닥친 죽음과 끊어짐의 순간으로 연결시킨다. 시인은 끊어짐을 효과적으로 나타내기 위해, 노동의 모습을 장황하게 묘사했던 앞 연들과는 달리 그 순간을 묘사하는 마지막 연의 2행과 3행에서는 짧은 단어들을 사용하고 있다. 더불어 이는 시인의 아쉬운 감정을 드러낸다. 오리어던(O'Riordan)은 『인간 사슬』을 가리켜 연속이라는 모티브와 최후 또는 마지막이라는 모티브가 서로 경쟁하듯 나타나는 시집이라 말하면서, 이 시에서 곡식 자루를 쌓아 올리는 것은 기억의 연속성을 나타내며, 자루를 내려놓는 순간의 생략된 표현들은 이미지와 기억의 최후를 의미한다고 말한다.

히니의 전매특허인 농촌 공동체의 풍경과 소리를 모티브로 삼고 있는 또 하나의 시 「베일러」("The Baler")에서는 수확의 들판의 풍경을 죽음에 대한 인식과 연결하고 있다. 시는 총 8연으로 이루어져 있다. 전반부 4개의 연은 수확 후 건초를 묶는 들판의 풍경에 대해 묘사하고 있으며, 후반부 4개의 연에서는 화자의 목소리가 등장한다. 시의 처음에서 히니는 건초 묶는 기계인 베일러의 소리를 "계속 진행중인, 심장 둔한 / 그래서 당연히 받아들이는"(Ongoing, cardiac-dull / So taken for granted)(*HC* 23) 소리로 묘사한다. 베일러의 소리를 인간의 심장에 비유한 것은 후반부에 등장할 죽음이 닥쳐 있는 존재로서의 인간과 연결 짓기 위함이다. 베일러의 소리는 트랙터의 소리 이미지로 이어진다. 이러한 농기구 소리와 노동의 이미지들은 앞서 언급했던 「인간 사슬」에서도 등장했던 것으로 히니의 기억 속에 존재하는 것들이다. 그러나 "여름의 풍성한 시간"(summer's richest hours)에 "비둘기가 구애하는"(woodpigeon sued) 황혼녘 들판에서 시원한 바람을 들이마시며 서 있던 히니가 떠올린 것은, 작고한 화가인 데릭 힐(Derek Hill)의 말이다. 죽음이 임박해 있던 그는 "더 이상 해가 지는 것을 // 지켜볼 수 없다고 했다 (He could bear no longer to watch // The sun going down)"(*HC* 24). 이처럼 히니는 기억 속에 있는 이상적인 전원의 풍경 속에서조차 죽음을 의식하고 있다. 기억의 연속과 곧 끊어짐에 대해서 이야기 하고 있는 것이다.

그럼에도 불구하고 『인간 사슬』에서 히니는 죽음을 향한 존재, 혹은 죽음 안에 있는 존재로서의 인간을 비극적으로 그리지 않는다. 죽음으로 인해 서로에게 위안이 되는 힘을 발휘하는 인간 사이의 결속이 끊어짐에 대해 다만 아쉬워 할 뿐이다. 「기적」("Miracle")은 심장발작이 일어났을 때 자신을 침상에서 끌어내 병원으로 옮기기까지의 과정을 도와준 친구들에 관한 시이다. 이 시는 신약성서의 마르코 복음서(*The Gospel According to Mark*)의 내용을 전유하고 있다. 성서의 내용은 4명의 친구들이 들것에 운반해온 중풍 환자를 치료하는 예수의 기적에 관한 일화이다. 그러나 히니는 실제 쓰러진 이(자신)와 치료 과정을 시의 중심에 놓는 대신, 2층에서 그를 운반하여 구급차에 옮긴 친구들을 시의 중심에 놓고 있다.

침대에 누워 있다가 걷는 사람이 아니라
그를 오랫동안 알아왔던 사람들
그리고 그를 운반한-

Not the one who takes up his bed and walks
But the ones who have known him all along
And carry him in- (*HC* 16)

히니는 친구들의 염려와 우정 어린 행동이, 비단 심장발작이라는 위기의 순간에만 발휘된 것이 아니라 예전부터 현재까지 지속된 것임을 나타내기 위해 "have known"이라는 현재완료 시제를 사용하고 있다.

이어 히니는 "그들의 어깨는 감각이 없고, 고통과 굽힘이 그들의 등에 / 깊숙이 박히고, 들것 손잡이가 / 땀으로 미끌거린다"(Their shoulders numb, the ache and stoop deeplocked / In their backs, the stretcher handles / Slippery with sweat)(HC 16)고 묘사하면서 자신을 운반하면서 친구들이 느낀 육체의 감각을 상세하게 그린다. 이 부분에 대해 러셀은 히니가 지인들이 마비된 자신을 운반하는 과정을 긴박하게 효과적으로 표현하기 위해 동사를 생략하고, "명사와 형용사가 긴박하게 뒤따르게 만들었으며, 그 결과 짧아진 시 행은 친구들의 굳은 의지를 암시하고 있다"(380)고 설명한다. 이어지는 행에서는 다시 동사가 등장하지만, 히니는 "그들이 서서 기다릴 때 그들을 염두에 둬라"(Be mindful of them as they stand and wait)(HC 16)라고 말하면서 서로 힘을 모아 자신을 운반한 친구들에 대해 다시 한 번 독자의 주의를 환기시킨다. 시의 마지막에서 히니는 친구들을 "그를 오랫동안 알아왔었던 사람들"(those ones who had known him all along)로 바꾸어 표현한다. 즉, 앞의 인용문에서는 "알아왔던"(have known)으로 표현했던 것을 "알아왔었던"(had known)이라는 과거완료시제로 바꾼 것은 병원을 향한 히니가 죽음에 이를지도 모른다는 친구들의 걱정과 두려움을 나타내고 있다고 볼 수 있을 것이다(Russell 381). 결국 히니가 제목으로 쓴 "기적"은 중풍 환자를 치료한 예수 혹은 중풍에 걸렸다가 자신의 들것을 들고 걸어서 돌아간 당사자가 아니라, 2층에서 발작을 일으킨 자신을 운반해 구급차에 옮긴 친구들의 인간 사슬이 보여준 기적이다.

히니가 전작들에서 강조하고자 하는바가 공동체의 노동과 자신의 글쓰기를 동일시하는 것이었다면, 이제 시인은 죽음이 닥쳐 있는 존재로서의 인간을 인식하고, 노동의 풍경 속에서 자신에게 쌓여 있는 기억들을 소환해 본다. 그리고 그 기억들의 끊어짐 또한 임박했음을 인식한다. 그러나 시에 드러난 죽음에 대한 히니의 태도는 호들갑스럽지 않다. 오리어던이 "담대하고 감상적이지 않은 이 책"이라고 칭했듯, 히니는 인간 사슬의 끊어짐을 아쉬워하면서도 그저 시인으로서 끊어짐의 순간을 효과적으로 묘사하는데 묵묵히 주력하고 있을 뿐이다.

## 4. 끝없이 이어지는 "인간 사슬": 돌아보기와 내다보기

죽음의 안과 밖에 존재하는 동시적인 존재로서 인간을 그려내던 히니는, 버질의 『아이네이스』를 전유한 연작시 「110번 도로」("Route 110")에서 죽음을 통해 삶을 돌아보며 동시에 삶을 전망하고 있다. 러셀에 의하면 「110번 도로」는 "히니의 이력의 종합연구서"(a summa of Heaney's career)(385)로 읽힐 수 있는 중요한 작품이다. 히니는 드니스 오드리스콜(Dennis O'Driscoll)과의 인터뷰에서 『아이네이스』야 말로 자신에게 중대한 영향력을 끼친 작품임과 동시에 기초가 되는 작품이며, 자신의 전 작품이 형식면이나 내용면에서 버질풍의 서사시적 여정이었음을 고백한다. 이어 히니는 실제로 자신에게 끊임없이 떠오르는 버질의 여정은 바로 제6권에 등장하는 아이네아스의 지하세계 탐험이라고 말하며, 제6권에 등장하는 황금가지, 카론(Charon)의 거룻배 그리고 아버지의 유령을 만나기 위한 모험 등의 모티브가 수년간 자신의 머릿속에 머물러 있었다고 밝힌다(389). 총 12부로 이루어진 연작시 「110번 도로」는 시인이 낡은 헌책방에서 『아이네이스』 제6권을 구매한 후 버스를 타고 110번 도로를 여행하는 여정을 그린 시이다. 이 여정은 표면적으로는 북아일랜드의 지방을 여행하는 듯 보이지만, 동시에 자신의 삶을 되돌아보는 여정이다. 히니는, 앞으로 자신의 삶에 닥칠 운명, 즉 미래를 알기 위해 죽은 자의 세계를 방문하는 아이네아스의 여정을, 죽음이 닥친 자신의 과거 삶을 돌아보는 여정과 겹쳐 보이게 한다. 이는 삶과 죽음의 순환과 공존을 이야기하기 위한 시인의 의도로 파악할 수 있을 것이다.

시의 2부와 3부에서 히니는 버스를 타러 가며 목격한 "흔들리는 정장과 외투걸이들"(racks of suits and overcoats that swayed)에서 "카론의 거룻배에 빽빽이 들어찬 그 소유주들의 유령들"(their owners' shades close-packed on Charon's barge)(HC 50)을 떠올린다. 이 이미지는 예이츠(W. B. Yeats)가 「비잔티움으로의 항해」("Sailing to Byzantium")에서 "나무 막대기에 누더기 외투를 입힌"(A tattered coat upon a stick)(102) 모습으로 상징화했던 노년의 모습을 떠올리게 한다. 이는 다시 노년의 자신의 여정과 아이네아스의 여정이 겹쳐보이게 하는 효과를 낳는다. 이어 시의 4부에서는 히니는 자신이 구매했던 철도 경비원의 긴 코트와 결혼식의 하객이 되어 입었던 여름 정장에 대해 언급하며, 그의 외양이나 기분에 있어 정반대의 변신 효과를 보여준다. 특히 여름 정장을 입었던 결혼식의 장소는 이탈리아로, 이는 "화자를 . . . 버질의 영토로 이동시키고"(Parker, "'Back in the Heartland'" 377) 있다. 아울러 상반된 모습으로의 변신하는 것은 아버지를 만나기 위해 산 자의 몸으로 죽은 자의 세계를 방문하고자 하는 아이네아스의 상황에 대한 은유라 할 수 있을 것이다.

5부에 등장하는 비둘기는 아이네아스의 어머니, 비너스의 새인 비둘기를 연상시킨다. 버질에서 비둘기들은 아이네아스를 황금가지가 있는 곳을 알려주는 새로, 「110번 도로」에서는 어김없이 돌아오는 비둘기들이 있는 맥니콜스(McNicholls)의 부엌의 "반짝이는 포일로 된 또 하나의 껍질에 싸인 각각의 곡물"(each individual grain / Wrapped in a second husk of glittering foil)(HC 52)이 황금가지의 대체물이 된다. 이어서 "유령들의 시대였다"(It was the age of ghosts)(*HC* 52)로 시작하는 6부와 7부에서 히니는 장례식의 경야(wake)를 묘사하고 있다. 아이네아스가 죽은 자들의 세계에 진입하듯, 히니 또한 장례식의 의례인 경야를 거쳐 실제 북아일랜드에서 죽은 자들을 호출한다.

아이네아스가 스틱스(Styx) 강을 건너 처음 만난 이는 바로 디도(Dido)로 히니는 시의 8부에서 아이네아스와 디도의 만남의 일화에 개인적인 연애와 결별의 기억을 연결시킨다. 아이네아스와 사랑에 빠진 카르타고의 여왕 디도는, 신탁을 받은 아이네아스가 자신을 떠나는 것을 바라보며 스스로 화염 속에 몸을 던져 목숨을 끊는다. 죽은 자들의 세계에서 디도와 만난 아이네아스는 그녀에게 화해의 말을 건네지만 그녀는 화를 내며 숲속으로 달아나 버리고 만다. 시에서 히니는 자신의 차가 떠나는 것을 계속 바라보고 있는 연인의 시선과 더불어, 떠나는 차가 길모퉁이를 돌아가기 위해 브레이크 등을 깜박이는 것을 "심야 시간 트러블3이 발생하기 전 도로위에 / 왕립얼스터경찰순찰대가 흔드는 빨간 검문등"(Like red lamps swung by RUC patrols / In the small hours on pre-Troubles roads)(*HC* 54)과 같았다고 묘사한다. 히니는 이를 통해 연애와 결별이라는 사적인 경험을 당시 북아일랜드의 분쟁 직전의 사회 분위기와 연결시킨다. 파커는 이 구절에 대해 히니가 "개인적인 고통에서 집단적인 억압으로 자연스럽게 넘어가고" 있는 부분이라 할 수 있으며, 길모퉁이를 돌기 위해 제동을 걸어야 하는 순간에 있는 것은 단순히 차 혹은 연인들이 아니라고 말한다. 이어 파커는 시의 배경이 되는 1950년대에서 60년대 초반은 분쟁 직전의 팽팽한 기운

---

3 The Troubles: 북아일랜드의 공화파(주로 가톨릭)와 왕당파(주로 프로테스탄트) 준(準) 군사 조직들 간의 기나긴 분쟁의 기간으로 1968년경~1998년을 의미함. 이 분쟁의 기간은 1998년, 당시 진행 중이던 북아일랜드 평화 협상 절차의 일환으로 양측 모두 성(聖) 금요일 협정을 승인하면서 종결됨.

이 감돌던 시대로, IRA의 테러리스트들을 검거하기 위해 프로테스탄트 임시경찰 특수부대가 가톨릭교도들의 차를 세우고 검문하는 일이 빈번했음을 환기시킨다("'Back in the Heartland'" 378). 아이네아스가 디도와의 만남을 시작으로 죽은 자들을 본격적으로 만나듯, 히니는 대학 시절의 결별의 장면들을 당시 북아일랜드의 상황과 결부시키며 북아일랜드의 분쟁 기간 동안 숨진 희생자들에 대해 이야기할 준비를 마친다.

9부에서 히니는 자신이 경영하는 술집에서 폭탄에 의해 날아가 버린 레버리(Mr. Lavery)와 가톨릭 공동체가 선언한 야간통행금지를 깨고 술을 마시러 갔다가 같은 공동체 구성원들이 설치해 놓은 폭탄에 의해 희생당한 「사상자」의 주인공 루이스 오닐의 장례식을 언급하면서 희생자들 모두가 온전한 시신이 없음을 화두로 삼는다. 이는 아이네아스가 디도를 만난후, 트로이 전쟁에서 죽음을 맞이한 동료들을 만나는 장면과 연결된다. 특히 폭발로 인해 형체가 훼손된 시신들에 대한 언급은 "전신이 난도질당하고 얼굴이 무자비하게 / 찢겨진 프리아무스의 아들 데이포부스"(베르길리우스 205)와의 만남을 연상시킨다. 온전한 시신이 없는 장례식은 이미 6부에서 브리스톨 해협(Bristol Channel)에서 수영을 하다 실종된 마이클 멀홀랜드(Michael Mulholland)를 위한 경야에서 언급되었던 것이다.

히니는 "그리고 결국 묻을게 뭐가 남았을까"(And what in the end was there left to bury)(*HC* 55)라는 질문으로 시를 시작한다. 히니는 이 질문에 "~중에서"라는 뜻의 "of"라는 전치사를 3번 연결하여 질문함으로써 폭탄테러로 인한 공동체 구성원들의 처참한 죽음에 대해 이야기한다. 처음 히니는 레버리의 시신을 언급하고, 이어 히니는 "아니면 잘못된 장소에 있던 / 루이스 오닐에게서"(Or of Louis O'Neill / In the wrong place)(*HC* 55)라고 오닐의 시신에 대해 언급한다. 레버리의 죽음을 묘사할 때는 애쉴리 하우스(Ashley House)라는 특정한 장소를 언급했던 히니가 오닐의 죽음을 언급할 때는

"잘못된 장소"라는 일반 명사를 쓰고 있다. 이에 대해 파커는 특정한 이름을 밝히지 않은 폭탄 테러의 장소는 북아일랜드의 한 거리, 혹은 북아일랜드 전체를 의미하는 것과 같으며, 이는 끔찍한 "잘못"이 존재해왔던 장소이며 앞으로도 계속 발생될 수 있는 장소라는 것을 의미한다고 말한다 ("Self-Reflexivity" 338). 이처럼 폭탄 테러의 희생자들의 범위와 장소를 점점 넓혀가던 히니는 마지막 세 번째 "of"에서 "아니면 시신들 / 찬미되지 않은, 슬픔의 비상경계선 뒤에서 / 처리되고 봉투에 넣어지는 그것들한테서" (Or of bodies / Unglorified, accounted for and bagged / Behind the grief cordons) (*HC* 55)라고 말한다. 히니는 어떤 애도도 받지 못한 채 아무렇지도 않게 처리되는 폭탄 테러 희생자들의 조각 난 시신들을 묘사하면서 북아일랜드 분쟁 동안 일어났던 많은 죽음의 의미에 대해 돌아보고 있다.

아이네아스가 결국 죽은 아버지 앙키세스와 만난 것처럼 시의 11부에서 히니는 아버지와 낚시를 했던 일을 떠올리면서 여정을 마무리하고자 한다. 히니는 낚시의 과정에 출현한 수달을 통해, 살아있는 우리는 이미 죽은 자(죽음)들과 함께 섞여 살고 있음을 암시한다. 히니는 낚시 도중 강물에 머리를 내밀었던 것이 진짜 수달인지, 아니면 수면에 뜬 잡동사니와 희미한 빛을 혼동한 것인지 확신하지 못한다. 그러나 이어 히니는 진짜 수달이든 수달로 착각한 허상이든 "다 똑같은 것"(all the same)이라 말하며 강물에 비친 수달의 윤곽과 희미한 빛을 깔따구들이 표류하며 떠도는 황혼녘의 풍경과 연결시킨다. 이는 아이네아스가 앙키세스를 만난 후 목격한 레테 주변의 풍경, 즉 "그 강 주위에는 수많은 부족들과 민족들이 날아다니고 있었다"(베르길리우스 214)와 연결된다. 그 광경에 놀란 아이네아스가 강가에 모여 있는 사람들에 대해 묻자 앙키세스는 "저들은 운명에 의해 두 번째로 / 몸을 받은 혼백들로 레테 강의 물가에서 근심을 / 잊게 해줄 음료와 긴 망각을 마시고 있는 것이란다"(베르길리우스 214)라고 대답한다. 이어 "그렇다면 몇몇 혼백들은 이곳에서 지상으로 / 올라가 다시 둔중한 육체 속으로 되돌아간다는 것인가요?"(베르길리우스 214)라는 아이네아스의 질문에 앙키세스는 죽은 이들은 자신의 운명에 따라 긴긴 시간이 지난 후 다시 인간으로 태어나게 된다고 말한다. 그러므로 레테 강 주변의 행렬 속에는 아이네아스의 후손으로 태어날 이들이 속해 있음을 알린다. 히니는 이런 『아이네이스』의 맥락 속에서, 죽은 자들이 다시 후손으로 태어나기 때문에 죽은 자와 산 자는 하나로 합쳐진 존재라고 이야기하고 있는 것이다.

. . . , 마치 우리가 하나로 합쳐지고 난 뒤인 것처럼

강가 가장자리에서 꿈적하는 그늘과 그림자들 사이로
그리고 거기 서서 기다리면서, 쳐다보고 있는 것처럼,
길수록 짐짐 더 번역이 필요한 재로.

. . . , as if we had commingled

Among shades and shadows stirring on the brink
And stood there waiting, watching,
Needy and ever needier for translation. (*HC* 56-57)

시에서 시인은 "가장자리에서" 혹은 "결정적인 순간에"로 번역될 수 있는 "on the brink"라는 표현과 "기다리며, 쳐다보고 있다"는 단어들로 단순한 낚시의 과정을 묘사하고 있는 듯 보인다. 또한 『아이네이스』의 인유를 떠올려본다면, 앞서 말했듯이 죽은 자들이 산 자로 다시 태어나기 위해(변형하기 위해) 강둑에서 기다리고 있는 모습으로 설명할 수도 있을 것이다.

그러나 히니는 『아이네이스』를 단순히 시와 일대일 대응을 이루는 주

석으로 활용하지 않는다. 히니는 낚시에 대한 기억에서 스스로의 죽음을 바라보는 자세를 확립한다. 그 모습에는 "항의도, 방어도, 불안도, 감정에 대한 호소도, 전통적인 종교에서 얻는 위안도 없다. 히니는 그저 "기다리면서, 쳐다볼 뿐이다"(Heiny 313). 또 이 여정은 단순하게 보면 "삶의 벼랑에서 아슬아슬하게 균형을 이루다가 결국에는 죽은 이의 영역으로 인계될 사람들의 욕망을 반영"(Auge 42)하고 있다고 볼 수도 있지만, 맨 끝에 등장하는 "번역"이란 단어에 주목할 만하다. 번역이란 하나의 말이 다른 말로 읽히거나, 한 형태가 다른 형태로 바뀐다는 뜻을 가지고 있다. 장켈레비치는 죽음이란 인간의 언어로 설명할 수 없는 차원이 다른 문제임을 강조한다. 그는 죽음을 가리키는 부재니 여정이니 단어들은 다분히 경험에 의거한 단어들임을 지적한다. 또 죽음 후 변화라는 말 또한 어느 상태에서 다른 상태로의 이행이라는 식의 표현이며, 이것도 경험적인 방법으로 표현된 것일 뿐이라고 지적한다. 때문에 인간에게는 죽음을 표현하는 용어조차 제대로 갖추어지지 않았다는 것이다. 그러나 "죽음이란 다른 것으로의 이행이 아니라, 아무것도 아닌 것으로의 이행"이며, 더구나 그것은 이행이라 할 수 없고 "끝없이 이어지는 것이며, 바깥이 없는 창문과도 같기 때문에" 우리가 죽음을 상상해보려 할 때마다 실패하고 만다고 말한다(131-32).

때문에 이 시에서 히니가 스스로를 "갈수록 점점 더 번역이 필요하"다고 진단하는 것은, 자신이 죽음에 근접했던 "새로운 경험과 미지에 대한 출발점에 대해 말하기를 얼마나 갈망하고 있는지"(Parker 381)를 나타내고 있는 표현이라 할 수 것이다. 나아가 "갈수록 점점 더"라고 표현한 것은, 인간의 말로 죽음이라는 경험할 수 없고 표현 불가능한 명제를 더 적확하게 표현하려 할수록 그 의미는 끊임없이 미끄러져 버리기 때문이라고 할 수 있을 것이다. 즉 이는 히니가 시집에서 말하고자 하는 것이 전작에서처럼 죽음을 통해 어떤 것을 말하려는 것이 아니라, 미지의 영역인 바로 죽음 그 자체와의 대화임을 반증하고 있다고 할 것이다.

히니는 시의 마지막 12부에서 "이제 탄생의 시대"(And now the age of births)(*HC* 57)라는 말로 시를 시작하며 이 여정의 끝은 바로 새로 태어난 손녀 애나 로즈(Anna Rose)로 향하고 있음을 밝힌다. 이는 죽음을 통해 삶을 돌아보고 다시 새로 다가온 삶을 맞이하고 있는 시인의 모습을 보여주는 대목이다. 히니는 손녀의 탄생을 축복하기 위해 꺾어 온 꽃을 "그늘진 둑에서의 오랜 기다림이 끝난"(long wait on the shaded bank has ended)(*HC* 57) 자를 위한 선물이라고 묘사한다. 이는 다시 태어날 것을 기다리며 레테 강물을 마시던 영혼들 중 아이네아스의 후손이 포함되어 있음을 말해주던 앙키세스의 말을 다시 떠오르게 만든다. 그러나 여기서 히니가 말하고자 하는 것은 종교적인 의미의 윤회가 아니라, 삶과 죽음의 공존이라는 인식을 통해 삶과 죽음을 긍정적으로 받아들이는 낙관적인 태도이다. 다시 말해, 죽음으로 인해 인간 사이의 사슬의 끊어짐을 아쉬워하던 히니가 다시 죽음과 삶의 공존과 순환을 통해 사슬의 이어짐을 확신하는 것에서 비롯된 변화된 태도라고 할 수 있을 것이다.

그렇다면 히니가 전망하는 죽음 후의 풍경은 어떤 것일까? 히니가 친구이자 가수인 데이빗 해먼드(David Hammond)를 애도하기 위해 쓴 「문은 열려 있었고 집은 어두웠다」("The Door Was Opened and The House Was Dark")는 『어둠으로 향한 문』(*Door into the Dark*)의 「대장간」("The Forge")을 연상시킨다. 히니는 대장간에서 나는 소리와 해먼드의 어두운 집에 들어서서 느끼는 침묵을 연결시킨다. 「대장간」에서 히니가 어둠 속에서 쇠를 담금질 하고 있는 대장장이의 모습과 망치를 두드리는 소리인 음악으로 어둠과 아일랜드를, 그리고 공동체의 노동과 자신의 글쓰기를 동일시하려는 모습을 보여주려 했다면, 이 시에서는 해먼드의 집에 가득 찬 침묵이 그 자리를 대신한다. 히니는 「대장간」에서 대장장이가 바라보던 바깥세계를 대장간의 내부인 어둠과 단절된 세계로 묘사했다. 그러나 이 시에서 히니는 소리와 관련된 일을 하던 해먼드의 집을 가득 메운 침묵이 "나를 계속서서 귀 기울이게 하는 한편 자라났다 / 뒤로 그리고 아래로 그리고 바깥 거리 속으로"(That kept me standing listening while it grew / Backwards and down and out into the street)(*HC* 81)라고 묘사하면서, 집 안과 바깥 거리를 연결하고 있음을 나타낸다. 전작인 「처벌」("Punishment"), 「무슨 말을 하든지 아무 말도 하지 마라」("Whatever You Say Say Nothing"), 「침묵의 땅으로부터」("From the Land of the Unspoken") 등에서 침묵의 모티브는 북아일랜드 공동체에서 생존을 위한 한 전략으로 등장하지만, 「문은 열려 있었고 집은 어두웠다」에서는 부재가 드러내는 빈 공간의 고요함과 더불어 바깥 세계와의 연결을 묘사하는 소재로 쓰이고 있다. 히니가 목격한 죽음 후의 풍경 속에는 "아무 위험도 없고 / 오직 철수만이, 반기지 않는 것도 아닌 / 공허만이"(there was no danger, / Only withdrawal, a not unwelcoming / Emptiness)(*HC* 81) 있을 뿐이다. 이러한 풍경은 마지막에 등장한 "한밤중의 격납고 / 늦여름 풀이 웃자란 비행장의"(a midnight hangar / On an overgrown airfield in late summer)(*HC* 81)로 형상화된다. 풀이 웃자란 비행장은 목적지이면서 출발지이지만 이제는 도착도 출발도 없는, 아무 일도 일어나지 않는 풀이 무성한 곳일 뿐이다. 그러나 히니는 시의 전체적인 톤을 매우 간결하고 평화롭게 유지하면서, 죽음 후의 풍경을 비관적이라기보다는 고요하고 텅 빈 것으로 내다본다.

시집의 마지막 시인 「에이빈을 위한 연」("A Kite for Aibhín")은 삶과 죽음에 대한 히니의 '내다보기'를 그린 한 편의 풍경화라고 할 수 있을 것이다. 히니는 연 날리는 이와 연의 모습을 그리며, 더 높은 곳과 더 먼 곳을 응시하는 인간의 모습과 정신을 상징화하고 있다

올라가며 실어 나르는, 더 멀리, 더 높이 실어 나르는

연 날리는 사람의 가슴과 땅을 딛고 선 발과
응시하는 얼굴과 심장 속 갈망을
급기야 줄이 끊기고－따로, 의기양양하게－

연이 날아오르지, 제 혼자, 뜻밖의 횡재

Climbing and carrying, carrying farther, higher

The longing in the breast and planted feet
And gazing face and heart of the kite flier
Until string breaks and－seperate, elate－

The kite takes off, itself alone, a windfall. (*HC* 85)

시의 마지막에서는 죽음을 상징하듯 연의 줄이 끊어지고 말지만, 시인은
이 풍경을 연이 당당하게 독립적으로 날아가는 모습으로 묘사하면서 죽음
의 순간을 상승과 자유의 모습으로 형상화해낸다. 또한 마지막 행에 등장
하는 "windfall"이라는 단어는 "뜻밖의 횡재"라는 본래의 뜻에 충실하게, 죽
음을 "혼이 몸에서 풀려나고 분리되는 것"(플라톤 126)으로 보았던 소크라
테스의 낙관적 자세를 연상시킨다. 더불어 "windfall"에서 "wind"와 "fall"을
분리시켜 본다면 바람이 불어 연이 떨어지는 장면 또한 그려볼 수 있다.
그러나 이는 본래의 뜻과 결합하면서 연의 추락이 아닌 지상으로의 회귀
라는 뉘앙스로 읽는 것이 더 타당할 것이다. 결국 히니가 또 한 명의 손자
인 에이빈을 위해 쓴 이 시는, 아이러니컬하게도, 시인이 죽음을 의식하며

삶을 정리하는 순간에 이르러서 공존과 순환이라는 모티브를 통해 새로운 삶을 낙관적으로 내다보는 인간의 비전을 보여준다고 할 수 있을 것이다.


## 4. 끝의 시작

죽음에 대한 주제는 모든 예술가에게 가장 궁극적인 질문이라 할 수 있을 것이다. 첫 시집부터 마지막 시집까지 히니에게 죽음이란 자신을 새로운 차원으로 들어서게 만드는 일종의 문의 이미지로 나타난다. 늘 죽음을 통해 시세계의 새로운 문을 열던 히니는 『인간 사슬』에서 비로소 죽음에 대해 의식하며, 죽음에 대해 말하고 있다. 이를 위해 히니는 연결의 끊어짐이라는 죽음에 대한 가장 보편적인 인식을 전작들의 모티브 속에 녹여냈다. 더불어 죽음에 대한 근접이라는 개인의 특수한 경험을 바탕으로, 죽음 자체에 대한 응시를 통해 삶을 성찰해보는 또 하나의 영역의 문을 열었음을 이야기하고 있다. 때문에 히니의 『인간 사슬』은 히니의 마지막 시집이기에 종말을 예고한다기보다, 죽음을 넘어 또 하나의 문을 열고 우리를 새로운 시세계로 인도하는 "황금가지"와 같은 시집이라 할 수 있을 것이다. 아울러 『인간 사슬』은 전작의 시들을 재탕하고 있는, 그저 그런 식상한 시들로 이루어진 시집이 아니라, 독자로 하여금 시인의 전작들과 마지막 시집의 시들을 비교하면서 우리 삶에 있어 변하지 않는 인간에 대한 애정과 전망을 확인할 수 있는 저작이라 말할 수 있을 것이다. 자신의 죽음을 출발점으로 삼아 타인의 죽음을 통해 시의 길을 이야기하던 히니는 다시 자신의 죽음에 도달해 비로소 인간과 시의 큰 사슬을 만들어냈다.

마르틴 하이데거. 『존재와 시간』. 이기상 옮김. 까치, 1997.

박찬국. 『하이데거이 『존재와 시간』 읽기』. 세창미디어, 2013.

베르길리우스. 『아이네이스』. 천병희 옮김. 숲, 2007.

블라디미르 장켈레비치. 『죽음에 대하여』. 변진경 옮김. 돌베개, 2016.

플라톤. 『소크라테스의 변론, 크리톤, 파이돈, 향연』. 천병희 역. 숲, 2012.

Auge, Andrew J. "Surviving Death in Heaney's Human Chain." O'Brien 29-48.

Hart, Henry. *Seamus Heaney: Poet of Contrary Progressions*. New York: Syracuse UP, 1992.

_____. "Seamus Heaney's Gift." O'Brien 219-38.

Heaney, Seamus. *Death of a Naturalist*. London: Faber and Faber, 1996.

_____. *Door into the Dark*. London: Faber and Faber, 1972.

_____. *Field Work*. London: Farrar, 1979.

_____. *Human Chain*. New York: Farra, 2010.

_____. *Preoccupations: Selected Prose, 1968-1978*. London: Faber and Faber, 1980.

_____. *The Haw Lantern*. London: Faber and Faber, 1987.

_____. *The Government of the Tongue*. New York: Noonday, 1998.

Heiny, Stephen. "Virgil in Seamus Heaney's Human Chain: Images and Symbolism Adequate to Our Predicament." *Renaissance* 65.4 (2013): 305-18.

Laird, Nick. Rev. of *Human Chain*, by Seamus Heaney. *Telegraph*. Telegraph, 02 Sept. 2010. Web. 27 Aug. 2012.

Logan, William. "Ply the Pen." Rev. of *Human Chain*, by Seamus Heaney. *The New York Times*. The New York Times, 24 Sept. 2010. Web. 27 Aug. 2012.

O'Brien, Eugene. *Seamus Heaney: Creating Irelands of the Mind*. Dublin: The Liffey. 2002.

_____, ed. *"The Soul Exceeds Its Circumstances": The Later Poetry of Seamus Heaney*. Notre Dame: U of Notre Dame P, 2016.

O'Driscoll, Dennis. *Stepping Stones: Interviews with Seamus Heaney*. London:

Faber and Faber. 2009.

O'Riodan, Adam. Rev. of *Human Chain* by Seamus Heaney. *Telegraph.* Telegraph, 29 Aug. 2010. Web. 22 Apr. 2015.

Parker, Michael. ""Back in the heartland": Seamus Heaney's "Route 110" Sequence in *Human Chain.*" *Irish Studies Review* 21.4 (2013): 374-86.

____. "'His Nibs': Self-Reflexivity and the Significance of Translation in Seamus Heaney's *Human Chain.*" *Irish Studies Review* 42.2 (2012): 327-50.

Russell, Richard Rankin. *Seamus Heaney's Regions.* Notre Dame: U of Notre Dame P, 2014.

Tyler, Meg. ""The Whole of Me A-Patter": Image, Feeling, and Finding Form in Heaney's Late Work." O'Brien 129-48.

Yeats, W. B. *Selected Poems And Four Plays of William Butler Yeats.* M. L. Rosenthal ed. New York: Scribner, 1996.

※ 이 글은 「죽음에서 죽음으로 ─셰이머스 히니의 『인간 사슬』」, 『현대영미시연구』 23.1 (2017): 77-105쪽에서 수정·보완함.

# 회복과 화해의 시각에서 살펴본
# 패트릭 캐바나의 『대기근』과
# 「내 어머니를 기억하며」

● ● ● 이명하

## I. 캐바나의 활동 배경과 작품 세계

패트릭 캐바나(Patrick Kavanagh, 1904-1967)는 현대 아일랜드 시문학사에 있어서 윌리엄 버틀러 예이츠(W. B. Yeats) 시대와 그 이후 시대의 간극을 메운 시인으로 높게 평가받는다. 시인으로서의 그의 역할과 문학사적 의의는 그가 활동했던 당대의 시대적 흐름과 긴밀하게 연결되어 있는데, 아일랜드 문예부흥(The Irish Renaissance)으로도 잘 알려진 아일랜드 문학운동 (The Irish Literary Movement)은 캐바나의 초·중기 시적 세계를 형성시키는 데 있어서 결정적인 역사적 배경이 된다. 예이츠를 위시한 영국계 아일랜드인들의 적극적인 주도로 19세기 후반부터 20세기 초에 걸쳐 진행된 문예부흥운동은 아일랜드 토착 민족인 켈트족의 고대 신화와 전설을 문학 작품으로 승화시킴으로써 아일랜드인의 민족의식을 고취시킨다는 취지로 전개되었다. 고대 아일랜드 문화의 재창조를 통한 이러한 문화적 이상화와 신화화는 그 영향력이 아일랜드의 문학적 토양에 깊게 뿌리내려 "새로운 문화적 통설의 일부"(part of a new cultural orthodoxy)(Kearney 44)로 자리 잡기에 이르렀다. 그러나 아일랜드가 중립국을 선언한 제2차 세계대전 이후 예이츠의 낭만적 영웅주의 신화와 문예부흥운동이 점차 고갈되고 쇠퇴함에 따라 문예부흥운동가들의 그늘에서 벗어나 새로운 문화를 창조하려는 움직임이 신진 아일랜드 문예가들 사이에서 확산되었다. 이들은 주로 더블린을 중심으로 활동하며 문예부흥운동가들에 의해 왜곡된 아일랜드의 모습에서 신화적 요소를 제거하고자 했다. 소설계에서는 제임스 조이스(James Joyce)가 두각을 드러낸 반면, 시인으로서는 캐바나를 가장 독보적인 인물로 손꼽을 수 있다.

캐바나와 예이츠는 가장 양극단의 성격을 띠는 두 시인으로 볼 수 있는데, 예이츠의 낭만적 신비주의에 거리를 둔 캐바나의 노골적인 사실주의는 이들의 극명한 차이를 뚜렷하게 제시한다. 캐바나는 아일랜드의 민족성과 정체성을 과거 지향적이고 현실과 유리된 신비주의적 세계에 바탕을 두는 예이츠와 문예부흥운동가들을 신랄하게 비판했다. 그 중에서도 특히 캐바나가 비판했던 것은 이들이 아일랜드 농촌의 삶을 낭만적으로 이데올로기화함으로써 아일랜드의 이미지를 왜곡시켰다는 점이다. 캐바나는 현실과 동떨어진 예이츠의 신화적 요소에 정면으로 대항하는 자신만의 문학적 대안으로서 현실에 뿌리를 내리는 "일상적인 경험의 원자"(the atoms of our ordinary experience)(Andrews 6)를 제시했으며, 이를 통해 척박한 시대 환경에서 흙에 매여 살아가는 아일랜드 민초들의 고단한 삶을 현실적으로 조명하고자 했다. 그는 구두 수선공이자 농부의 아들로 모너핸

(Monaghan)에서 태어나 농사일을 돕기 위해 십대 초반에 학업을 중단해야만 했던 자신의 실제 경험을 바탕으로 아일랜드 농촌의 실상을 내부자의 시선으로 폭로했다. 그의 대표작인 『대기근』(*The Great Hunger*, 1942)은 아일랜드 농촌의 극심한 빈곤, 종교 및 성적 억압, 가족 부양의 부담이라는 고질적인 사회 문제를 전면에 노출시킴으로써 "예이츠에 의해 미화된 아일랜드 농촌의 모습에 대해 신랄하게 화답"(a bitter rejoinder to Yeat's cultivated idea of rural Ireland)(Macrae 185)한 작품이다. 비록 캐바나는 당대 국내외적으로 예이츠와 같은 명성은 누리지는 못했지만, "실제 이야기의 전달자"(a teller of the true tale)(Corcoran 167)로서 예이츠에 의해 감상적으로 이상화된 아일랜드의 자화상을 직시하게 함으로써 후대 시인들의 작품 세계에 상당한 문학적 영감을 심어 주었다. 특히 셰이머스 히니(Seamus Heaney)는 문학적 세계주의와 아일랜드의 뿌리를 연결하여 자신만의 특유의 문학적 세계를 형성하는데 있어서 자타공인 캐바나에게 가장 많은 문학적 빚을 진 후배이다. 심지어 블레이크 모리슨(Blake Morrison)은 히니가 캐바나로부터 받은 영향력에 대해 "만약 캐바나가 존재하지 않았다면 히니가 캐바나를 만들어 내야 했을 것이다"(If Kavanagh had not existed, Heaney would have had to invent him)(29)라고 평하기도 했다.

그러나 캐바나는 말년에 자신의 대표작인 『대기근』의 문학적 완성도의 미흡함에 대해 스스로 인정하면서, 이 작품을 집필했던 시기에 자신은 시인이 아니었다고 고백한 바 있다. 그는 『대기근』에는 "시의 고결함과 안식이 결여"(lacks the nobility and repose of poetry)(*Selected Prose* 314)[1]되어 있기 때문에 "시가 아니며"(not poetry)(*SP* 314), 자신이 싫어하는 많은 작품 중 하나라고 밝히기도 했다. 비평계에서도 『대기근』의 문학적 가치에 대해서

---

[1] 이하 *SP*로 축약함.

는 이견이 없음에도 불구하고 일부 비평가들은 본 작품이 사회 비판을 넘어 시인의 격렬한 분노와 에고티즘(egotism)이 균형감을 상실한 채 지나치게 드러나 있어 그저 시인의 불평에 지나지 않는다고 분석하기도 한다. 또한 캐바나는 문예부흥운동의 신화적 정신에 반기를 들기 위해, 공동체의 자체적인 사회적, 예술적 가치를 중시하는 교구주의(parochialism)와 개인이 일상의 삶을 통해 얻을 수 있는 무심함, 자유로움, 일상성을 지향하는 희극 정신(comic spirit)을 추구하였으나, 이 두 개념들 역시 작품 속에서 부정적으로 그려지거나 제대로 드러나지 못한 한계도 있다. 그러나 캐바나의 시작 활동의 후기에 속하는 1960년대 이후에는 사회 비판적 색채가 매우 짙었던 종전의 태도와 인식에서 일대 전환이 이루어져 그가 추구했던 시적 세계가 완전한 모습으로 등장한다. 「내 어머니를 기억하며」("In Memory of My Mother")[2]는 이러한 그의 시적 세계의 특징들이 뚜렷하고도 조화롭게 드러나는 후기 작품 중 하나이다. 공교롭게도 「내 어머니」에서의 등장인물, 상황, 배경은 『대기근』의 그것들과 동일하게 설정되어 있어 캐바나의 시기별 시적 세계의 차이를 구체적으로 제시할 뿐만 아니라 그 변화의 동기가 무엇인가에 대해서도 주목하게 한다.

　　『대기근』은 늙은 어머니를 부양하느라 자신의 꿈과 젊은 시절을 강탈당한 채 어느덧 노년의 문턱에 이르게 된 65세의 노총각 농부, 패트릭 매과이어(Patrick Maguire)의 비참한 삶을 과거의 기억을 통해 전달한 장편시이다. 캐바나는 당시 아일랜드 농촌의 암울하고 절망적인 현실을 매과이어의 삶 속에 사실적으로 투영시켰으며, 이를 통해 예이츠에 의해 이상화된 농촌의 모습이 "거짓말, 비밀, 그리고 침묵에 대한 국가적 공모"(a nation-wide conspiracy of lies, secrecy and silence)(Quinn 87)임을 폭로한다. 캐

---

[2] 이하 「내 어머니」로 약칭함.

바나를 주인공 매과이어와 완전히 동일시 할 수는 없겠지만, 시인 역시 모너핸 출신으로 농촌에서의 곤궁한 삶을 경험했으며, 매과이어의 first name이 패트릭으로 설정된 것은 시인의 모습이 상당 부분 주인공에게 투사되어 있음을 짐작하게 한다. 실제로 작품에 묘사된 매과이어의 삶과 그를 둘러싼 사회 환경은 캐바나 자신을 포함하여 당대의 수많은 농부들의 삶이 주인공을 통해 사실적으로 재현되었음을 보여준다. 당시의 시대적 상황을 보자면, 감자 대기근 이후 발생한 농촌 인구의 도시 이주 현상이 20세기 전반기에 걸쳐 지속적으로 진행되었으며, 경제적인 이유로 만혼이 일반화되고 특히나 여성 인구가 도시로 유출됨에 따라 농촌 인구 대부분은 남성이 차지하게 되었다. 이에 따라 1940년대와 1950년대를 살아가는 아일랜드 농촌 지역 남성들은 결혼에 대한 현실적인 가능성이 낮았을 뿐만 아니라 실제로 결혼에 이르지 못하는 사례가 허다했다. 즉, 매과이어는 이들 중 한 명을 대변하는 인물로서, 여성과 결혼하여 성인으로서의 독립적인 삶을 영위하는 대신 땅과 어머니에게 예속되어 "영원한 소년"(a perpetual adolescent)(Parker 31)의 상태를 벗어나지 못하고 있다. 그러나 「내 어머니」에서의 화자는 이와 동일한 현실에 처해 있는 인물임에도 불구하고 매우 자유롭고 현실에 순응하는 태도를 보여줌으로써 『대기근』의 매과이어와는 전혀 다른 모습으로 등장한다. 「내 어머니」의 화자 역시 『대기근』에서와 마찬가지로 과거의 기억으로 현재를 마주한다는 공통점이 있지만, 화자의 태도와 작품의 전반적인 분위기는 『대기근』과는 선명한 대조를 이룬다. 비록 『대기근』의 주인공 매과이어가 「내 어머니」에서의 화자로 직접 언급 되지는 않지만, 두 작품의 주인공이 모너핸 출신이며 가축 돌보는 일로 끊임없이 잔소리하는 어머니의 음성이 작품에 등장하는 등의 여러 정황을 살펴볼 때 「내 어머니」는 『대기근』의 연장선상에서 집필된 작품임을 알 수 있다.

캐바나가 각기 다른 시기에 집필한 두 작품의 이러한 공통점과 차이점은 '회복'과 '화해'라는 키워드를 통해 접근할 수 있다. 『대기근』에서 고향 땅을 벗어나지 못한 매과이어의 비참한 삶은 그 자신뿐만 아니라 현실과도 조화를 이루지 못한 채 끊임없는 불만과 갈등을 일으키지만 「내 어머니」에서의 화자는 동일한 현실 속에서도 자신의 삶과 운명을 받아들이고 일상의 기쁨을 누리는 모습을 보여준다. 따라서 동일한 현실 세계 속에서의 변화된 태도는 결국 주인공의 삶 속에서 내적인 치유, 곧 화해가 이루어진 결과로 해석 할 수 있다. 실제로 1950년대에 캐바나에게 닥친 극심한 질병의 고통과 투병 생활 후 찾아온 건강의 회복은 그의 개인적인 인생뿐만 아니라 작품 세계에도 큰 변화를 가져오는 결정적인 계기로 작용했다고 알려져 있으며, 이러한 배경이 두 작품을 통해 반영된 것으로 볼 수 있다. 따라서 본 글에서는 캐바나의 중기 작품과 후기 작품을 연결하는 개념으로 '회복'과 '화해'를 제시하여, 그의 시적 세계가 '자아와 현실과의 조화,' '공간적 확장과 소통,' '일상성의 회복'이라는 일련의 단계를 거쳐 완성되는 과정을 살펴보고자 한다.

## II. 자아와 현실의 조화

『대기근』과 「내 어머니」 사이에서의 뚜렷한 차이는 각 작품의 제목에서부터 암시되어 있다. 동일한 주인공, 상황, 등장인물을 다루고 있음에도 불구하고 『대기근』은 그 제목이 시사하듯이 아일랜드의 감자 대기근이라는 암울한 역사적인 사실과 더불어 그 시대 속에서 주인공 매과이어의 꿈과 육체적 욕구가 좌절된 정신적 기아 상태라는 다소 무거운 사회적 주제를 다루고 있다. 반면에 돌아가신 어머니에 대한 추모시의 성격을 띠고 있는 「내 어머니」는 이러한 사회 비판적 주제에서 벗어나 지극히 개인적인 기억과 그리움의 감정이 애잔하면서도 따뜻하게 담겨 있다. 아울러, 두 작품의 분량 역시 시각적으로 드러나는 큰 비교 대상이 된다. 『대기근』에서는 고향땅을 떠나지 못하고 평생 농부로 살아가야 하는 매과이어가 세상을 향해 온갖 불만을 쏟아내는데, 총 14장의 장편 시로 이루어진 본 작품의 구조는 이러한 주인공의 분노의 아우성을 구구절절 반영하는 듯하다. 이와 대조적으로 「내 어머니」는 전체 5연으로 구성된 단편 시이며 각 연은 4행으로 규칙적으로 잘 짜여 있어, 『대기근』과 비교했을 때 감정이 조절되고 주인공의 분노 단계가 이미 초월되었다는 인상을 준다. 제목과 분량에서부터 확연하게 드러나는 두 작품의 차이는 궁극적으로 주인공의 삶의 인식에서의 변화로 요약할 수 있으며, 이는 각 화자의 자아와 현실 세계와의 관계를 통해 접근할 수 있다.

　『대기근』에서 매과이어를 통해 전달되는 캐바나의 현실 인식 태도는 주로 사회 현실에 대한 신랄한 풍자와 비판에 집중되어 있다. 그러나 캐바나의 대부분의 중기 작품에서 드러나는 현실 비판은 정도를 벗어나 지나치게 "단조로운 불평"(a monotonous complaint)(Quinn 87)으로 가득 차 있다는 특징을 드러낸다. 『대기근』 역시 전체 작품의 메시지가 사회를 겨냥한 노골적이고 공격적인 불만 표출에 치중되어 있다. 캐바나가 작품 전반에 걸쳐 끊임없이 반복하는 이러한 불평은 "자신에 대해 이야기 하거나 자신을 강하게 주장"(talking about or asserting oneself)(Bygrave 4)하는 적극적인 상태를 일컫는 에고티즘(egotism)이라는 개념을 통해 해석할 수 있다. 『대기근』에서의 매과이어의 경우 자아가 지나치게 에고티즘으로 경도된 나머지 오로지 자신의 삶과 상황에만 집착하며, 그 시선에 의해서 현실을 비관적으로 진단하고 사회 비판을 전면화한다. 이는 불만스러운 현실을 인식하는 매과이어의 태도가 강렬한 에고티즘의 지배를 받으면서 불평하는 에고티즘으로 표출되었음을 보여준다. 작품 속에서 매과이어는 암울한 현실에서 벗어나지 못하는 절망적인 상황에 놓여있는데, 이에 대해 그가 할 수 있는 유일한 일탈은 자신을 속박시키는 현실에서의 세 가지의 억압, 즉 대지, 어머니, 종교를 향해 온통 불만을 쏟아내는 일 뿐이다. 이러한 매과이어의 에고티즘은 1장의 1행부터 강렬하게 드러나 있으며, 그 첫 번째이자 주된 대상은 그의 삶의 터전인 대지를 향해 날카롭게 겨냥되어 있다.

> 흙은 말씀이요 흙은 육신이다
> 그곳에서 기계화된 허수아비와도 같은 감자 캐는 농부들이 움직인다
> 언덕 비탈길을 따라서 - 매과이어와 그의 일꾼들이.
> 그들을 한 시간 동안 지켜본다면 증명할 수 있는 무엇인가를 찾을 수 있을까
> 짓밟힌 생명에 대해서
> 죽음의 책 위에서?

> Clay is the word and clay is the flesh
> Where the potato-gatherers like mechanized scarecrows move
> Along the side-fall of the hill - Maguire and his men.
> If we watch them an hour is there anything we can prove
> Of life as it is broken-backed over the Book
> Of Death? (I, 1-6)

영혼이 없는 허수아비처럼 기계화되고 맹목적인 움직임으로 감자를 캐는 농부들의 현실은 그들의 삶이 흙에 의해 지배되고 예속되어 있음을 보여준다. 또한 죽음의 책에서와 같이 생명의 흔적을 찾아볼 수 없는 이들의 현실은 작품의 전반적인 분위기가 죽음과 연결되어 있음을 암시한다. 1장 8행에서의 "이러한 축축한 흙덩이 속에서도 상상력의 빛이 있을까?"는 어

떠한 의지나 희망의 가능성을 발견할 수 없는 농부들의 현실에 대한 반문으로 작용하며, 이러한 현실에 직면하는 매과이어의 분노와 저항은 흙을 말씀이자 육신으로 조롱하는 대목에서 명확하게 드러난다. 흙이 말씀이자 곧 육신이 되어 종교와 같은 절대적인 영향력을 휘두르는 현실에서, 꿈과 욕구를 박탈당한 채 수년 동안 하루 14시간을 노동할 수밖에 없는 매과이어는 마치 한 편의 비극이 상연되는 무대 위의 주인공처럼 자신의 과거를 회상하며 분노를 표출한다. 매과이어는 여느 농부들과 같이 흙 속의 허수아비의 삶을 살아가고 있으면서도 자신을 속박하고 좌절시키는 "세상의 굴레"(I, 25)로부터 자유롭게 벗어나고자 하는 강한 욕망을 소유하고 있다. 또한 지적인 호기심이 왕성하고 마을 사람들과 술집에서 맥주를 마시고 떠드는 가운데서도 "자신을 읍내에 있는 어느 누구보다도 가장 똑똑한 사람으로 생각"(I, 26)할 정도로 자존심이 매우 강한 인물이기도 하다. 자신의 꿈과 야망을 포기한 채 "똥 냄새"(XIV, 46)가 진동하는 감자밭에서 비천한 농부의 삶을 살아가야 하는 매과이어에게 세상은 적대적인 공간으로 인식될 수밖에 없다. 따라서 충족되지 못한 그의 자아의 욕망과 현실 사이에서는 끊임없는 불협화음과 갈등이 발생하고, 이러한 불만족의 상태가 세상을 향한 분노 폭발로 치환되었다고 볼 수 있다.

매과이어를 옭아매는 대지의 굴레는 점차적으로 어머니와 종교의 범위로 확장되어 연결된다. 생명보다는 죽음과 가까운 대지의 영향력은 매과이어의 육체적, 정신적 성장을 가로막고, '영원한 소년'으로서 비정상적인 상태에 머물게 한다. 여기서 대지를 'motherland'의 개념으로 접근하게 되면 결국 대지와 어머니의 관계를 동일선상에 올려놓을 수 있다. 흙이 매과이어의 꿈과 욕망 실현을 박탈하여 그의 육체를 속박하는 힘이라면 매과이어의 정신을 억압하는 힘은 어머니에게서 비롯된다. 말씀이자 육신으로서의 막강한 영향력을 행사하는 흙과 마찬가지로 어머니는 "들판을 아내로 삼는 남성을 찬양"(I, 57)하며, 매과이어에게도 그러한 삶을 강요한다. 어머니는 "독기 있는 느린 말투와 / 좀이 슨 인조가죽 같은 쭈글쭈글한 얼굴"(III, 7-8)을 하고서 이미 중년이 훌쩍 넘은 아들에게 송아지가 들어가도록 헛간 문을 열었는지, 닭을 풀어놓았는지를 표독스럽게 사사건건 잔소리한다. 흙의 영향력이 매과이어를 생명력이 결여된 '기계화된 허수아비'로 만들었듯이, 어머니의 이러한 지속적인 억압과 간섭은 그로 하여금 육체적 욕구를 발산하지 못한 채 "무기력한 벌레 한 마리"(II, 22)와 "고자"(II, 31)와 같이 생식력을 상실하게 한다. 매과이어의 인생을 대지에 저당 잡히도록 만들었던 어머니의 거짓말은 종교적 위선과도 연결된다. 어머니는 도덕적인 삶을 위해 매과이어에게 언제나 성당에서 회개할 것을 강요하지만, 그에게 종교는 어머니가 만들어낸 거짓말일 뿐이며 꿈과 희망을 앗아간 현실 속의 축축한 대지에서 "종교는 수포와 같은 반대 자극제가 될 수 없다"(VII, 24)고 주장한다.

그러나 자아의 욕구와 현실적 조건의 괴리로 인해 야기되는 이러한 매과이어의 사회적 불만 표출은 「내 어머니」에서는 전혀 찾아볼 수 없다. 작품 속 화자의 자아는 에고티즘의 지배를 받는 매과이어의 강한 자아처럼 현실 세계와의 충돌을 일으키는 양상으로 드러나지 않는다. 저스틴 퀸(Justin Quinn)은 『대기근』이 에고티즘에 의해 얼룩진 작품인데 반해, 캐바나의 작품 중 걸작이라고 평가되는 소수의 작품들은 모두 "그의 에고가 중지된 상태"(his ego is in abeyance)(88)로 존재한다는 공통점이 있다고 분석했다. 여기서 에고가 중지된 상태란 자아와 현실 사이에서 존재했던 내면적 갈등이 해소된 것으로 해석할 수 있다. 따라서 「내 어머니」의 화자의 삶 속에는 에고티즘을 뛰어넘는 내적인 치유가 이루어졌다고 볼 수 있다. 화자는 이러한 내적 화해의 결과로서, 자신이 바꿀 수 없거나 벗어나지 못하는 현실에 좌절하거나 비관하지 않고 수용하는 태도를 보여준다. 따라서 두 작품 속에서 화자의 태도의 차이는 현실을 능동적으로 받아들이느냐 그렇지 않느냐로 요약할 수 있으며, 현실을 삶 속으로 적극적으로 끌어들이는 「내 어머니」 속 화자는 매과이어와는 전혀 다른 시선으로 세상을 바라보게 된다.

> 나는 어머니께서 축축한 흙 속에 누워있다고 생각하지 않아요
> 모너핸의 묘지에서; 나는 보고 있어요
> 어머니께서 포플러 나무 길을 따라 내려가시네요
> 기차역으로 가는 도중에 . . .

> I do not think of you lying in the wet clay
> Of a Monaghan graveyard; I see
> You walking down a lane among the poplars
> On your way to the station . . .  (1-4)

『대기근』에서 매과이어는 억압적인 현실에 대한 자신의 극한 감정을 흙에 대입시키지만, 「내 어머니」에서는 화자를 지배하는 절대적인 영향력이 흙에 이입되어 있지 않다. 더군다나 화자는 흙으로부터 돌아가신 어머니를 해방시킬 수 있을 정도로 스스로도 흙에 매여 살지 않는 자유스러움을 보여준다. 「내 어머니」에서의 이러한 흙에 대한 변화된 인식은 작품의 화자가 흙을 각각 1연과 5연에서 두 차례만 간단하게 언급한 것에도 드러난다. 특히 1연에서 "나는 어머니께서 축축한 흙 속에 누워있다고 생각하지 않아요"를 5연에서도 "아 어머니께서는 축축한 흙 속에 누워있지 않아요"(20)라고 또 한 번 반복함으로써 궁극적으로는 더 이상 어머니를 자신의 인생을 속박하고 통제했던 흙과 연결시키지 않는다. 이는 어머니가 초록으로 우거진 포플러 나무 길에게 자유롭게 거닐고 있다고 상상하는 장면을 통해 확인할 수 있다. 흙에 대한 화자의 인식의 변화는 자연스럽게 어머니에

대한 기억이 『대기근』에서의 어머니와는 상반되는 모습으로 재구성되는 결과를 가져온다. 매과이어는 어머니가 91세에 돌아가시자 어머니가 너무 늦게 돌아가신 사실에 한탄했으나, 「내 어머니」에서의 화자는 돌아가신 어머니를 그의 일상으로 일부러 불러들일 정도로 어머니를 그리워한다. 이에 따라 3연에서의 "소 돌보는 일을 잊으면 안 된다"(7)라는 어머니의 잔소리는 『대기근』에서처럼 자신의 머릿속을 떠나지 않는 괴로운 기억이 아닌, 화자가 일부러 소환하여 어머니의 사랑을 기억하게 해주는 소중한 추억의 일부가 된다. 어머니와 관련되어 억압과 위선의 상징으로 묘사되었던 성당 역시 매과이어의 사회적 불만 표출의 대상인 종교라는 커다란 사회적 제도가 아니라 어머니의 숨결이 여전히 살아 숨 쉬고 있는 추억의 장소가 된다. 이처럼 「내 어머니」에서 화자는 자신을 둘러싼 현실 세계를 받아들여 자신의 삶과 밀접하게 관련시키고 있다. 따라서 『대기근』이 매과이어의 자아와 그를 속박하는 현실 세계와의 끊임없는 대립과 갈등 관계를 묘사한 작품이라면, 「내 어머니」는 내면의 갈등이 해소되고 현실과의 합일점에 도달하여 평온한 상태에 이르게 된 화자의 삶을 그리고 있다.


## III. 공간적 확장과 소통

자아와 현실 사이의 조화로부터 비롯되는 능동적인 현실 인식의 자세는 두 작품의 차이를 공간적인 범위와 분위기의 측면에서도 살펴볼 수 있게 한다. 『대기근』에서는 모너핸이라는 작고 폐쇄적이며 제한적인 반경 내에서 주인공 매과이어의 활동이 이루어지는데, 대부분 그의 생활은 흙 위에서 이루어지며 가끔 성당에 가거나 술집에서 친구들을 만나지만 그의 삶에는 큰 변화가 발생하지 않는다. 매과이어의 삶이 이루어지는 장소의 범위로만 보자면 『대기근』은 캐바나가 지향했던 교구주의(parochialism)가 실현된 작품으로 분석된다. 캐바나의 교구주의는 한 개인이 소속되어 있는 교구라는 행정 단위를 중심으로 자체적인 공동체적 가치를 추구하는 개념이다. 그는 "교구주의적 정신 상태는 자신이 속한 교구의 사회적이며 예술적인 타당성에 대해서 전혀 의심하지 않는다"(the parochial mentality . . . is never in any doubt about the social and artistic validity of his parish)(*SP* 237)고 정의 내리며, 그리스, 이스라엘, 영국 등 모든 위대한 문명은 교구주의에 기반을 두고 있다고 주장한다. 반면에 지역주의(provincialism)는 이러한 교구주의와는 완전히 반대를 이루는 개념으로서, 자체적인 사고를 가지고 있지 않으며 스스로를 신뢰하지 않고 오로지 대도시라는 외부의 시선에 의존하는 정신 상태를 의미한다. 캐바나는 자신과 같이 교구주의를 표방하기 위해서는 대단한 용기가 필요하다고 지적했는데, 심지어 교구주의 하에서는 "감자밭이 최상이라는 개념을 즐거움으로 삼을 수 있는 허세적인 요소가 항상 존재한다"(there is always that element of bravado which takes pleasure in the notion that the potato-patch is the ultimate)(*SP* 237)고 주장하기도 했다. 즉, 지역주의자는 예술적 가치에 있어서 좀 더 고차원적이고 멀리 떨어져 있는 권위를 추종하기 때문에 소극적이고 수동적인 반면, 교구주의자는 "자신만의 '1마일의 왕국'"(his own 'mile of kingdom')(Quinn 88)이 비록 지리적으로는 외진 장소가 될지라도 그곳에 대도시와 버금가는 예술적 권위를 부여하기 때문에 적극적이며 능동적인 자세를 갖추고 있다는 것이다. 이러한 측면에서, 켈트족의 고대 신화와 전설을 바탕으로 아일랜드의 민족의식을 고취시키려는 예이츠의 작품 세계는 표면적으로는 아일랜드의 정체성과 전통을 찾아가는 듯 보이지만, 근본적으로는 "외부에서 관찰자의 자세"(김연민 40)로 아일랜드를 바라보기 때문에 아일랜드의 지역 사회에 깊게 뿌리 내리지 못하며, 실제 아일랜드의 삶의 모습과는 동떨어진 상상의 공동체를 제시할 뿐이다. 그러나 캐바나는 진정한 아일랜드의 향토적인 공동체 가치에 귀를 기울이는 교구주의를 지향함으로써 자신의 문학 세계를 그들과 차별화했다.

『대기근』은 작품의 배경을 모너핸이라는 테두리 안으로 집중시킴으로써 교구주의적 정신을 충실하게 반영했다. 그러나 엄밀하게 말하자면,『대기근』에서의 교구주의는 캐바나가 의도했던 능동적이며 긍정적인 정신 상태로서의 교구주의라고는 볼 수 없다. 이는 비록 공간적인 범위에서는 교구적인 틀을 유지했으나, 사회, 예술적인 공동체적 가치가 매과이어의 삶을 통해 드러나지 않기 때문이다. 매과이어의 경우, 좁은 교구의 테두리 안에 살고 있으면서도 그 환경이 제공하는 문화적 가치에 만족감이나 기쁨을 누림으로써 장소적 제한성을 초월하기보다는, 자신을 속박하는 고향 땅에서 언제나 벗어나고자 발버둥 친다. 그리고 벗어날 수 없는 축축한 흙의 억압을 반복적으로 표출함으로써 오히려 교구가 가지는 공간의 제한성을 부정적으로 강조하고 있다.

> 그러나 그 농부는 그의 작은 땅뙈기에 묶여있다
> 바람에 강하게 단련된 탯줄에 의해 어머니의 자궁에 매인 채
> 나무의 그루터기에 묶인 염소처럼
> 그는 왜 이래야만 하는지를 생각하며 그 주위를 뱅글뱅글 돈다.
> 충돌도 없고 드라마도 없다.
> 이것이 그의 삶의 모습이었다.

> But the peasant in his little acres is tied
> To a mother's womb by the wind-toughened navel-cord
> Like a goat tethered to the stump of a tree —
> He circles around and around wondering why it should be.

No crash, No drama,

That was how his life happened. (XIII, 44-49)

캐바나는 교구주의를 표방하기 위해서는 감자밭을 최상의 장소로 여길 수 있을 만큼의 대단한 용기가 있어야 한다고 주장했지만, 매과이어의 감자밭은 이상적인 교구적 공간이 아닌, 도저히 자유롭게 움직일 수 없을 정도로 그를 붙들어 매는 속박의 장소이다. 이러한 속박에서 벗어나지 못한 삶 속에는 목줄이 허용하는 만큼만의 반경 안에 갇혀 있는 염소처럼 무의미한 움직임만 반복될 뿐 아무런 변화도 발생하지 않는다. "누구도 벗어날 수 없다"(I, 67), "벗어날 길이 없다, 벗어날 길이 없다"(XIII, 37)에서도 제시되듯이, 나무 그루터기에 묶인 염소로 비유된 매과이어의 삶은 교구라는 향토적 공간에 예술적 가치를 부여하는 능동적이며 자발적인 캐바나의 교구주의적 정신 상태를 전혀 반영하지 못한다. 이는 아이러니하게도 매과이어가 캐바나의 교구주의에 의해 외부 세계와의 단절뿐만 아니라 육체적, 정신적인 고립 상태에 놓이게 됨으로써, 오히려 교구주의의 부정적인 측면을 부각시키는 효과로 작용했다고 볼 수 있다. 반면에 「내 어머니」에서는 주인공의 활동 반경이 매과이어의 그것과 비교하여 상당히 확장되었음을 보여준다. 비록 화자의 삶이 매과이어와 마찬가지로 모너핸에 한정되어 펼쳐지지만, 화자가 기차역, 바자회, 시내로 능동적으로 이동한다는 점에 주목한다면 전혀 다른 해석이 가능하다. 특히 이러한 장소가 주변 지역 또는 사람들과의 교류를 암시하는 상징적인 공간이라는 점에서, 「내 어머니」의 화자가 거주하는 모너핸은 더 이상 매과이어를 가두어 두었던 단절과 고립의 장소가 아님을 시사한다. 즉, 기차역, 바자회, 시내는 교류를 특징으로 하는 공통적인 장소라는 점에서 화자가 마음만 먹으면 언제든지 그의 반경을 넓힐 수 있으며, 동시에 다양한 소통을 시도할 수 있다.

『대기근』에서도 흙을 벗어난 상점, 술집, 성당이 등장하지만, 매과이어가 온통 자신의 처지에만 집중해 있기 때문에 이러한 장소들은 교류나 소통으로서의 본연의 기능을 발휘하지 못한다.

이러한 물리적 혹은 심리적 행동반경의 확장은 화자에게 육체적, 심리적 해방이 이루어진 상태로 해석할 수 있으며, 이는 『대기근』에서 매과이어의 속박된 상태와 큰 대조를 이룬다. 이러한 두 주인공의 속박과 해방의 상태는 두 작품에서의 공간적 분위기를 결정하는 주된 요소가 되며, 이들이 각각 성당으로 향하는 장면에서 그 대조적인 변화를 발견할 수 있다. 『대기근』에서 성당이 등장하는 장면에서도 어김없이 어머니의 잔소리가 매과이어의 머릿속을 떠나지 않지만, 그에게 있어 성당은 어머니의 강요에 의해 죄를 회개해야 하는 공간이므로 반항심과 거부감을 불러일으킨다. 또한 미사에 참석해서 회개하라는 어머니의 억압적인 잔소리는 매과이어가 들판을 지나가는 동네 아가씨 아그네스(Agnes)를 은밀히 바라보며 성적인 충동을 느끼는 장면으로 이어진다. 따라서 『대기근』에서 성당은 주인공의 억압된 심리 상태를 암시하는 장소이다. 그러나 「내 어머니」에서 화자는 "어느 여름 일요일 두 번째 미사에 가는 길에"(5)에서 나타나듯이 자신의 의지로 미사에 두 번째 참석하는 능동성을 보여주며, 성당 장면 이후 등장하는 주위 환경의 묘사는 성당에 대한 화자의 기억이 더 이상 억압적인 이미지로 연결되지 않음을 보여준다.

> 그리고 나는 어머니께서 곳을 따라 걷는 모습을 생각해요
> 6월의 초록빛 귀리의
> 너무나도 안식으로 가득 찬, 너무나도 생명으로 가득 찬―
> 그리고 나는 우리가 마을 끝에서 만나는 모습을 보고 있어요

And I think of you walking along a headland

Of green oats in June,

So full of repose, so rich with life —

And I see us meeting at the end of a town (9-12)

어머니와 길을 걷는 도중 "6월의 초록빛 귀리"(10)가 화자의 눈에 들어올 만큼 모너핸의 환경은 그 계절다운 매력을 뿜어내는데, 특히 「내 어머니」에서 등장하는 유일한 달이 6월이며 계절의 특성에 맞게 귀리를 싱싱한 초록빛으로 물들인 점에 주목할 필요가 있다. 『대기근』에서는 사계절의 흐름에 맞추어 여러 달이 등장하지만 "들판은 하얗게 탈색되었다"(XII, 1)에서도 알 수 있듯이 제철에 맞는 묘사가 이루어지지 않거나 자연 경관의 아름다움이 축축한 흙에서 암시되는 부정적인 이미지에 의해 가려져 있다. 이는 "매과이어는 죽음에 충실했다"(II, 1)는 대목에서도 드러나듯이, 작품의 전반적인 이미지가 생명력의 상실, 즉 죽음으로 설정되었기 때문이다. 이와는 대조적으로, 「내 어머니」에서는 "너무나도 생명으로 가득 찬"으로 제시되듯이 주인공의 해방적 심리 상태가 돌아가신 어머니마저도 생명의 싱그러움으로 되살릴 정도로, 죽음이 아닌 생명으로 가득 차 있다. 바자회가 열릴 만큼 화창한 날씨는 생명으로 넘치는 이러한 작품의 분위기를 생동감 있게 채색하는데 일조한다. 또한 이러한 분위기는 4연에 "나는 어머니가 축축한 흙 속에 누워있다고 생각하지 않아요 / 왜냐하면 지금은 추수절의 저녁이기 때문이고 . . ."(1-2)에서도 반영되어 있다. 이 대목은 『대기근』에서 "4월, 그리고 누구도 계산할 수 없다 / 추수절이 얼마나 남았는지"(IV, 1-2)의 대목과 분명한 대조를 이룬다. 『대기근』에서 매과이어는 개인적 꿈과 욕구를 모너핸 땅에 박탈당한 상태이기 때문에, 그에게 모너핸은 죽음과 불모를 연상시키고 공간의 제한성과 구속력으로 상징

된다. 반면, 「내 어머니」에서의 모너핸은 대지의 생산력이 회복되어 생명의 기운으로 가득 찬 장소로 변모했다.

공간적 분위기의 차이는 두 작품에서 공통적으로 등장하는 천사들의 존재를 통해서도 드러난다. 『대기근』에서의 "마지막 영혼이 한 자루의 축축한 흙더미와 같이 수동적으로 / 언덕의 비탈길을 따라 굴러 떨어질 때, 천사들도 외면하고"(Till the last soul passively like a bag of wet clay / Rolls down the side of the hill, diverted by the angels)(I, 15-16)라는 대목은 축축한 흙더미가 굴러 떨어지는 언덕을 천사들도 고개를 돌릴 정도로 마지막 희망이 사라진 비극적 장소로 묘사한다. 반면에 「내 어머니」의 "'소 돌보는 일을 잊으면 안 된다' / 어머니의 가장 저속한 말 속에서 천사들이 길을 잃어버리네요"(Don't forget to see about the cattle / Among your earthiest words the angels stray)(6-7)는 『대기근』에서처럼 천사들이 돌아서는 상황이 아니라 천사들도 어머니의 저속한 말 속에 동화될 정도로 제 갈 길을 잃어버린 우스운 상황으로 묘사된다. 'divert'는 완전히 방향을 다른 곳으로 돌려버렸기 때문에 천사들이 그곳에 머물지 않는다는 느낌을 주는 반면 'stray'는 그 곳에서 길을 잃었을 뿐 여전히 천사들이 머물러 있기 때문에 「내 어머니」에서의 분위기가 『대기근』보다 더욱 희망적이라고 할 수 있다. 여기에서 "earthiest"는 '저속한'이라는 뜻 외에, 원어적으로 접근하자면 '흙' 혹은 '땅'과 관련되어 '흙과 같은 말', 즉 '향수애를 불러일으키는 어머니의 말'로 확대 해석할 수 있다. 이러한 해석은 흙과 천사가 등장하는 간단한 묘사만으로도 『대기근』에서의 절망적인 환경을 어머니의 따뜻함이 곳곳에 느껴지는 정겨운 고향 땅으로 탈바꿈할 수 있음을 보여준다.

두 작품에서 발견되는 이러한 구체적인 차이들은 『대기근』이 수동적이고 부정적인 교구주의의 표본인데 반해, 「내 어머니」에서는 캐바나가 지향했던 바람직한 형태의 능동적이고 긍정적인 교구주의가 실현된 것으로 볼 수 있다. 더 나아가 캐바나의 중기 작품까지 고수된 좁은 공동체적 단위의 교구주의의 범위가 확장된 것으로도 해석 가능하다. 실제로 1960년대 이후에 발표된 캐바나의 작품은 "좀 더 도시적이고 개방적"(more urban and more open)(Chuilleanain 30)인 성격을 띤다. 「내 어머니」에서의 교류의 장소가 기차역, 바자회, 시내로 언급된 것도 그 장소적 특징이 도시적이고 개방적으로 변모했다는 것은 반영한다. 그러나 장소의 범위가 도시로 확장되었다는 것 자체만으로 캐바나가 지역주의의 대도시적 가치를 포용했다거나 그의 교구주의의 본질적인 속성이 변화되었다고 보기는 힘들다. 캐바나가 도시와 시골 중 어느 곳을 선호했다기보다는 오히려 두 지역을 "서로 의존적이고 풍요롭게 하는 상태"(mutually dependent and mutually enriching)(Quinn 89)로 작품 속에서 공존하게 함으로써 그의 교구주의의 예술적 가치를 완전한 형태로 실현했다고 할 수 있다. 실제로 「운하 기슭 산책」("Canal Bank Walk")을 포함한 그의 후기 작품에서는 농촌의 암울한 현실을 사실적으로 전달하는데 치중되었던 『대기근』에서의 시골의 모습이 대자연의 아름다움을 회복하여 도시의 삶의 풍경과 조화를 이루는 것으로 나타난다. 그리고 이러한 자연과 도시의 상생은 "상반되어 보이는 도시의 인공미와 자연이 주는 영적 비전"(김연민 31)의 절묘한 조화를 이끌어냄으로써 캐바나의 독특한 도시 목가시를 완성시키는데 일조한다.

## IV. 일상성의 회복

「내 어머니」는 이러한 활동 반경의 확장과 개방성을 통해 주위 환경에 대한 화자의 소통의 문을 열어줌으로써 『대기근』에서의 매과이어가 누리지 못했던 일상의 소소한 즐거움을 선사한다. 『대기근』에서는 매과이어의 삶이 그의 좌절된 욕망과 꿈에 초점이 맞추어져 있기 때문에, 그를 둘러싼 현실은 일상성을 상실한 채 어둡고 무거운 시대적 배경으로서만 비춰진다. 따라서 『대기근』에는 캐바나가 강조했던 희극 정신이 거의 드러나지 못한다는 아쉬움이 있다. 이와는 대조적으로, 「내 어머니」 속에는 그의 희극 정신의 대표적인 특징들이 곳곳에 녹아들어 있다. 희극 정신은 캐바나의 작품 세계에서 매우 중요한 개념인데, 그는 "시인에게 있어서 가장 중요한 특징을 유머러스함"(the main feature about a poet . . . is his humourosity)(*SP* 314)이라고 밝힐 만큼 희극 정신을 그의 시작 활동의 지향점으로 삼았다. 캐바나의 희극 정신은 일반적인 의미에서의 웃음과 재미를 유발하는 희극과는 차별화된 개념으로서, "대서사의 거만함을 경멸하고, 바로 가까이 있는 것의 무심함, 자유로움, 그리고 일상성을 선호하는 태도"(an attitude which scorned the self-importance of Grand Narrative, preferring the carelessness, arbitrariness and ordinariness of the immediate)(Kearney 44)를 의미한다. 그는 문예부흥운동의 신화적 정신을 거부하고 비판하는 개념으로서 희극 정신을 꺼내들었는데, 그의 희극 정신은 "그가 문예부흥운동가들을 비판한 지점과 연결"(김연민 39)되며, 결국 그가 교구주의를 표방한 점과도 일맥상통한다. 그는 문예부흥운동가들은 무의식적으로 식민지배자들의 영향 하에 놓여있기 때문에 "이들의 문학에는 비극적 감수성이 남아 있다"(김연민 39)고 비판하면서, 비극적 감수성에 입각한 그들의 문학에는 희극 정신이 결여되어 있다고 주장했다. 그는 "비극은 완전하게 발달되지 못한 희극, 즉 완전히 탄생하지 못한 것"(Tragedy is underdeveloped Comedy, not fully born)(*SP* 303)이라고 표현했으며, 희극은 누구나 다 쓸 수 있는 비극보다도 훨씬 수준이 높고 세련된 문학 형태라고 평가했다. 캐바나는 『대기근』 역시 비극이라고 밝혔으며, 따라서 빈곤한 농부의 삶의 애환을 담은 본 작품은 시인이 추구하는 바로 가까이 있는 것의 무심함, 자유로움, 일상성이라는 희극적 태도와는 상당히 동떨어져 있다. 그는 희극 정신의 핵심은 무심함이며, "무심함은 진정한 가치감과 자신감이다. 무심치 못하는 사람은 자신의 주인이 될 수 없다"(Not caring is really a sense of values and feeling of confidence. A man who cares is not the master)(*SP* 313)고 주장한 바 있다. 캐바나가 정의하는 이 무심함 속에는 큰 틀로 접근했을 때 교구적 환경에서 주어지는 자유로움과 일상성이 모두 한데 녹아들어 있다. 즉, 개인의 만족은 가장 가까이에 있는 일상으로부터 도출되는 것이며, 이를 통해 개인은 자유를 얻을 수 있고 자신감이 생기며 자기 인생의 주인이 될 수 있다는 것이다.

이런 관점에서 보자면『대기근』에서의 매과이어는 주위 환경과 일상으로부터 자유로움이나 만족감을 얻지 못했으며 결국 자기 인생의 주인이 되지 못했다. 이는 캐바나가 문예부흥운동가들이 이상화한 농부의 삶을 조롱하는 13장에서 직접적으로 제시된다. 캐바나는 문예부흥운동가들이 농부의 삶을 상상하며 "그는 그 자신의 주인이다"(XIII, 6)라고 낭만적으로 이데올로기화한 부분에 대해 현실과 나란히 대비시켜 신랄하게 꼬집음으로써, 대지에 속박된 매과이어가 자신의 삶의 주인이 되지 못했다는 것을 분명하게 드러내고 있다. 이는 그가 애초에 매과이어의 캐릭터와 삶을 묘사하는데 있어서 희극 정신을 전혀 가미하지 않았음을 암시하는데, 그도 그럴 것이『대기근』은 이러한 문예부흥운동가들에 의해 왜곡된 농촌의 현실을 사실적으로 폭로하는데 그 목적이 있기 때문이다.

> 침대 기둥이 무너져 내린다. 희망이 없다. 욕망도 없다.
> 그 굶주린 악마는
> 흙의 대재앙에 비명을 지른다
> 이 땅의 구석구석에서.

The bedposts fall. No hope. No lust.

The hungry fiend

Screams the apocalypse of clay

In every corner of this land. (XIV, 76-79)

『대기근』은 매과이어의 삶을 전지적 시점에서 바라보는 보이지 않는 화자와 매과이어의 시선이 서로 교차되어 전달되는데, 매과이어는 마치 무대에서 비극을 연기하는 주인공처럼 수동적인 모습을 보인다. 매과이어에게는 당대의 현실을 대변하는 한 개인으로서의 삶이 대변되었지만 더 크게는 당대의 사회 정치적 시대상이 투영되어 있기도 하다. 따라서 무대 위에서 당대의 비극적 현실의 주인공 역을 맡고 있는 매과이어는 개인의 능동적인 삶보다는 캐바나에 의해서 설정되고 연출된 수동적인 삶을 보여준다. 1장에서 비극으로 무대에 오른 매과이어의 삶은 위 인용문인 14장의 마지막 4행에서 제시되듯이 결국 비극으로 끝맺음되어, 자신의 인생의 주인이 되어 능동적으로 살아가는 무심함, 자유로움, 일상성을 보여주지 못한다.

　　이와 비교하여, 「내 어머니」는 『대기근』의 매과이어라는 캐릭터가 캐바나의 희극 정신을 통해 재탄생했다는 점에서 '완전하게 탄생한 희극'으로 볼 수 있다. 두 작품을 희극 정신의 각도에서 분석했을 때 가장 큰 차이는 "I"라는 화자에서 발견된다. 「내 어머니」에서는 『대기근』에서의 수동적인 매과이어와는 달리 무심하며, 자유롭고, 일상의 행복을 누리는 화자 "I"가 등장한다. 시에서의 전체 화자를 "I"로 통일시키고 첫 행의 시작부터 "I"가 목소리를 내도록 설정한 것은 이 시에서의 화자가 더 이상 수동적인 삶이 아닌 개인의 능동적인 삶을 살아가고 있음을 시사한다. 작품의 제목이 돌아가신 어머니를 추모하는 개인사를 다루고 있는 것에서도 『대기근』에서 결여된 희극 정신이 「내 어머니」에서 실현되고 있음을 보여준다.

우연히 들른 바자회 날에, 그때는
거래가 모두 끝나고 우리는 걸을 수 있었지요
여러 상점과, 좌판과, 그리고 시장을 둘이서 함께
오리엔탈 거리에서 생각을 벗어나 자유롭게.

On a fair day by accident, after
The bargains are all made and we can walk
Together through the shops and stalls and markets
Free in the oriental streets of thought. (13-16)

위 인용문은 앞서 언급된 『대기근』의 결말과 극명한 대조를 이룬다. 매과 이어는 캐바나에 의해 설정된 전지적 화자의 개입으로 마치 비극의 주인 공처럼 무대 위에서 정해진 대사를 마구 토해내고 비극의 결말에 맞게 비명을 지르며 무대를 떠나지만, 「내 어머니」의 화자는 자신의 의지가 반영된 자유로움을 누리고 있다. 이 화자는 어머니의 기억과 함께 마을 이곳저곳으로 이동하는데, 그의 이동에는 어떠한 계획이나 수동성이 느껴지지 않으며, 바자회 방문은 이러한 화자의 자유로움이 희극 정신에 입각하여 묘사되어 있음을 보여준다. 그는 어머니의 기억과 마을 곳곳을 둘러보다가 "우연히" 바자회에 들르게 된다. 또한 그가 바자회를 찾아간 시점이 모든 거래가 마감된 후라는 것을 감안하면, 바자회 방문이 물품 구매라는 구체적인 목적에 의해서가 아니라 어머니의 기억과의 즐겁고 자유로운 동행의 결과임을 알 수 있다. 그의 눈에 들어오는 많은 상점, 좌판대, 시장의 모습은 그저 시내에서 볼 수 있는 일상의 광경이며, 그는 이러한 광경을 무심히 지나치며 생각의 무게에서 벗어나 자유롭게 계속해서 걸을 수 있다는 의지를 드러낸다. 비단 바자회 방문 장면뿐만 아니라, 1연에서의 포플러 나무 길 산책, 2연에서의 일요일 성당 가는 길, 3연에서의 초록색 귀리가 풍성한 곳에서의 산책, 5연에서의 달밤의 추수 장면은 모두 공통적으로 화자가 그의 가까운 환경에서 쉽게 접할 수 있는 일상의 활동을 묘사하고 있다. 심지어 돌아가신 어머니마저도 무덤에서 나와 마을 여기저기를 즐겁게 배회할 정도로 이러한 일상의 활동이 정지된 상태에서 일어나지 않고, 축축한 흙을 벗어나 푸른 하늘이나 밝은 달빛 아래에서의 걷기나 활발한 동작 등의 적극적인 행동을 수반하고 있다. 따라서 「내 어머니」는 전체적으로 캐바나의 희극 정신의 무심함, 자유로움, 일상성이 완전한 형태로 구현된 작품임을 알 수 있다.

## V. 캐바나의 역할과 위상

캐바나는 문예부흥운동 쇠퇴 이후 새로운 문학적 지향점을 모색하는 후대 시인들에게 그 이정표를 제시했다는 점에서 현대 아일랜드 문학 전통에 뚜렷한 족적을 남긴 인물이라 할 수 있다. 그의 가장 큰 업적은 신화적 세계로 침잠한 예이츠와는 정반대의 시선으로 농촌에서 흙과 직접 부대낀 자신의 경험을 통해 아일랜드의 자화상을 그려냈다는 것이다. 『대기근』은 비록 문학 작품으로서 여러 가지 한계점을 가지고 있지만 그 문학사적 의의만큼은 의심할 여지가 없을 것이다. 더욱이 『대기근』에서 나타난 캐바나의 주요 시적 개념의 불완전한 형태가 후기시에서 완전한 형태로 등장했다는 점에서, 그의 중기, 후기 작품들은 시인으로서 뿐만 아니라 한 개인으로서의 캐바나의 성장을 들여다볼 수 있게 한다. 본 글은 캐바나의 중기 작품과 후기 작품을 연결하는 개념으로 '화해'를 제시하였으며, 궁극적으로는 이 '화해'라는 개념 속에 '회복' 또는 '완성'이라는 의미를 포함하도록 적용하었나. 이들 통해 그의 시기별 삭품이 삭기 다른 성실을 가진 혹은 문학적 수준 단계를 보여주는 별개의 작품이 아니라, 그의 시작 활동이 완성되는 일종의 과정으로 분석하였다. 이 과정에서 두 작품은 자아와 현실의 조화, 공간의 확장과 소통, 일상성의 회복이라는 일련의 회복과 화해의 단계를 거침으로써, 결국 캐바나의 시적 세계를 통합하는 작업으로 분석되었다.

『대기근』에서 주인공 매과이어의 자아의 욕망과 현실 간의 괴리는 그가 자신을 둘러싼 현실 세계와 조화를 이루지 못하고 단절된 상태를 지속하는 원인이 된다. 이와는 반대로, 「내 어머니」에서는 화자의 자아가 내면의 갈등을 극복하고 현실을 받아들임으로써 환경에 순응하게 된다. 자아와 현실간의 조화는 「내 어머니」에서의 공간적 범위와 분위기에 커다란 변화를 가져오면서 캐바나의 이상적인 교구주의를 실현시키게 된다. 자아와 현실과의 조화, 공간의 확장과 소통의 과정은 최종 단계인 일상성을 회복시키는 예비적 단계로서 작용한다. 『대기근』에서는 매과이어의 삶 속에 암울한 농촌 현실을 고발하기 위한 비극적 주인공이 대변되어 있다면, 「내 어머니」는 온전히 자유로운 개인적인 삶을 살아가는 또 다른 매과이어의 삶이 그려진다.

매과이어의 내적 갈등의 해소를 시작으로 마침내 일상성의 회복에 이르게 되는 이러한 화해의 과정은 결국 삶의 능동성의 추구로 귀결된다. 자아와 현실 사이에서의 갈등 극복은 현실 속에서 삶을 능동적으로 영위할 수 있게 하며, 주위 환경과 현실 세계에 대한 인식을 바꾸고, 일상의 기쁨을 누리게 해준다. 이처럼 수동적인 삶에서 능동적인 삶으로의 전환 과정은 서로 유기적으로 연결된 일련의 세 단계의 회복과 화해 과정을 통해 완전한 형태로 드러난다. 매과이어라는 캐릭터가 능동적인 인물로 변모하는 과정은 건강을 회복하여 죽음의 기로에서 벗어난 캐바나의 인생 여정을 반영하기도 한다. 이러한 시인의 개인적 사건은 그의 문학적 색채가 사회 고발적 성격에서 현실에 순응하는 능동적인 모습으로 변화하는 데 결정적인 계기로 작용했다고 볼 수 있다. 그가 스스로 시인한 『대기근』의 미흡함과 그 미흡함을 후기 작품 속에서 교주주의와 희극 정신을 완전하게 반영하여 발전시켰다는 점은, 그의 삶의 모습 역시 한때의 매과이어처럼 시대에 반응하는 수동적인 삶에서 시대와 장소를 초월하는 능동적인 삶으로 일대 전환이 이루어졌음을 보여준다. 캐바나는 예이츠만큼의 폭넓은 독자층과 비평계의 관심을 받지는 못했지만, 당대의 예술가들이 외부의 시선을 맹목적으로 따르며 독자적인 목소리를 내지 못할 때 특유의 교구주의와 희극 정신을 바탕으로 향토적이고 일상적인 삶의 가치를 문학적으로 제시한 용기 있는 시인이라는 점에서 그의 존재감은 인정받아야 할 것이다. 또한 그가 예이츠와 그 후대 시인들 사이에 존재한 간극을 메움으로써 아일랜드 시문학 전통을 잇는데 길라잡이 역할을 했다는 것도 부인할 수 없는 사실이다. 따라서 캐바나가 아일랜드 문학사에 남긴 영향력의 측면에서 볼 때 아일랜드의 대표 현대 시인으로서의 그의 문학사적 위상은 앞으로도 더욱 비중 있게 재조명되어야 할 것이다.

인용문헌

Andrews, Elmer. Introduction. *Contemporary Irish Poetry: A Collection of Critical Essays*. Ed. Elmer Andrews. London: Macmillan, 1992. 1-24.

Bygrave, Stephen. *Coleridge and The Self: Romantic Egotism*. London: Macmillan, 1986.

Chuilleanain, Eilean Ni. "Borderlands of Irish Poetry." *Contemporary Irish Poetry: A Collection of Critical Essays*. Ed. Elmer Andrews. London: Macmillan, 1992. 25-40.

Corcoran, Neil. *A Student's Guide to Seamus Heaney*. London: Faber and Faber, 1986.

Kavanagh, Patrick. *A Poet's Country: Selected Prose*. Ed. Antoinette Quinn. Dublin: Lilliput Press, 2003.

Kearney, Richard. "Myth and Modernity in Irish Poetry." *Contemporary Irish Poetry: A Collection of Critical Essays*. Ed. Elmcr Andrcws. London: Macmillan, 1992. 25-40.

Kim, Yeonmin. "The Comic Spirit in the Later Poetry of Patrick Kavanagh." *Studies in English Language and Literature*. 40.3 (2014): 27-49.
[김연민. 「패트릭 캐바나의 후기시에 나타난 희극 정신」. 『영어영문학연구』 40.3 (2014): 27-49.]

Macrae, Alasdair D. F. *W. B Yeats: A Literary Life*. Houndmills: Macmillan, 1995.

Morrison, Blake. *Seamus Heaney*. London: Methuen, 1982.

Parker, Michael. *Seamus Heaney: The Making of the Poet*. Basingstoke: Macmillan, 1993.

Quinn. Justin. *The Cambridge Introduction to Modern Irish Poetry, 1800-2000*. Cambridge: Cambridge UP, 2008.

※ 이 글은 「패트릭 캐바나의 시에 나타난 회복과 화해」. 『영어영문학연구』 42.3 (2016): 81-103 쪽에서 수정·보완함.

*I am a servant of two masters*

—James Joyce

# 셰익스피어의 대영제국에 대한
# 아일랜드 캘리반의 저항
# －조이스의 「스킬라와 카립디스」

● ● ● 민태운

## I. 스티븐의 셰익스피어 이론을 보는 관점

제임스 조이스(James Joyce)의 『율리시스』(*Ulysses*) 중 「스킬라와 카립디스」(Scylla and Charybdis) 에피소드에서 스티븐(Stephen)은 당대 문학계의 문인들 앞에서 셰익스피어(Shakespeare) 이론을 편다. 이 장은 박학다식한 스티븐의 이론으로 인해 난해하기로 악명이 높다. 첫 두 쪽만 보더라도 괴테(Goethe), 아놀드(Arnold), 밀턴(Milton), 예이츠(W. B. Yeats), 싱(John Synge), 존슨(Ben Jonson), 플라톤(Plato), 단테(Dante), 아리스토텔레스(Aristotle) 등 많은 인물들의 작품들이나 이론들이 언급된다. 하지만 이보다 이 에피소드의 이해를 더 어렵게 하는 것은 스티븐이 처해 있는 복잡한 정치·문화·

개인적 상황과 그 이론을 듣고 있는 사람들의 정치·문화적 배경 등의 변수로 보인다.

스티븐의 셰익스피어 이론을 쉽게 풀어보면 문학작품이란 불가피하게 작가의 개인적인 경험으로부터 창조되는 것이기 때문에 자서전적이라는 것이다. 따라서 셰익스피어의 작품은 그의 사적인 삶에서 기원한 그의 원한, 죄의식, 욕망 등이 반영된 것이라는 것이다. 일단 피상적으로 보면 독자로서의 스티븐은 셰익스피어 작품에 대해 전기적·자서전적 접근을 하고 있는 셈이고 그의 접근법이 특별하다고 할 것도 없다. 그러나 좀 더 깊이 들어가 보면 그의 이론이 표면적으로 보이는 것처럼 단순하지 않다는 것을 알게 된다. 그것은 무엇보다도 이론을 전하고 있는 화자와 그것을 듣고 있는 청중의 복잡하게 얽힌 배경 때문이다. 겉으로 드러난 차이만 보더라도, 스티븐은 아리스토텔레스와 아퀴나스(Aquinas)의 전통을 따르고 있는 현실주의자이지만 러셀(Russell)을 비롯한 문인 청중은 플라톤의 전통을 따르는 이상주의자들이다. 또한 제국의 지배에 저항하는 토종 아일랜드인인 스티븐과 달리 그들은 영국계 아일랜드인으로 영국과 아일랜드의 합병을 지지하는 소위 합병주의자(Unionist)들이다. 게다가, 문예부흥운동에 반대하는 작가 조이스의 입장을 대변한다고 할 수 있는 스티븐과 달리 청중은 문예부흥운동가들이다. 그런데 외면적으로 드러나는 이러한 차이 외에 스티븐이 이론을 펴면서 간접적으로 혹은 비유적으로 암시하는 것도 그의 이론을 더욱 이해하기 어렵게 만드는 요소이다. 이런 이유에서 스티븐의 셰익스피어 이론은 단순히 문학적인 맥락에서만 논의될 수 없는 것으로 다분히 정치적인 함의를 담고 있다고 할 수 있다. 어떤 면에서 그것은 문학적 이론을 넘어 정치적 행위에 근접한 것이기도 하다.

그 동안 이 에피소드에 대하여 문학/미학적이고 철학적인 연구가 많았지만 정치적 해석도 없었던 것은 아니다. 예컨대 미컬스(James Michels)는

「스킬라와 카립디스」("Scylla and Charybdis": Revenge in James Joyce's *Ulysses*, 1983)에서 스티븐과 도서관 사서들의 대립을 햄릿의 아버지/유령과 클로디어스(Claudius) 간의 대립으로 보고 있고 찬탈당한자로서의 스티븐을 강조하기는 하지만 논의가 여전히 문학/미학의 영역에 머물러 있다. 플랫(L. H. Platt)은 「에서의 목소리」(The Voice of Esau: Culture and Nationalism in 'Scylla and Charybdis, 1992)에서 본격적으로 이 에피소드의 정치적 함의를 분석한다. 하지만 스티븐이 영국계 아일랜드인들의 문예부흥운동에 맞선다는 논의에 많은 지면을 할애하고 있고, 더구나 스티븐의 이론을 알레고리로 전락시킴으로써 그 정치적 의미를 약화시킨다. 왈러스(Nathan Wallace)의 「셰익스피어 전기와 화해이론」(Shakespeare Biography and the Theory of Reconciliation in Edward Dowden and James Joyce, 2005)은 제국주의적 읽기를 하는 도우든과 스티븐의 읽기를 대조시킴으로써 둘을 선명하게 대조하고 있는 점이 돋보이지만 스티븐의 저항보다는 셰익스피어의 『템페스트』(*Tempest*)에 대한 도우든의 해석에 많은 지면을 할애하고 있다. 깁슨(Andrew Gibson) 역시 『조이스의 보복』(*Joyce's Revenge*, 2002)에서 스티븐과 도우든의 대조적인 시각을 지적하고 있고, 셰익스피어의 우상화에 대해 광범위하게 연구하고 있다. 또한 그 당시 더블린 문학계의 복잡한 상황을 있는 그대로 포착하려는 시도가 평가받아야 하겠지만 역시 식민지인 독자로서의 스티븐에 초점이 맞추어져 있지 않다. 무엇보다도, 지금까지의 연구들은 캘리반을 지나가면서 언급하거나 특정 부분에서 캘리반과 스티븐을 동일시 한 경우는 있지만 이를 광범위하게 연구하지 않는 아쉬움을 남겼다. 필자는 조이스가 「스킬라와 카립디스」 장에서 직접적으로 혹은 암시적으로 스티븐과 캘리반을 동일시하고 있다는 데 주목하고, 식민지인으로서 뿐만 아니라 캘리반으로서의 스티븐의 관점에 비중을 두어 그의 정치적 도전을 조명할 필요가 있다고 본다. 본 연구는 「스킬라와 카립디스」 장에서 스티븐이 주변부/식민지인 독자로서 그의 셰익스피어 이론을 통해 그가 어떻게 제국/셰익스피어/캐논을 전복시키고 지배담론에 저항하는지 살펴보고자 한다. 특히 그가 어떻게 셰익스피어의 등장인물인 캘리반의 입장에 서서 프로스페로(Prospero)와 셰익스피어의 제국에 대해 반란을 일으키고 있는지 분석해 보고자 한다.


## II. 문예부흥운동가들과 도우든

셰익스피어에 대한 해석과 이해는 어떤 시각 혹은 입장에서 보느냐에 따라 달라질 수밖에 없다. 그런데 스티븐의 입장은 그의 이론을 듣고 있는 청중의 입장과 매우 다르다. 무엇보다도 먼저 그의 청중은 문예부흥운동가들이다. 그들은 궁극적으로 아일랜드에서 혼종성(hybridity) 대신 동질성(homogeneity)과 민족의 영혼의 순수성을 회복시키고자 하였다. 농민을 가장 아일랜드적인 순수함을 지닌 존재로 보고 그들을 낭만화, 신비화, 이상화하였다. 그들이 정의하는 진짜 아일랜드인은 더 이상 존재하지 않음에도 불구하고 과거로의 여행을 통해 그들을 찾아내려 애썼다. 하지만 조이스가 그의 많은 작품과 에세이에서 문예부흥운동을 비판하고 풍자한 것은 널리 알려져 있다. 게일어는 더 이상 거의 사용되지 않고 있어 이미 매장되었고, 적지 않은 아일랜드인이 이미 순혈주의적 범주로부터 벗어나 있으며, 또한 영국의 영향으로부터 자유로운 순수 아일랜드인의 영혼을 찾아낸다는 것은 불가능한 것이었기 때문이다. 무엇보다도 그들이 상정한 '농민'은 현실적인 농민이 아니며 더 이상 존재하지 않기 때문이다. 발렌티(Valente)도 지적하듯이, 이 문예부흥운동가들은 대부분 영국계였으며, 이 운동의 선구자들은 합병수의자이자 앵글로 색슨 우월주의사인 버서는

(Ferguson)과 오그레이디(O'Grady) 같은 이들이어서 이들의 시각이 진짜 토박이 아일랜드인들의 것이라고 할 수는 없었다(61-62). 오그레이디는 아일랜드의 음유시인을 흉내 내기 위해 아이러니하게 영국과 스코틀랜드의 자료를 참고하였고, 그의 열띤 귀족의 어조는 "제국주의자의 목소리"로 들려주는 역사소설을 암시했다(Foster 38). 또한 그의 야망은 "아일랜드의 더 큰 영광을 위하여 대영제국을 그려내는 것"이었다(Boyd 17). 문예부흥운동가는 스티븐이 멀리건과 헤인즈에게 보낸 전보에서 정의하고 있는 "감상주의자"와 같다고 할 수 있다. 그는 "저지른 일에 대해서 끝없는 부채의식을 지지 않고 즐기는 자"로서(U9,550-51) 헤인즈처럼 그들의 조상이 잔인하게 억압하고 아일랜드에서 근절시키려고 했던 아일랜드 언어와 민속을 찾아 샅샅이 뒤지고 있기 때문이다.[1]

도서관에 모여 있는 문예부흥운동가들의 셰익스피어관은 주로 트리니티 대학교 최초의 영문학 교수인 도우든(Edward Dowden)의 영향을 받은 것이었다. 한때 예이츠와의 의견충돌로 그는 이 운동을 지지하지 않겠다고 했지만 아이러니하게도 그들은 그의 관점을 이어받고 있다.[2] 월러스(Wallace)는 이들이 도우든과 결탁 혹은 공모한 관계인 것으로 묘사하고 있다(812). 개인적으로도 이들의 관계는 밀접하여 라이스터(Lyster)는 도우든 교수의 친구이자 제자이고 에글린턴(Eglinton) 또한 그의 제자로서 그를 "문화의 성인"으로 부르기까지 했다(Gibson 62). 그렇기 때문에 도우든이 1867

---

[1] 하지만 헤인즈를 문예부흥운동가로 분류하기는 어려울 것이다. 그가 더블린에서 하고 있는 활동은 문예부흥운동가들의 활동과 다르지 않지만 그는 어디까지나 영국인으로서 (영국계) 아일랜드인인 문화적 민족주의자/문예부흥운동가들과 다르기 때문이다.

[2] 문예부흥운동가들은 아일랜드 고유의 자료를 발굴하고 문자로 바꾸어 쓰고 번역함으로써 문화적 독립을 이루고자 하였다. 그러나 영국계가 영어로 아일랜드의 독립투쟁에 대한 언급은 거의 하지 않고 탈영국화와 고유한 문학적 전통의 수립을 수행하는 것은 매우 어려운 일이었다. 도우든은 이 운동이 아일랜드 작가에만 초점을 맞추는 것은 지나치게 시야가 좁은(provincial) 것이라고 비판하였다.

년 트리니티 대학에 임용된 이후 더블린에서 셰익스피어 비평은 그의 영향력의 반경을 벗어날 수 없었고 문예부흥운동은 거기에 판에 박힌 문구들을 더 했을 뿐이었다(Putz 135). 그는 "꿋꿋하게 영국지향적"이고 "중산층의, 공리주의적, 빅토리아시대 영국의" 가치관을 옹호하는 사람이었다(Gibson 63). 또한 그는 아일랜드 자치(Home Rule)가 아일랜드를 영국의 속국으로 전락시킬 것이라며 그 민족주의 운동을 공격했다(Edwards 53). 그가 "충성스러운 합병주의자"이며 "영국의 문화 및 군사제국주의"를 지지한다는 점에서(Wallace 801), 스티븐이 「네스터」 장에서 만난 디지 교장(Mr Deasy)과 유사하다. 디지 교장이 인종차별적이고 영국문화 지상주의자이었듯이, 도우든도 "인종적 문화적 위계질서"를 믿었다(Wallace 802). 당연히 도우든은 아일랜드의 문학이 "전적으로 위대한 영국문학에 비하면 주변적인 것에 불과하다고 보았고 한 편지에서 더블린을 "이 비참한 총독 문학세계"라고 함으로써(*Letters* 38-39), 식민지의 문학을 멸시하였다. 또 다른 편지에서는 "아일랜드가 [셰익스피어 같은] 존재를 배출할 수 있을지 믿을 수 없다"고 단언함으로써(*Letters* 24), 아일랜드가 정치뿐만 아니라 문화적으로도 영국의 식민지임을 주장하고 있다. 그에게 셰익스피어는 "전적으로 확고하게 앵글로 색슨"이었으므로(Edwards 53), 셰익스피어의 우월성은 곧 앵글로 색슨족의 우월성이었다. 이는 그와 같은 부류인 디지 교장이 스티븐에게 "우리는 관대한 민족"(*U* 2.263)이라며 앵글로 색슨족인 자신과 아일랜드인들을 구분하며 자신이 영국인임을 자랑스럽게 생각하였던 것과 다르지 않다. 또 디지 교장이 스티븐을 과격한 독립운동 단체의 대원인 피니언(fenian)으로 구분하는 것은 주목할 만한 가치가 있다. 왜냐하면 스티븐은 셰익스피어를 읽을 때 식민지인, 특히 피니언의 관점에서 제국옹호적인 도우든의 시각에 저항하며 읽기 때문이다. 다시 말해서, 제2장에서 디지 교장과 스티븐의 입장이 다른 만큼, 제9장에서 도우든의 시각과 스티븐의 그것이 다른 것이다.

한편, 도우든은 아직도 가장 영향력 있는 셰익스피어 전기로 여겨지는 『셰익스피어: 그의 정신과 예술에 대한 비평적 연구』(Shakespeare: A Critical Study of His Mind and Art, 1875)와 다른 연구를 통해 제국주의자/합병주의자의 관점에서 셰익스피어를 해석하였다(Wallace 801). 그는 저서에서 『템페스트』(The Tempest)의 프로스페로가 지닌 조화, 극기 정의 등의 성격이 바로 셰익스피어의 것임을 말함으로써 후자를 이상화한다(371). 또한 셰익스피어에게는 영국 보수주의(English conservatism)의 요소가 있다고 함으로써 (374) 그를 영국의 기존질서를 대변하는 존재로 만들고 싶어 한다. 그렇다고 그가 유별난 학자였다고 볼 수 없는데, 사실상 빅토리아 시대에 이미 셰익스피어는 우상화되었고 이상화되었기 때문이다. 그는 "영국의 민족적 정체성의 상징 중 하나"(Dobson 226)가 되었고 점차로 식민주의적 기획, "세계지배에 대한 영국의 욕망"(227)을 나타내는 존재가 되었다. 심지어 그의 고향인 스트랫포드(Stratford)가 "영국인의 메카"로 불릴 정도였다(Ordish 133). 1880년부터 1920년에 이르는 기간 동안 영국의 문화 민족주의는 이러한 셰익스피어의 우상화를 심화시켰다. 이 시기의 셰익스피어 연구는 그의 작품을 분석하고 해석하는 대신에 그를 찬양하는데 전념했다. 랄리(Raleigh) 같은 이는 조이스도 소장하고 있던 그의 책 『셰익스피어』(Shakespeare)에서 셰익스피어의 조상이 알프레드 왕으로 거슬러 올라간다고 하였고(31), 그를 "세계의 정복"을 위해서 전진하는 제국주의적 인물로 그려놓기도 하였다(2).

## III. 찬탈당한 스티븐/아일랜드인

셰익스피어에 대해 이러한 평가를 하고 있는 청중에게 스티븐의 이론은 전복적인 것일 수밖에 없다. 스티븐의 시각은 그가 현재 처한 입장에 의해 형성된 것으로, 그 입장을 한 단어로 압축해 본다면 '빼앗김'일 것이다. 스티븐이 기존의 지배적인 이론과 달리 셰익스피어를『햄릿』의 햄릿과 동일시하지 않고 아내와 나라를 동생에게 빼앗긴 아버지 유령과 동일시하는 이유는 셰익스피어 자신의 전기와 관련되어 있기 때문이기도 하지만 스티븐 자신의 입장과도 유사하기 때문이다. 스티븐은 나라를 제국에 찬탈 당했으며, 그동안 묶어 왔던 마텔로 탑의 열쇠조차 빼앗겨 오늘 밤 돌아갈 집도 없다. 「텔레마커스」(Telemachus) 장의 마지막 낱말은 "찬탈자"(U1.744, usurper)로서 직접적으로는 열쇠를 빼앗은 멀리건(Mulligan)을 지칭할 수 있지만 더 넓게 보면 같이 마텔로 탑에 묶고 있는 영국인 헤인즈(Haines)로 대표되는 대영제국을 가리킬 수 있을 것이다. 여기서 주목할 점은 도우든이『셰익스피어: 그의 정신과 예술에 대한 비평적 연구』에서 프로스페로와 캘리반의 관계를 다루면서 전자가 후자의 권리를 정당하게 "찬탈했다"(usurped)고 표현한 점이다(373). 이성적이지 않고 짐승처럼 힘이 센 존재를 강압하지 않으면 안 된다는 뜻이 숨겨져 있다. 뒤에서 더 자세히 논의하겠지만 캘리반은 아일랜드, 아일랜드 토박이, 피니언 같은 독립운동가, 그리고 스티븐을 나타낼 수 있다는 점에서 위의 논의와 연결된다. 도우든은 주인을 존중하고 잘 섬기는 에어리얼(Ariel)과 달리 불평만하는 열등한 캘리반의 권리 박탈을 당연하다고 보고 있다. 마찬가지로 영국과 합병주의자들은 그들이 보기에 이성보다 감성이 강한 열등한 아일랜드의 합병을 정당한 것으로 본다.

스티븐은 문예부흥운동을 '찬탈'이라는 오래된 주제의 새로운 변형으로 본다(Platt 741). 영국계 아일랜드인들이 아일랜드의 과거를 노래하며 토박이 아일랜드인을 몰아내기 때문이다. 그것은 단적으로 젊은 시인들의 작품을 하나로 묶고자 하는 러셀의 시선집에서 스티븐의 작품이 제외되었고 전도양양한 젊은 문인들이 초대되는 무어(Moore)의 저녁모임에서도 그가 제외된 사실에서 알 수 있다. 아일랜드의 문학적 미래의 지도에서 그가 제외된 것은 일종의 "문화적 민족차별정책"(cultural apartheid)이고, 민족의 목소리를 분명하게 냈다고 하는 문예부흥운동가들의 주장은 일종의 "문화적 강탈(cultural dispossession)이라고 할 수 있다(Platt 741).

> ─문학적으로 깜짝 놀랄만한 일이 있을 거라고 하네요, 퀘어커 도서관장이 친절하고 진지하게 말했다. 소문에 의하면 러셀씨가 한 묶음의 젊은 시인들 시를 모으고 있다고 합니다. 우리 모두가 염려스럽게 기대하고 있지요.
> 염려스럽게 그는 원추형의 램프 불빛을 힐끗 보았는데 세 명의 얼굴이 빛을 받아 빛나고 있었다.
> 이것을 보라. 기억하라.                    (U9.289-94)[3]

전도가 양양한 젊은 문학인들의 선집에 포함되지 않은 스티븐은 모욕을 느끼며 공모자들 같은 빛나는 세 명의 얼굴을 바라본다. 영국계 아일랜드인 문예부흥운동가들에 의해 아일랜드의 문학적 미래에서 제외된 토박이 가톨릭신자 스티븐은 왕위가 찬탈된 왕 혹은 "쫓겨난 아들"(U9.179)처럼 자신이 당한 치욕을 잊지 말자고 스스로 맹세한다. 그는 땅을 찬탈당한 후 지배자의 문화를 강요당한 캘리반의 입장에 서 있다.

에글린턴이 스티븐의 면전에서 선집에 포함될 사람들을 열거하며 일일이 설명하는 것도 스티븐에게 모욕적이었기에 자신에게 "들으라"(U9.300)며 입을 악물지만, 설상가상으로 에글린턴은 러셀에게 "오늘 밤에 오실 수 있기를 바랍니다. 말라키 멀리건도 옵니다. 무어가 그에게 헤인즈도 데려오라고 했어요"(U9.305-6)라고 말함으로써 스티븐으로 하여금 자신의 배제를

---

[3] 앞으로 조이스의 *Ulysses*는 U로 약(略)하되 장(章)수와 줄 수를 표시함.

뼈저리게 느끼게 한다. 마텔로 탑에서 스티븐을 몰아낸 장본인들이 이번엔 스티븐이 거부된 자리에 있게 되는 것이다. 스티븐은 그렇기 때문에『리어왕』의 "가장 외로운 딸, 코르딜리아"(U9.314)의 처지가 가슴으로 이해되는 것이다. 그들은 주로 영국계인 문예부흥운동 관련 문인들에 대해서 소란스럽게 말하고 있지만 스티븐은 "Nookshotten"(U9.315)이라는 한 단어로 현재의 심정을 요약하고 있다. 이는 구석으로/궁지에 몰리다, 즉 멀리 떨어져 있거나 야만적인 상태가 되게 하다는 뜻이다(Gifford 215). 이 순간 스티븐은 자신이 문예부흥운동가들에 의해 주변화 되었고 영국계에 의해 야만인으로 분류되었다고 느낀다. 이는 앞에서 헤인즈가 스티븐을 보고 미소 지을 때 스티븐을 "야만적인 아일랜드인"(U1.731), 타자로서의 야만인이라고 한 것과 연결된다. 멀리건과 같이 있을 때 거울 속의 스티븐은 야만적인 아일랜드인을 암시하는 캘리반(U1.143)이었다. 플랫(Platt)은 "Nookshotten"이라는 단어가 셰익스피어의『헨리5세』(Henry V)에 유일하게 나오는 것으로 영국의 침입을 받은 프랑스인이 영국을 비방하기 위해서 사용된 것인데 이를 스티븐이 전유한 것은 그가 맞서고 있는 이들이 영국계라는 것을 인식하고 있고 이들이 저항해야 할 대상임을 암시한다고 말한다(742). 한편 문예부흥운동가들은 "우리의 민족적 서사시가 앞으로 쓰일 것이고 . . . 무어가 적임자"(U9.309-10)라고 자축하며, "우리가 중요한 사람들이 되어 가고 있는 것 같아"(U9.312-13)라고 스스로를 높이고 있다.

이와 관련하여 이 에피소드의 배경인 국립 도서관이 영국계 아일랜드의 기관들로부터 발전했다는 점을 주목할 필요가 있다. 운영진은 대부분 영국계 개신교도에 문예부흥운동가들이어서 가톨릭의 대주교가 고위직에 지원했으나 거절당하기도 했다(Platt 740). 조이스도 이곳에서 자리를 확보하는데 실패하여 문예부흥운동가들로부터 소외를 느꼈을 것이다. 심지어 그는 그 당시 도서관의 이사로 있던 도우든 교수에게 자신의 추천을 부탁

했으나 거절당하기도 했다(Wallace 812). 따라서 스티븐이 국립도서관을 적지로, 자신을 식민지 이집트-아일랜드에 있는 아일랜드인-유대인으로 인식하는 것은 당시의 가톨릭 아일랜드인의 감정을 반영한 것이라 할 수 있을 것이다(Platt 740). 또한 스티븐은 문예부흥운동가들이 도우든과 결탁하여 가톨릭 아일랜드인을 배제한 것으로 느낄 수 있을 것이다.

## IV. 자본주의자/제국주의자/인종차별주의자 셰익스피어

스티븐의 셰익스피어 공격은 문예부흥운동가들에 대한 비판과 불가분의 관계에 있다. 러셀은 예술이 "무형의 정신적 정수"(formless spiritual essences U9.49)를 드러내야 하고 독자로 하여금 "영원한 지혜, 플라톤의 이데아의 세계"(U9.52)와 교감할 수 있게 해야 한다고 말하는데, 이는 인종차별과 정치적 억압의 역사 대신 신비주의를 대체한 문예부흥운동가들의 정신을 반영한 것이라 볼 수 있다. 스티븐이 셰익스피어의 삶을 있는 그대로 살펴 그의 인간적 삶의 역사를 제시하고자 하는 것은 이 시인이 영원한 초월적 지혜를 소유하고 있다는 그들의 잘못된 사고와 그에 따른 우상화에 저항하는 것이다. 스티븐은 셰익스피어와 관련한 여러 가지 역사적 사실들을 가지고 그들의 역사에 대한 무관심에 맞선다. 영국계 아일랜드인이며 합병주의자인 디지 씨가 반유대적인 언급을 했을 때 스티븐은 그가 전하는 소위 "지혜"(U2.376)에 대항하여 "역사는 내가 깨어나려고 안간힘을 쓰는 악몽"(U2.377)이라는 말을 한 것과 유사하다. 한편 그 앞 장에서 스티븐이 자신이 영국 제국의 종이라는 말을 하자 헤인즈는 "역사책임인 듯하다"며 역사를 추상화하려 하는데(U1. 649), 이는 러셀을 비롯한 문예부흥운동가들의 역사관과 다르지 않다. 스티븐에게 역사는 현재진행형인 악몽으로 무시할 수 없을 정도로 구체적인 현실인 것이다.

흥미로운 것은 디지 씨가 스티븐에게 반유대주의적 편견으로 인종차별적 요소를 보일 뿐만 아니라 돈에 대한 철학을 들려주면서 셰익스피어를 모델로 든 것이다. "그는 돈이 무엇인지 알았네. . . 그는 돈을 모았지. 시인인 것이 맞지만 영국인이기도 했지"(*U*2.242-43). 이어서 그가 돈 관리 잘하는 것이 영국인의 특성임을 말하자 스티븐은 "바다의 통치자"이자 제국주의자인 넬슨과 얼마 전에 바다를 바라보던 헤인즈를 떠올린다(*U*2.246). 헤인즈 역시 "영국이 독일계 유대인들의 손에 넘어갈까 걱정된다"며(*U*1.666-67) 반유대적인 발언을 했었다. 여기서 물질주의적인 영국인과 제국주의적인 영국인이 결합되며 그 가운데에 셰익스피어가 있다는 것이 암시되어 있다고 볼 수 있다. 이는 세계 최초의 산업혁명을 경험하여 물질적 풍요를 누리고 시장 개척과 원자재 확보를 위해 영토 확장에 나섰던 영국을 가리키는 것이고 셰익스피어가 그러한 제국과 밀접한 관련이 있음을 보여주는 것이다.

> 그 셰익스피어는 20년 동안 런던에 살면서, 얼마 동안 아일랜드 대법관의 월급에 해당하는 월급을 받았지요. 그의 삶은 풍요로웠어요. 그의 예술은 . . . 포만의 예술이었어요. 뜨거운 청어 파이, 초록색 백포도주 잔들, 벌꿀 소스, 설탕 장미, 아몬드 과자, 구스베리 비둘기 요리, 고급 캔디. 월터 랄리 경이 붙잡혔을 때 그는 등에 50만 프랑이나 지고 있었어요 . . . . (*U*9.623-29).

플랫은 셰익스피어의 월급과 식민지 사법부 최고 간부의 비교를 통해, 그리고 제국의 해적선에 대한 암시를 통해 "포만과 제국 사이의 연결"을 본다(746). 영국의 시인이 아일랜드 사법부 최고위직과 같은 액수의 돈을 버는 것과 영국인들이 누리고 있는 풍요는 엘리자베스 시대의 팽창주의의 결과임을 암시한다. 무엇보다도 월터 랄리 경이 아일랜드의 반란을 진압하고 토박이 아일랜드인들로부터 징발한 재산으로 부자가 된 것에 주목할 필요가 있다. 특히 "엘리자베스 시대를 특징짓는, 부에 이르는 지름길을 찾아내려는 극단적인 욕망"이 "진정한 랄리 정신"인데 이러한 욕망은 "발견, 해적질, 아일랜드 토지에 대한 열망"의 형태로 드러났다(Pope-Hennessy 68-69). 아일랜드 토지에 대한 열망이란 아일랜드인을 토지로부터 뿌리 뽑고 그들의 재산을 빼앗은 뒤 영국인 소작인으로 그 땅을 경작하게 하는 것으로 그것은 영국 정부의 정책이기도 하였다(69). 결국 랄리 정신이란 제국주의 정신을 말하는 것이고 아일랜드의 경제적 착취 혹은 해적질이 영국의 풍요와 연결되어 있으며 그 한 가운데에 셰익스피어의 삶이 있다는 것이다. 동시대인인 셰익스피어와 랄리의 연결은 셰익스피어가 누린 "포만"이 제국주의자/해적의 포획물의 결과라는 것을 암시하고 있다.

엘리자베스 시대의 팽창주의는 빅토리아 시대의 제국주의로 이어지고 셰익스피어는 그 정신을 대변한다. 스티븐은 셰익스피어의 작품 속에서 두 시대의 관련성뿐만 아니라 셰익스피어의 인종차별주의와 그에 따른 정형화를 날카롭게 찾아낸다.

> 모든 사건이 그의 방앗간에 빵을 곡물을 가져다 준 거지요. 샤일록의 등장은 여왕의 유대인의사 로페스를 목매달고 그 사지를 찢은 후에 일어난 유대인 박해와 시기가 들어맞아요. . . . 『햄릿』과 『맥베스』는 마술을 좋아하는 스코틀랜드 사이비 철학자가 왕위에 오른 시기와 들어맞죠. 패배한 스페인 무적함대는 『사랑의 헛수고』에서 그의 조롱의 대상이 되구요. 그의 야외극들과 사극들은 마페킹의 열광의 파도를 타고 배부른 채 항해하지요. . . . 씨 벤처 호가 버뮤다 제도로부터 귀항하고 르낭이 찬양했던 작품은 미국계 아일랜드인인 패치 캘리반에 대해 쓰였어요. (*U*9.748-57)

"모든 사건이 그의 방앗간에 빻을 곡물을 가져다주었다"는 것은 중단 없는 이익을 추구하는 자본주의자로서의 셰익스피어를 암시하는 측면도 있지만 그의 희곡이 그가 살고 있는 세계를 보여준다는 의미가 더 강하다. 스티븐은 셰익스피어를 그 당시 영국에 만연되어 있던 반유대주의와 연루시키기를 주저하지 않으며, 더 나아가 그의 인종차별주의적 태도를 『템페스트』(The Tempest)에 나오는 캘리반에 대한 것으로 확장시킨다. 캘리반은 "아일랜드 이민자에 대한 19세기의 무대 캐리커처를 기념하여 여기서 패치로 불리고 있다"(Gifford 236). 여기서 캘리반, 아일랜드인, 이민자 아일랜드인이 오버랩 되고 있음을 알 수 있다. 많은 학자들이 주장하듯이, 셰익스피어가 "Carib"이나 "cannibal"(철자 바꾸기[anagram]에 가까운 것) 혹은 둘 다를 나타내기 위해서 "Caliban"을 사용하였다고 볼 수 있다(Vaughan 28). 그렇다면 캘리반은 신세계 원주민, 야만인 등을 암시하지만 위 문맥에서는 영국의 식민지에서 억압받는 아일랜드인과 식민지 신세계에 이주해서 차별받는 이민자 아일랜드인을 가리키는 듯하다.[4] 결국 셰익스피어는 섬/아일랜드를 빼앗긴 원주민이 제국주의자/프로스페로에 의해서 타자화 되고 통치 받는 이야기를 하고 있는 것이다. 스티븐이 『템페스트』를 높이 평가했다고 언급한 르낭은 작품이 끝나는 부분에서 이야기를 시작하여 새로운 드라마 『캘리반: 「템페스트」의 속편』(Caliban: Suite de "La Tempête" 1878)을 썼는데, 이 작품에서 캘리반이 유럽으로 돌아와 폭도들의 지도자가 되어 반란을 일으키는 것은 흥미롭다. 캘리반이 유럽인과 연결되고 기존질서에 반항하는 모습은 제국에 대한 아일랜드인의 저항을 보여주는 듯하기

---

[4] 영국인들에게 아일랜드는 폭력과 위협의 이미지로 각인되어 있어서 『템페스트』의 캘리반과 아일랜드인의 동일시는 낯선 것이 아니었다. 『펀치』(Punch) 지는 1819년 3월 19일자에서 셰익스피어의 작품과 아일랜드의 관계를 분명하게 해 주는 풍자만화를 싣기도 했다(Poole 223).

때문이다. 이는 새로운 왕 제임스의 총애를 받고자 『햄릿』과 『맥베스』를 집필한 셰익스피어(Booker 94)와 대조되는 부분이다.

스티븐은 또한 『사랑의 헛수고』에서 스페인 무적함대의 격퇴 이후 영국에서 스페인 사람들을 조롱하며 그들에 대한 정형화가 있었는데 셰익스피어가 그 정서를 작품에 그대로 반영하고 있음도 지적하고 있다(Booker 94). 스페인 함대에 대한 승리는 영국인들에게 최고의 자랑스러운 순간이었고 엘리자베스 여왕을 유럽의 가장 위대한 군주가 되게 했다(Brimacombe 48). 이러한 셰익스피어의 맹목적 애국주의자로서의 면모는 스티븐의 보어전쟁 (1899-1902)에 대한 직접적인 언급에서 드러난다. 마페킹은 남아프리카의 중요한 군사요지로서 보어군에 포위를 당했으나 구조될 때까지 버텨 함락되지 않았고 이것이 나중에 이룬 승리에 도움이 된 것은 사실이지만 군사적으로는 큰 의미는 없었다(Hartesveldt 18). 하지만 영국 전역에서 도에 지나칠 정도로 요란하게 이를 축하했기 때문에 "maffick"는 도가 지나치게 축하하다는 뜻의 동사가 되었고(Hartesveldt 18), 또한 "마페킹"은 "대영제국과 팽창정책에 대한 열정을 도에 넘치게 드러내는 것"을 가리키는 용어가 되었다(Gifford 235). 그렇다면 셰익스피어의 극들이 "마페킹의 열광의 파도를 타고" 항해한다는 것은 셰익스피어의 극에서 영국과 영국역사에 대한 국수주의적 찬양이 일어나고 있다는 것을 말하는 것이다(Booker 94).

스티븐은 문학비평가의 입장을 넘어 마치 전범을 법정에 세워 고소하듯이 보어전쟁과 관련하여 셰익스피어를 몰아세운다. 영원한 지혜를 전해주는 대신 그는 개인적인 부의 확대와 제국의 확장을 꾀하는 인물로 그려진다.

로버트 그린은 그를 영혼의 형집행자라고 불렀지요, 스티븐이 말했다. 도끼를 휘두르고 손바닥에 침을 뱉는 걸 보니 백정의 아들이 맞긴 맞군요. 아버지 생명 하나 때문에 아홉 생명이 희생당했네요. 연옥에 계신 우리 아버지여. 카키색 영국 군복을 입은 햄릿들은 발사를 주저하지 않지요. 사람들의 머리가 피로 범벅이 된 제5장의 유혈 장면은 스윈번씨가 노래한 강제수용소의 예고지요. (U9.130-35)

플랫의 표현대로 이것은 "전기적 보충설명보다는 비난"에 가까운 것이다 (746). 로버트 그린이 "욕망은 영혼의 형집행자"라고 했는데 스티븐은 이를 고의적으로 틀리게 인용하여 셰익스피어를 형집행자와 연결시킨 후, 그의 아버지가 백정이었다는 확실하지 않은 전설을 제시한다. "발사를 주저하지 말라"는 1887년 코크에서 폭동이 일어났을 때 영국경찰이 진압과정에서 내린 명령이었다(Gifford 202). 결국 이는 보어전쟁에서 있었던 대량살상을 가리키는데, 폭동 때의 아일랜드인들과 보어인들 모두에게 총을 겨눈 제국에 대한 비난이 암시되어 있다. 그런데 스티븐은 보어전쟁의 대량살상이 셰익스피어의 햄릿 5장에 나오는 유혈장면에서 이미 예고되어 있었다는 이론을 제시하고 있는 것이다. 스윈번은 「벤슨 대령의 죽음에 대하여」(On the Death of Colonel Benson)라는 그의 소넷에서 여자들과 어린이들을 포함한 민간인 보어인들을 감금한 강제수용소를 찬양하였는데, 이 수용소는 잔인하고 비인간적인 곳으로 널리 알려져 있었다(Gifford 202-3). 제국주의자에 의한 원주민의 찬탈에 대한 이야기인 『템페스트』를 찬양했던 르낭에 대해서와 마찬가지로 제국주의자에 의한 감금을 노래한 스윈번에 대한 비난이 엿보이는 대목이다.

이어서 스티븐은 스윈번의 소넷 일부분인 "그 누구도 아닌 우리가 목숨을 살려주었던 살인적인 적들의 어미들과 새끼들(whelps and dams)"(U9. 137-38)을 인용한다. 여기서는 수용소에 갇힌 보어인들의 처자식들을 말하는데 문명인인 영국이 짐승 같은 존재들을 살려주었다는 의미가 함축되어 있다. "어미들과 새끼들"은 짐승을 가리킬 때 사용되는 단어이기 때문이다. 흥미로운 것은, 카르텔리(Cartelli)가 지적하듯이, 강제수용소에 갇힌 어미들과 새끼들이 『템페스트』의 캘리반과 그의 어머니인 사이코락스(Sycorax)를 암시한다는 것이다(23). 셰익스피어의 작품에서 "주근깨가 많은 새끼"(freckled whelp) 캘리반과 "사악한 어미"(wicked dam) 사이코락스(1.2.283. 321)가 프로스페로에게 섬을 빼앗기고 캘리반은 "선한 본성을 가진 사람들이 함께 살 수 없는 저급한 종족(vile race)"(1.2.359-61)에 속하기 때문에 바위에 갇히게 된다. 여기서 "vile race"는 인간의 경계선 밖에 있는 존재로 셰익스피어의 작품에서 이 부분을 말하는 미란다(Miranda)는 캘리반을 야만인으로 보고 인간과 구분하고 있다(Goldberg 121). 이러한 맥락에서 제국에게 억압을 받고 있는 보어인과 아일랜드인이 동일한 지점에 서 있음을 알 수 있다.[5] 보어인 아이들과 어머니들이 강제수용소에서 제국에게 비인간적인 대우를 받듯이 아일랜드인들 역시 피식민지인으로 차별을 받고 있고 특히 오늘 스티븐은 도서관에서 그것을 뼈저리게 느끼고 있다. 더욱이 캘리반이 아일랜드 인을 가리킨다는 것은 그가 유럽인들이 야만성의 표지로 보는 의상을 입고 있고 그것은 또한 토종 아일랜드인의 전통적인 의상과 유사하다는 점에서 확인할 수 있다(Callaghan 289). 영국인들에게 아일랜드인들은 영국인과 인종적으로 다른, 캘리반처럼 야만적이고 인간 이하인 존재라고 생각되었다.

이어서 스티븐은 "색슨의 미소와 양키의 고함 사이에"(U9.139) 놓여있는 경계선을 생각한다. "색슨의 미소"는 「텔레마커스」 장 끝부분에서 헤인즈가 "야만적인 아일랜드인"(U1.731) 스티븐을 향해 미소 지을 때 스티븐이 영국

---

[5] 1901년 루스(Morton Luce)가 편집한 『템페스트』는 이미 캘리반을 "빼앗긴 인디안, 다소 고귀한 야만인"으로 보고 있었고, 그로부터 50여년 뒤에 프랑스 학자인 마노니(Octave Mannoni)는 캘리반을 세상의 억압받는 민족들의 상징으로 보았다. 더 자세한 내용은 Vaughan 133을 참조할 것.

인의 미소를 조심해야 한다는 격언을 생각하는 부분을 상기시킨다. 또한 "고함 소리"는 휘트만(Walt Whitman)의 시 「나 자신의 노래」(Song of Myself)로부터의 인용이다: "나도 조금도 길들여져 있지 않다. 나도 번역될 수 없다. 나는 세계의 지붕 위로 나의 야만적인 고함을 지른다"(Gifford 202). 이에 대해 한 서평지가 이 행은 휘트먼이 아니라 캘리반이 나무를 던져 버리며 쓸 수 있는 부분이라고 한 것은 주목할 만한 가치가 있다(Crockford 1856.4.1.). "야만적인" 고함을 지르는 길들여져 있지 않은 존재는 다분히 원주민 캘리반을 떠올리기 때문이다. 그렇다면 고함을 지르는 "양키"는 앞에서 나온 "미국계 아일랜드인, 패치 캘리반"의 또 다른 이름일 것이다(Cartelli 23). 이렇게 위에서 논의한 바와 동일하게 대영제국/프로스페로/문명과 식민지/캘리반/야만 사이의 대립구조가 윤곽을 드러낸다. 특히 보어전쟁에서 많은 아일랜드 민족주의자들이 보어 쪽을 지지했다는 점에서 스티븐이 아일랜드인과 보어인들을 하나의 범주로 묶는 것은 이해할 만하다. 그런데 이때 문예부흥운동가들도 보어전쟁에 강력하게 반대했기 때문에(Eagleton 259), 그들이 대영제국과 동일시되는 셰익스피어를 우상화하는 것은 잘못되었다는 것을 스티븐은 교묘하게 암시하고 있는 듯이 보인다.[6]

## V. 캘리반/스티븐의 반란

셰익스피어에 대한 스티븐의 이러한 관점은 이 극작가에 대해 가장 영향력 있는 전기를 저술한 도우든에 대한 도전이었다. 도우든은 셰익스피어가 프로스페로로 변장하여 마치 신의 위치에서 하듯이 절대명령으로 화

---

[6] 문예부흥운동가들의 이상과 평가기준에 비추어보았을 때 셰익스피어가 그들에게 모범이 될 수 없는 이유는 또 있었다. 셰익스피어는 그들이 이상화했던 시골의 농민계급 대신 그 자신이 속한 상류계급을 예찬했기 때문이다(Schwarze 37).

해(reconciliation)를 가져온『템페스트』에서 극작가로서 그의 경력이 최고점에 도달한 것으로 보았다. 도우든은 프로스페로/셰익스피어를 외동딸을 잘 돌보며, 박학을 통해 조화를 가져오고, 그 자신에게 악행을 행했던 자들을 처벌하기보다는 용서하는 자애로운 현인으로 평가했다. 하지만 이것은 노예 캘리반과 관련된 좀 더 복잡한 측면을 간과한 것이었다. 제국주의자의 찬탈에 대해서 식민지인 캘리반으로부터의 용서와 화해는 없었고(Lim 261), 또한 캘리반의 영토를 떠나겠다는 그의 약속은 결코 실행되지 않은 채 작품이 끝나기 때문이다(Cheyfitz 74). 내일 아침 떠나겠다는 약속의 실행이 영원히 미루어질 가능성도 배제할 수 없거니와 설령 떠난다 하더라도 뒤에 남겨진 식민지의 혼란에 대해서 무관심하기 때문이다(Lim 261). 아이러니하게도, 스티븐에 의하면, 셰익스피어는 유언에서 아내에게 "두 번째로 좋은 침대"를 상속으로 남김으로써(U9.701-6) 그녀와의 화해를 이루는데 실패했다. 이러한 자신의 실패는 화해이론의 부적절함에 대한 증명인 듯이 보인다.

스티븐은 "화해가 있었다면 그보다 먼저 분리(sundering)가 있었겠지요"(U9.334-35)라고 함으로써 도우든의 화해이론에 정면으로 맞선다. 그것은 피상적으로는 앞선 비극 작품들에서 분리가 이루어졌기 때문에 마지막 희극들에서 결과적으로 화해가 있었다는 이야기를 한 것으로 볼 수도 있다. 그러나 이 에피소드의 맥락을 고려해 보았을 때 스티븐은 이 말을 통해 강한 정치적 메시지를 전달하고 있는 듯이 보인다. 『율리시스』가 출판된 해인 1922년에는 런던에서 아일랜드의 독립에 관한 협상이 진행되었다. 이 협상 테이블에 나서기라도 한 것처럼 스티븐은 분리를 통한 화해를 제시하고 있다고 할 수 있다. 하지만 도우든의 화해이론은 이러한 "분리의 필요성을 무시하고 있었다"(Ellmann 27). 프로스페로가 통합을 강요하는 것은 도우든의 합병주의와 밀접한 관계가 있다. 도우든은 편지에서 아일랜드는 셰익스피어를 배출할 수 없을뿐더러 "아일랜드인들이 여러 세대에 걸쳐서 내는 바보스러운 소음은 . . . 나귀들의 합창"이라고 쓰고 있다 (Dowden Letters 24). 결국 아일랜드인을 "나귀" 같은 짐승에 비유하는 도우든에게 화해는 "셰익스피어의 영국과 통합하기 위해서 아일랜드 민족주의의 짐승을 몰아내는 문제"이었다(Ellmann 28).

이러한 읽기를 하며 저항하는 스티븐은 프로스페로에게 노예의 반란을 일으킨 캘리반과 다를 바 없다. 캘리반은 스테파노(Stephano)와 트링큘로(Trinculo)로 하여금 프로스페로에게 제국주의적 상상력을 제공했던 지적 도구인 책을 훔칠 것을 교사한다. 카이버드(Kiberd)는 그들이 저항하는 이 책이 피식민지인, 특히 아일랜드인에게 "침범하는 기독교, 나중에는 침범하는 영어"의 상징이라고 지적한다(277). 스티븐에게는 아마 이 책이 셰익스피어의 작품에 해당하는 것일 것이다. 도우든은 셰익스피어 입문서 등의 저술을 통해 앵글로 색슨족의 가치관을 식민지에 전파하고자 하였다. 그에게 셰익스피어 연구는 "영국 제국주의자와 아일랜드 통합주의자"에게 필수적인 것이었다(Wallace 803). 그렇다면 그의 셰익스피어론에 대한 스티븐의 반발은 곧 제국주의 지배에 대한 피니언의 저항에 다름 아니었다. 부당하게 영토를 찬탈당한 아일랜드 캘리반 스티븐은 이런 방법으로 제국주의자에게 항변하고 있는 것이다. 캘리반이 그의 첫 저항에서 프로스페로의 언어를 거부하듯이(1.2.365-7) 스티븐은 셰익스피어/도우든의 제국주의 담론을 거부한다. 그는 캘리반처럼 주인을 "욕하는 법"을 배웠기 때문이다. 도우든에게 셰익스피어는 제국의 문화적 권위를 나타내지만, 스티븐은 더블린과 스트랫포드의 동일시에서 알 수 있듯이(U9.149-50) 셰익스피어와 동등한 문인이 되기를 열망한다. 비록 피니언의 정치적 시각에서 셰익스피어의 가면을 벗기려 했지만 그의 문학적 가치를 의문시한 것은 아니었기 때문이다.

Booker, M. Keith. Ulysses, *Capitalism, and Colonialism: Reading Joyce after the Cold War*. Westport: Greenwood Press, 2000.

Boyd, Ernest. *Ireland's Literary Renaissance*. New York: Barnes & Noble, 1968.

Brimacombe, Peter. *Tudor England*. Hampshire: Jarrold Publishing, 2004.

Callaghan, Dympna. *Who Was William Shakespeare?: An Introduction to the Life and Works*. Chichester: Wiley-Blackwell, 2013.

Cartelli, Thomas. "The Face in the Mirror: Joyce's *Ulysses* and the Lookingglass Shakespeare." *Native Shakespeares: Indigenous Appropriations on a Global Stage*. Ed. Craig Dionne & Parmita Kapadia. Hampshire: Ashgate, 2008. 19-36.

Cheyfitz, Eric. *The Poetics of Imperialism: Translation and Colonization from Tempest to Tarzan*. Philadelphia: U of Pennsylvania P, 1991.

Crockford, J. "Song of Myself." *The Critic, London Literary Journal*. 1 April 1856.

Dobson, Michael. *The Making of the National Poet: Shakespeare, Adaptation and Authorship 1660-1769*. Oxford: Oxford UP, 1992.

Dowden, Edward. *Letters of Edward Dowden and His Correspondents*. Ed. Elizabeth Dickinson West Dowden and Hilda M. Dowden. London: J. M. Dent and Sons, 1914.

Eagleton, Terry. *Heathcliff and the Great Hunger: Studies in Irish Culture*. London: Verso, 1995.

Edwards, Philip. "Shakespeare and the Politics of the Irish Revival." *The Internationalism of Irish Literature and Drama*. Ed. Joseph McMinn. Savage: Barnes & Noble books, 1992. 46-62.

Ellmann, Maud. "James Joyce." *Joyce, T. S. Eliot, Auden, Beckett: Great Shakespeareans* Vol XII. Ed. Adrian Poole. London: Continuum, 2012. 10-56.

Foster, John Wilson. *Fictions of the Irish Literary Revival: A Changeling Art*. Syracuse: Syracuse UP, 1987.

Gibson, Andrew. *Joyce's Revenge: History, Politics, and Aesthetics in* Ulysses. Oxford: Oxford UP, 2002.

Gifford, Don & Seidman, Robert J. Ulysses *Annotated*. 2nd Ed. Berkeley, U of California P, 1988.

Goldberg, Jonathan. *Tempest in the Caribbean.* Minneapolis: U of Minnesota P, 2004.

Hartesveldt, Fred R. *The Boer War: Historiography and Annotated Bibliography.* Westport: Greenwood Press, 2000.

Joyce, James. *Ulysses.* eds. Hans Walter Gabler, Wolfhard Steppe, & Claus Melchior. New York: Random House, 1986.

Kiberd, Declan. *Inventing Ireland: The Literature of the Modern Nation.* London: Vintage Books, 1996.

Lim, Chee-Seng. "Crossing the Dotted Line: Shakespeare and Geography." *Shakespeare Without Boundaries: Essays in Honor of Dieter Mehl.* Ed. Christa Jansohn & Lena Cowen Orlin & Stanley Wells. Newark: U of Delaware P, 2011. 253-66.

Michels, James. "'Scylla and Charybdis': Revenge in James Joyce's *Ulysses.*" *James Joyce Quarterly* 20.2 (1983). 175-92.

Ordish, Thomas. *Shakespeare's London: A Commentary on Shakespeare's Life and Work in London.* London: J. M. Dent & Co., 1904.

Platt, L. H. "The Voice of Esau: Culture and Nationalism in 'Scylla and Charybdis.'" *James Joyce Quarterly* 29.4 (1992). 737-50.

Poole, Adrian. *Shakespeare and the Victorians.* London: Bloomsbury, 2004.

Pope-Hennessy, Sir John. *Sir Walter Raleigh in Ireland.* Juniper Grove, 2007.

Putz, Adam. *The Celtic Revival in Shakespeare's Wake: Appropriation and Cultural Politic in Ireland, 1867-1922.* Basingstoke: Palgrave Macmillan, 2013.

Raleigh, Walter. *Shakespeare.* London: Macmillian, 1909.

Schwarze, Tracy Teets. *Joyce and the Victorians.* Gainesville: UP of Florida, 2002.

Valente, Joseph. "James Joyce and the Cosmopolitan Sublime." *Joyce and the Subject of History.* Ed. Mark A. Wollaeger, Victor Luftig, and Robert Spoo. Ann Arbor: The U of Michigan P, 1996. 59-80.

Vaughan, Alden T. & Vaughan, Virginia Mason. *Shakespeare's Caliban: A Cultural History.* Cambridge: Cambridge UP, 1991.

Wallace, Nathan. "Shakespeare Biography and Theory of Reconciliation in Edward Dowden and James Joyce." *ELH* 72.4 (2005): 799-822.

※ 이 글은 「「스킬라와 카립디스」 작에서 셰익스피어의 제국에 대한 아일랜드 캘리반의 반란」, 『근대영미소설』 22.3 (2015): 93–114쪽에서 수정 · 보완함.

# 국가의 외부를 향하여
## —아이리쉬 모더니즘

● ● ● 김연민

## I. 선택: 아일랜드인가 모더니즘인가?

아이리쉬 모더니즘(Irish Modernism)을 정의하는 방식은 크게 두 가지가 있다. 첫째는 유럽식 모더니즘 운동의 일부로서 아일랜드라는 지역에서 일어난 모더니즘으로 보는 견해이다. 이러한 시각은 유럽 대륙의 모더니즘과의 공통점에서 그 기원을 찾으며 제임스 조이스(James Joyce)나 사무엘 베켓(Samuel Beckett) 등의 작품이 가지고 있는 독특한 문체와 표현 기법에 나타난 언어적 혁명성에 초점을 둔다. 한편, 아일랜드 민족주의적 관점에서 영국의 식민주의적 잔재를 청산하고 아일랜드만의 차별화된 민족적, 문화적 정체성을 확립하기 위한 목적으로 모더니즘의 기원을 찾는 시도가 있다. 1890년대부터 1900년대 초반까지 W. B. 예이츠(Yeats)와 J. M. 싱(Synge) 등이 이끌었던 아일랜드 문예부흥운동(Irish Literary Revival)기의 작품들이 대표적인 예가 된다. 전자는 지엽적 민족주의보다는 세계주의(cosmopolitanism)에 그 초점을 둔다. 그러나 아일랜드 민족 정체성을 강조하는 후자는 근대 아일랜드 민족 개념이 본격적으로 대두된 1800년대부터 아이리쉬 모더니즘의 기원을 찾는다. 1800년 아일랜드가 대영제국으로 합병(the Acts of Union)되기를 전후로 민족의 근대성과 더불어 아일랜드만의 민족 정체성을 문화, 특히 문학으로 표현하려는 시도가 19세기 말 문예부흥운동으로 표출된 것이다. 결국 아이리쉬 모더니즘은 "모더니즘"이냐 또는 "아이리쉬"냐의 초점에 따라 그 시기와 작가군의 범위가 다르게 정의되어 왔다.

이러한 상반되는 두 흐름, 즉 민족 내부로 향하는 것과 세계 외부로 향하는 두 흐름은 유럽 대륙의 모더니즘에서도 종종 발견되는 중요한 성향이다. 미래주의(futurism) 등에서 나타난 문명의 진보에 대한 믿음 또는 예찬과 함께 산업 자본주의 문명에 대한 반작용으로 전통과 신화 등의 가치로 회귀하려는 움직임 또한 있었던 것이다. 아일랜드에서도 모더니즘은 전통이라는 보수적 가치를 축으로 식민세력에 대한 저항과 민족 독립의 사명을 표출함과 동시에, 민족의 근대적 발전을 위해 정치 경제적으로 발전한 유럽 대륙의 모델을 지향하며 진보적인 가치를 추구한다는 면에서 이미 그 내부에 양면적 가치가 존재했다. 사실 전통이라는 가치가 근대의 민족주의, 민족국가, 민족상징물 등의 개념과 긴밀히 연결되었다고 주장하는 에릭 홉스바움(Eric Hobsbawm)의 연구를 고려한다면, 서로 어울릴 것 같지 않은 전통과 근대라는 두 가치가 모더니즘을 통해 드러나는 것은 아마도 필연적인 현상일 것이다. 결국 아이리쉬 모더니즘을 논의하기 위해 아일랜드만의 전통이냐 또는 보편적인 근대정신이냐 사이의 긴장상태 혹은 이 이분법적 구도에서 벗어난 새로운 관점을 고찰할 필요가 있다.

아일랜드 역사에서 모더니즘의 모순되는 두 가치가 동시에 극명하게

드러나는 때는 바로 1922년 아일랜드자치국(The Irish Free State) 수립 전후
이다. 아일랜드인들은 영국 식민지배자들로부터 그들만의 차이를 강조하
기 위해 아일랜드만의 전통이 필요했고, 동시에 자치에 대한 그들의 능력
을 영국인들에게 보여주기 위해 보편적인 근대화의 모습 또한 필요했다.
그러나 아일랜드자치국에 대한 평가는 아일랜드학 내부에서 주된 비판의
대상이 되어 왔다. 현대 아일랜드학의 주류인 역사수정주의(revisionism)와
포스트식민주의(postcolonialism) 그리고 페미니즘(feminism)이 민족이나 근대
화의 개념에 대해 서로 다른 입장을 취하지만, 해방 이후부터 1949년 수립
된 아일랜드공화국 초기 십 여 년 동안의 근대민족국가에 대한 비판을 하
고 있다는 점이 이들 사이의 공통점이다(Cleary 6). 수정주의자들은 국가가
보여준 경제 문화적 민족주의에 대한 과도한 집착과 아일랜드 농촌사회와
게일인종 그리고 카톨릭 종교에 기반에 둔 낭만적인 유토피아에 담긴 전
근대적 환상을 비판한다. 포스트식민주의 학자들은 근대국가를 형성한 부
르주아 민족주의자들에 의해 완전한 민족 혁명이 좌절되었음을 지적하며
근대국가를 비판한다. 페미니스트들은 근대국가뿐만 아니라, 앞에 제시된
두 학문적 주류에서 발견되는 남성위주의 담론들에 문제를 제기한다. 비
록 초점은 각기 다르지만, 이들이 실패한 근대민족국가라는 공통된 주제
를 공유하고 있음을 알 수 있다. 민족국가의 억압적인 현실과 혁명의 한계
는 당대 모더니스트들에 의해 자세히 논의되고 폭로된 바 있다. 결국 아이
리쉬 모더니스트들의 주된 글쓰기 주제는 전통과 근대 사이의 모순을 안
고 있던 근대국가와 그 권력에 대한 것이었다. 국가권력에 대한 비판과 그
외부성에 대한 추구가 아이리쉬 모더니즘의 특징이 된다.

국가권력의 외부성 추구라는 주제는 질 들뢰즈(Gilles Deleuze)와 펠릭스
가타리(Felix Guattari)의 사상을 통해 좀 더 확장될 수 있다. 이들은 이미 『안
티-오이디푸스』(Anti-Oedipus)에서 아버지와 아들 사이의 갈등을 가족 내로

한정시키는 정신분석적 관점이 아닌 가족 외부에 위치한 국가장치와 자본주의의 공모 관계로 설명하며 국가와 자본주의의 권력에 문제를 제기한다. 더 나아가 이들은『천 개의 고원』(A Thousand Plateaus)에서 "전쟁기계"(the war machine)의 개념을 도입하며 국가권력에 대한 비판과 동시에 그 외부에 대한 탐구를 정교화 한다. 비록 이전의 아일랜드 문학 연구에서 들뢰즈와 가타리의 전쟁기계 개념을 적용한 경우는 없었지만, 데클란 카이버드(Declan Kiberd)가『아일랜드 만들기』(Inventing Ireland)에서 이들이 제시한 "안티-오이디푸스" 개념을 아일랜드 근대민족문학의 기저에 흐르는 중요한 에너지(388)로 평가한 바 있다. 이러한 흐름과 더불어 본 연구는 들뢰즈와 가타리의 철학 중 전쟁기계 개념을 적극적으로 전유해 아일랜드 근대민족국가의 외부성 추구라는 주제에 초점을 맞춰 당대 모더니스트들의 소위 실패한 근대민족국가에 대한 비판적 작업을 살펴보고자 한다.

스키타인(the Scythians)들의 유목적인 삶에서 역사적인 의미를 발견한 들뢰즈와 가타리는 국가장치(state apparatus)에 대립되는 개념으로서 "전쟁기계"를 도입한다. 이들에게 전쟁기계는 국가(the state)의 외부성을 추구하는데 그 의의가 있다: "공리 I. 전쟁기계는 국가장치의 외부에 있다"(A Thousand Plateaus 351). 비록 추상화된 자본과 국가장치 사이의 더욱 복잡해지고 견고한 조합으로 인해 현대사회에서 정확한 전쟁기계의 예를 발견하기는 불가능하나, 이 개념은 국가장치로 환원될 수 없는 탈영토화의 모델을 제공한다는 점에서 여전히 의미가 있다. 전쟁기계가 가지고 있는 가치들을 설명하기 위해 들뢰즈와 가타리는 게임 이론[1]을 도입하는데, 바둑

---

[1] 체스에서 각 말들은 자신이 가지고 있는 이름과 성격에 따라 게임 판 위에서의 움직임이 미리 정해진다. 이에 반해, 바둑의 돌들은 익명성과 집단성을 지닌다("바둑의 돌들은 내적 속성이 없이 상황적인 속성을 갖고, 주체화 되지 않은 기계의 배치의 요소들이다"(ATP 352-53)). 체스 게임이 규격화되고 코드화 된 전쟁이라면, 바둑은 순전한 전략의 전쟁이다. 더욱이 체스의 말들은 제한된 구역 내에서의 움직임을 따르지만, 바둑의 돌들은 바둑판의

의 돌들처럼 전쟁기계는 개인에게 특정한 영역과 한계를 부여하는 중앙집
권적인 국가권력에 포섭되지 않는 외부성을 지향한다. 들뢰즈와 가타리가
국가를 "권력 기관의 영속 또는 보존"과 권력의 "유지"로 특징짓는 모습에
서 알 수 있듯이, 이들 철학의 커다란 주제는 개인을 국가권력 아래로 포
섭하고, 훈육하며, 영토화시키는 국가장치에 대한 비판이다.

아이리쉬 모더니즘에 대한 담화에 전쟁기계 개념을 도입하는 이 연구
는 아이리쉬 모더니즘을 근대민족국가와의 관계에서 이해하려는 시도이
다. 민족국가 수립을 최종 목표로 삼았던 문예부흥론자(the Revivalists)들의
작품은 대영제국이라는 거대권력에 대한 외부성 추구라는 관점에서 전쟁
기계로도 이해될 수 있다. 그러나 문예부흥운동가들이 해방 민족국가가
지닌 재영토화하는 힘을 정당화하면서 이들의 문학에 내재한 전쟁기계의
속성, 즉 권력에 대한 외부성 추구가 무력화되었다. 이에 반해, 소위 반-문
예부흥론자(anti-Revivalists)들은 식민세력에 대한 외부성은 물론 아일랜드
자치국에 대한 외부성마저도 추구했다는 점에서 국가권력에 대한 끊임없
는 탈주를 시도했다고 볼 수 있다. 이러한 점에서 이 연구에서 다뤄질 아
이리쉬 모더니즘에 관한 논의는 문예부흥기의 작가들보다는 아일랜드 민
족국가 수립 전후에 국가권력에 대한 비판적 작업을 수행한 작가들에 한
정하고자 한다.

본 연구는 문예부흥기 이후의 아이리쉬 모더니즘을 들뢰즈와 가타리의
전쟁기계 개념을 통해 이해하면서 다음의 세 가지 관점에서 논의하고자 한
다. 첫째로, 막시즘(Marxism)적 관점, 특히 프레드릭 제임슨(Fredric Jameson)

---

모든 지점을 사용할 수 있다. 결국 체스에는 개별 말들의 움직임을 규정하고 영토화하는 절
대 권력이 존재하지만, 바둑에서는 이러한 권력이 존재하지 않는다는 점에서, 들뢰즈와 가
타리는 체스를 국가장치의 영토화하는 힘, 바둑을 유목민의 탈영토화적인 움직임으로 대비
시켰던 것이다.

이 아이리쉬 모더니즘을 생산양식(mode of production)의 관점에서 연구한 방식을 고찰하고 그 한계를 파악한다. 이에 대한 대안으로 들뢰즈와 가타리의 언어를 기반으로 한 기호체제 변화 양식으로서 아이리쉬 모더니즘의 독특성을 조명하고자 한다. 둘째로, 아이리쉬 모더니즘 내부의 커다란 두 흐름, 문예부흥론자들과 반-문예부흥론자들의 작품에 나타난 사상을 전쟁기계의 관점에서 구체적으로 비교하면서 민족국가 건설 이데올로기의 외부에 위치한 전쟁기계로서의 모더니즘을 파악한다. 마지막으로 전쟁기계가 국가권력에 대한 내부 고발자로서의 역할을 담당한다는 점에서 아이리쉬 모더니즘을 소수자 문학의 장을 여는 수단으로 접근할 것이다.

## II. 전쟁기계로서 아이리쉬 모더니즘

### 1. 생산양식과 기호체제

들뢰즈와 가타리가 『안티-오이디푸스』(Anti-Oedipus)와 『천 개의 고원』에서 자본주의에 대한 분석과 비판 작업을 하지만, 그들의 철학이 막시즘과 분리되는 지점은 바로 역사에 대한 인식에 있다. 막시즘에서는 생산양식의 변화에 따라 역사 발전단계가 구분된다. 그러나 들뢰즈와 가타리는 언어의 명령하는 속성에 기반을 둔 기호체제(regimes of signs)의 변화, 즉 전기표체제(pre-signifying regime), 기표체제(signifying regime), 그리고 후기표제제(post-signifying regime)로 역사를 인식한다. 대부분의 국가장치는 기표체제를 통해 작동하는데, 이것의 외부성을 추구하는 전쟁기계들은 반기표적체제(counter-signifying regime)의 원리를 따른다. 결국 막시즘과 들뢰즈, 가타리 사이의 차이점은 한 사회의 변화에 있어 전자가 유물론적 실체, 즉 생산양식의 변화에 초점을 둔 반면, 후자는 언어와 기호체계의 변형에 그 초점을 둔다는 것이다.

프레드릭 제임슨은 「모더니즘과 제국주의」("Modernism and Imperialism")에서 모더니즘의 발생을 생산양식의 관점에서 설명한다. 대부분의 유럽, 즉 제1세계 모더니즘은 서구 열강들의 해외 식민지 개척과 관련이 깊다. 식민지의 값싼 노동력과 천연 자원으로 인해 기존의 생산수단(means of production)이 자국 내에서 식민지로 옮겨 가면서 유럽 제국 내의 근대자본주의 경제구조는 개인 일상의 삶과 존재론적 경험들에 급진적인 변화를 가져 왔다. 막시즘적 관점에서 인간의 의식에 커다란 영향을 미치는 생산수단의 해외로의 이전은 인간 내적 자아의 의미 상실과 연결된다. 바로 이 지점에서 제임슨은 제1세계 모더니즘을 새로운 영화 기술, 추상 회화, 무조 음악 등의 새로운 스타일의 출현으로 특징짓는다. 특히 "물리적인 대상들의 우연성과 불가능한 의미에 대한 요청 사이의 모순"(55)은 유럽 대도시에서의 공간적, 지각적 의미 상실에 대한 해결책으로 새로운 문체를 요구했던 것이다. 생산수단의 이전 및 부재 그리고 이에 따른 사회 전반의 생산양식 변화로 인해 새로운 미학적 양식이 필요했던 제1세계 모더니즘과 달리, 제임슨은 아이리쉬 모더니즘만의 독특성을 지적한다. "변방의 그리고 중심부에서 벗어난"(60) 특징을 지닌 아일랜드 수도 더블린(Dublin)은 영국의 대표적인 식민 도시로서 여전히 생산수단을 소유하고 있다는 면에서 유럽제국의 대도시들과는 본질적으로 다른 공간의 도시였다.[2] 유럽 대

---

[2] 19세기 아일랜드는 유럽대륙의 관점에서 "모던"의 시기였음에도 불구하고 전통적인 생산양식이 주요한 경제 자본을 형성했다. 마르크스가 지적했듯이, 아일랜드에서의 영국의 식민지배는 아일랜드의 근대화를 가속했다기보다는, 그들의 식민지 착취를 고착화하면서 더욱 농경사회로 전락하고 말았다(132). 다시 말해, "시기"로서의 아일랜드 "모던/근대" 사회는 1800년대부터 도래했다고 볼 수 있으나, 삶의 구체적인 면들, 예를 들어 생산양식의 변화 등은 그 이전과 비교해 혁명적으로 달라진 것은 없었다. 1800년대 이전과 1900년대 전후 아일랜드인의 삶에 커다란 경제구조의 변화는 없었다는 것이다.

류의 모더니즘이 생산수단의 이전으로 불확실성과 우연성을 그 특징으로 한다면, 제임슨에게 아일랜드, 특히 제임스 조이스(James Joyce)의 『율리시즈』(*Ulysses*)에 나타난 식민 도시 더블린은 삶의 양식이 "조우"(62)와 "교차"(62), 소문과 이야기를 통해 예측 가능한 근대자본주의 이전의 전통적인 도시로 읽힌다. 이는 조이스가 『더블린 사람들』(*Dubliners*)에서 "더블린은 정말 작은 도시이다. 모든 이들이 모든 이들의 일을 안다"(61)고 표현한 것과 일맥상통한다. 더욱이 『율리시즈』의 「배회하는 바위들」("Wandering Rocks") 에피소드에서 무관해 보이던 등장인물들이 결국 더블린 안에서 이미 교차한 적이 있는 사이임이 드러나는 대목도 제임슨의 주장을 뒷받침한다. 결국 제임슨은 유럽 제국 모더니즘과 달리 비교적 확정성으로 가득 찬 전통적인 도시를 묘사하기 위해 조이스가 굳이 새로운 문체를 요구하지 않았다는 결론에 이른다(61).[3]

제임슨의 관점에서 생산수단의 존재 유무와 이로 인한 생산양식의 변화는 제1세계 모더니즘과 아일랜드와 같은 제3세계 모더니즘을 구분 짓는

---

[3] 제임슨이 아이리쉬 모더니즘을 생산양식의 관점에서 설명했듯이, 많은 현대 비평가들이 아이리쉬 문학을 생산양식으로 설명해 왔다. 핀탄 오툴(Fintan O'Toole)은 1950년대 이후 사무엘 베켓(Samuel Beckett)이나 현대 시인 폴 더컨(Paul Durcan) 등에 의해 아일랜드 사회를 초현실주의적으로 묘사되는 이유를 사회 경제적 이유에서 찾고 있다. 아일랜드 공화국은 1940-50년대 다시 한 번 경제적 위기를 맞이한다. 전 인구의 약 1/3이 1840년대 감자 대기근으로 인해 생계를 위해 미국과 캐나다 등으로 아일랜드를 벗어났듯이, 당시에도 많은 인구가 경제적 이유로 이민을 떠났다. 결국 아일랜드에는 황폐한 토지만이 남게 되었고 바로 이러한 부재의 이미지가 초현실주의적 묘사를 낳았다. 한편, 1960년대와 1970년대는 아일랜드가 기존의 자급자족적 보호주의 경제 구조에서 유럽 경제 연합(EEC)에 가입하면서 자유 시장 경제 대열에 합류한 시점이다. 이러한 경제 변화에 대해 오툴은 아일랜드가 기존의 사회에서 포스트모더니즘 사회로의 이행을 준비할 충분한 시간이 없었다라고 하며 근대 이전의 시기와 근대 이후의 시기 사이의 독특한 혼종성이 형성된 시기로 묘사하고 있다. 바로 이러한 시기를 그린 현대 시인 폴 더컨(Paul Durcan)을 그는 당대의 "미디어 문화가 과거 농경 정치, 반계몽주의적 교회, 그리고 중세의 종파적 갈등과 공존"(32)하는 초현실주의적 관점에서 분석하고 있는 것이다.

중요한 기준이 된다. 그러나 생산양식의 절대적 영향에 기반을 둔 그의 분석은 모더니즘에 대한 정치-경제학적 해석이라는 커다란 장점에도 불구하고 몇 가지 적용되지 않는 사례가 있다. 조이스의 『율리시즈』에는 제임슨이 예상한 것보다 더 많은 불확정성이 존재한다. 그 대표적인 예가 "매킨토시를 입은 사내"이다. 이 등장인물은 자신의 정체를 드러내지 않으면서 작품 도처에 수수께끼 같은 흔적들을 남기고 다닌다. 작품 속의 어떤 등장인물들도 이 사내가 어디에서 태어나 살고 있는지 알지 못한다. 더블린의 미지성(unknowability)을 상징하는 이 사내는 『율리시즈와 우리』(*Ulysses and Us*)에서 카이버드(Declan Kiberd)가 주목하는 블룸(Bloom)을 특징짓는 불확정성에 대한 표현들("perhaps," "maybe," and "probably" (255))과 일맥상통한다. 매킨토시를 입은 사내의 존재는 제임슨이 묘사한 예측 가능한 더블린의 공간적 의미에 제1세계 도시들이 가지고 있는 불확정성이라는 의미를 가져와 더블린을 확정성과 불확정성이 공존하는 독특한 도시로 묘사하게 한다. 이러한 제1세계와 제3세계 현실의 특이한 겹침 현상은 복잡한 아이리쉬 모더니즘의 특징을 단적으로 보여준다. 아일랜드의 이러한 복합적인 상황을 제임슨도 인지했음에도 불구하고, 그가 생산수단을 지나치게 우선시한 결과 조이스 작품에서 새로운 문체의 부재라는 반론의 여지가 많은 결론에 이르게 된 것이다. 결국 아이리쉬 모더니즘의 독특성을 설명하기 위해 기존의 생산양식이라는 관점 이외에 또 다른 사고의 틀이 요구되는 지점이다.

영국의 식민지로서 경제변화를 민감하게 체험한 아일랜드인들의 문학에는 사회경제적 요소들에 대한 작가들의 의식이 투영되어 있다. 그러나 레이몬드 윌리엄스(Raymond Williams)가 『문화와 사회』(*Culture and Society*)에서 지적하듯이 한 민족의 문학을 연구할 때, 그 사회의 경제적 배경으로부터 시작하는 것은 필수적인 일이나, 이러한 접근법은 오히려 구체적인 현실을 추상화 시키거나 그 현실에 대한 피상적인 분석으로 끝날 수 있다 (300)는 점을 염두 해야 한다. 마르크스의 상부구조, 하부구조 개념을 "제 안적인 비유"(301)로 보지 않고, "현실에 대한 묘사"(301)로 보았을 때, 현실 에 대한 해석의 오류가 생기는 것이다. 하부구조의 절대적인 영향으로 인 해 한 사회의 문학의 성격이 형성된다는 제임슨의 주장은 그의 종합적인 막시즘적 이해에도 불구하고, 아이리쉬 모더니즘을 단선적으로 바라볼 위 험에 노출된다.

전통적인 막시즘적 관점과 달리 들뢰즈와 가타리가 제안하는 역사 인 식에 대한 "일종의 모델들"(이정우 127)로서 기호체제들이 작동하는 방식은 전기표체제, 기표체제, 후기표제제로 나뉜다. 원시사회인 전기표체제에서 기호(signifier)는 사물로부터 완전한 분리를 보이지 않는다. 하지만 문자의 발명 그리고 역사의 기록과 함께 등장한 기표체제의 사회에서는 기표가 사물을 대신하고, 초코드화 작업과 그것에 대한 해석이 한 사회를 유지한 다. 이는 곧 국가의 탄생과 권력 유지와 직결된다. 기표체제의 사회는 "보 편화하는 추상화, 기표의 정립, 언표행위 그리고 그와 관련된 것들의 순환 성, 국가장치, 군주의 즉위, 사제들의 카스트, 희생양 등"(*ATP* 118)의 성격 을 보인다. 이러한 중심기표로 모든 것을 영토화시키는 국가권력의 힘에 대항해 탈영토화의 흐름을 보여주는 것이 반기표체제이다. "살벌하고, 호 전적이며, 가축을 기르는 유목민"(*ATP* 118)들로 대표되는 반기표체제는 국 가가 권력의 기반인 기호체제를 거부하며 그 외부를 지향한다.

기표의 초코드화를 통한 의미의 생산 그리고 그것에 대한 일원론적 해 석에 대한 거부는 아이리쉬 모더니즘이 가지고 있는 커다란 특징 중의 하 나이다. 조이스와 베켓은 다양한 언어적 실험을 통해 기표제제가 근거한 기표-기의의 전통적인 조합을 파괴하며 새로운 언어를 창조해낸다. 들뢰즈 와 가타리는 『카프카: 소수 문학을 향하여』(*Kafka: Toward a Minor Literature*)

에서 소수문학의 세 가지 특징 중 하나로 "언어의 탈영토화"(18)를 꼽고 있는데, 이를 대표할 수 있는 작가로 아이리쉬 모더니스트인 조이스와 베켓을 들고 있다. 이들에게 조이스는 다양한 종류의 상징과, 꿈의 이미지, 난해성, 그리고 감춰진 기의를 통해 기존의 언어에 대한 탈영토화를 이뤄냈다고 본다. 『율리시즈』와 『피네건의 경야』(*Finnegans Wake*)에서 보여준 조이스의 언어실험, 즉 고대영어에서부터 당대의 언어까지 영문학사 전반을 아우르며 패러디한 문체, 세계 각국의 언어 사용, 언어유희, 그리고 그가 창조한 수많은 신조어 등은 이미 많은 조이스 연구가들에 의해 잘 알려진 바와 같이 모더니스트로서의 언어적 혁명을 잘 보여준다. 이에 반해 들뢰즈와 가타리에게 베켓은 카프카처럼 단순하면서도 건조한 문체의 사용, 특히 언어의 "자발적인 빈곤"(19)을 통해 언어의 탈영토화를 극단으로 밀고가 어떠한 의미를 추구한다기보다는 강도(intensities)만을 남긴다. 조이스와 베켓이 추구한 언어적 혁명은 기표와 기의에 뿌리를 둔 전통적인 재현의 언어 사슬을 벗어나는 것이고, 이는 바로 기표체제의 외부를 추구한 반기표적 체제를 표상하는 전쟁기계의 모습으로 이해될 수 있다.

앞서 제임슨은 생산수단의 관점에서 생산활동이 활발히 이뤄지고 있던 더블린에서는 굳이 새로운 의미를 표현할 필요성이 없다고 판단하여 조이스의 모더니즘에서 새로운 문체가 없다고 결론지었다. 하지만 당대의 문학을 생산수단의 관점이 아닌, 기호체제의 변화로 볼 때, 조이스와 베켓으로 대표될 수 있는 아이리쉬 모더니스트들은 기존 전통사회, 그것이 영국제국주의하의 식민국가이든, 아일랜드 자치국이든, 즉 국가 설립의 근거가 되는 초코드화를 통한 기호체제 구축이라는 영토화하는 흐름으로부터 탈주하려는 전쟁기계의 면모를 보이고 있다. 이는 아이리쉬 모더니즘을 근대민족국가의 형성과 더불어 논의할 수 있게 하는 중요한 단서가 된다.

## 2. 근대 국가 형성과 아이리쉬 모더니즘

포스트식민주의적 관점에서 『기이한 운명: 근대 아일랜드의 자본과 문화』에서 조 클리어리(Joe Cleary)는 근대 아일랜드 문학을 두 시대로 나눈다. 원시 켈틱(Celtic) 문화에 기반을 둔 문예부흥기의 문학, 즉 아일랜드 토지전쟁(1870년대~90년대)과 아일랜드 자치국 설립(1922) 사이의 시기에 해당되는 문학이 첫 번째 근대 문학이다. 자치국 수립 이후 20세기 말까지 클리어리가 정의하는 아일랜드 문학은 모더니즘이 아닌 자연주의이다(96). 이 시기의 작가들은 문예부흥기의 작가들이 갖고 있던 아일랜드에 대한 이상화 된 이미지들을 거부하고 당대의 사회 경제적으로 비참한 현실을 묘사하는 데 그 초점을 두었다(Cleary 96-97). 자연주의 소설의 주인공들은 조이스가 『더블린 사람들』에서 묘사한 아일랜드 전반에 퍼져 있는 "마비"의 증상, 특히 「이블린」("Eveline")에 등장하는 여주인공이 비참한 삶의 환경에서 벗어나 아르헨티나로 이주를 포기하는 삶의 모습 등에서 볼 수 있는 절망감을 표현한다. 시 분야에서는 20세기 후반기의 아일랜드 시인들에게 예이츠보다 더 커다란 영향을 끼친 패트릭 캐바나(Patrick Kavanagh)가 자연주의 작가로 거론된다. 그의 시 『대기근』(*The Great Hunger*)에서 주인공 매과이어(Maguire)는 하루 14시간 동안 밭에서 힘든 노동, 관습과 전통의 짐을 부여하는 어머니의 권위, 그리고 그의 성적인 에너지를 억누르는 종교에 의해 억압되어 있다. 해방을 맞은 찬란한 민족국가의 영광이 아닌 당대 "[아일랜드인들에게] 익숙한 어머니, 교회, 토지라는 [억압의] 삼위일체(Culleton 219)를 폭로하며 캐바나는 아일랜드 농촌사회의 현실을 통렬히 묘사한다.

클리어리에게 20세기 아일랜드 문학을 문예부흥기의 문학과 자연주의 문학으로 구분할 수 있는 기준이 아일랜드 자치국의 수립이라면, 그레고리 도빈스(Gregory Dobbins)에게 이 민족국가의 수립은 아이리쉬 모더니즘의 탄생과 직결된다. 『게으르고 빈둥거리는 수작꾼들: 아이리쉬 모더니즘과 게으름의 문화 정치학』에서 그는 아일랜드 독립운동과 문화민족주의가 화두였던 20세기 전반부에 조이스, 베켓, 플랜 오브라이언(Flann O'Brien)의 작품에 나타난 게으름의 정치학을 재조명한다. 조이스의 『젊은 예술가의 초상』(A Portrait of the Artist as a Young Man)에서 스티븐 디덜러스(Stephen Dedalus)가 안경이 깨져 글을 쓸 수 없다고 하자 돌란(Dolan) 신부는 그를 다음과 같이 질책한다: "이리 나와, 디덜러스. 쪼그만 게으름뱅이 수작꾼 녀석. 네 얼굴에 수작꾼이라 쓰여 있어. 어디서 안경을 깨먹었어?"(51). 이 대목은 근면함이 민족 해방과 민족국가 건설을 위한 최고의 덕목으로 여겨지던 당대의 모습이 학교의 일상에도 투영된 것을 보여준다. 예이츠를 필두로 새로운 민족국가의 건실한 이미지를 확립하기 위해 문화민족주의자들은 "굳센 근로윤리"(Dobbins 10)를 바탕으로 분예부흥운동과 게일 체육 협회(the Gaelic Athletic Association) 등을 조직해 사회 전반에 강한 영향력을 끼쳤다. 이들은 특히 "진보라는 목적론적 개념"(Dobbions 8)의 역사관을 가지고 그 최종 목적지를 민족국가의 설립으로 본다. 이러한 근로윤리와 일방향의 목적론적 역사인식을 갖고 있던 부흥기의 문학과 대조적으로 도빈스는 아일랜드 자치국 수립을 전후로 발생한 아이리쉬 모더니즘을 제시한다. 조이스와 베켓과 같은 반-문예부흥론자(counter-Revivalists)들과 같은 모더니스트들은 국가 설립을 위한 어떠한 근로윤리나 진보사관도 거부한다. 도빈스에게 바로 이러한 특징이 "게으름"의 미학을 표현한 아이리쉬 모더니스트들과 민족국가 이데올로기로 무장된 "근면한" 문예부흥론자들을 차이 지을 수 있는 중요한 지점이 된다.

클리어리와 도빈스 연구의 공통된 주제는 근대 아일랜드 문학을 구분함에 있어 민족국가의 설립을 그 기준으로 삼는다는 것이다. 민족국가를 최종 목표로 삼았던 문예부흥기의 작품과 달리 아이리쉬 자연주의 또는 모더니즘 작품들은 결국 국가 이데올로기의 외부성을 추구한다는 점을 발견할 수 있다. 이 점에서 아이리쉬 모더니즘을 전쟁기계의 모델로 파악할 수 있다. 조이스가 전쟁기계로서 민족국가 이데올로기에 저항하는 모습은 『젊은 예술가의 초상』에 단적으로 나타난다. 앞서 제시된 예술가로서 보여주는 게으름의 미학 이외에도 그는 단호하게 민족국가의 외부성을 추구한다. "이 나라에서 한 사람의 영혼이 태어날 때 그가 날아갈 수 없도록 만드는 움켜쥐는 그물망이 있어. 넌 내게 민족이니, 언어니, 종교니 이야기 하지. 난 그런 그물망들을 빠져 날아갈 거야"(220). 당대 아일랜드 자치국 건설이라는 목표 아래 행해진 모든 정치, 문화적 운동은 민족으로는 게일인종, 언어로는 게일어, 종교로는 카톨릭을 민족국가 정체성의 주요 요소로 꼽았다. 하지만 조이스에게 이러한 요소들은 개인을 포획하는 장치로만 인식될 뿐이다. 결국 그에게 있어 글쓰기 행위는 개인을 국가장치 아래로 포섭하려는 힘에 대항한 전쟁기계로서의 성격이 있다. 이러한 예는 『율리시즈』의 「키클롭스」("Cyclops") 에피소드에서 민족과 국가 이데올로기의 외부를 갈망하는 블룸의 모습으로 확인될 수 있다. 게일 체육 협회를 설립한 마이클 쿠삭(Michael Cusack)을 모델로 한 익명의 "국민"(the citizen)은 "우린 조국에 더 이상 외부인들을 원치 않아"(12.1150-51)라고 말하며 편협한 민족주의자의 모습을 보여준다. 자신이 아일랜드에서 태어나 자라왔음에도 불구하고 게일 혈통을 지닌 아일랜드인에게 민족의 외부인으로 여겨진 유태인 블룸은 다음과 같이 민족에 대한 정의를 내린다. "민족이란 같은 장소에 사는 같은 사람들이요. [. . .] 아님 다른 곳에 살기도 하고"(12.1422-31). 배타적인 민족국가 정체성을 추구하던 아일랜드자치국은 조이스에게 억압적인 영토화의 표상이다. 이 영토화의 힘에 대항하여 전쟁기계의 탈영토화의 흐름과 국가의 외부성을 추구한 것이 조이스 모더니즘의 핵심이다.

조이스가 아일랜드 민족국가 설립 직전 국가 권력에 대한 외부성을 추구했다면, 베켓은 국가설립 이후 특히 아일랜드 자치국이 1920년대 후반부터 1930년대까지 출판 및 영화 등 사회문화적 검열을 강화한 시점에서 그 외부를 추구했다. 카이버드가 지적하듯이, 이 시기의 아일랜드는 영국 식민지배에 대항한 독립전쟁에서 승리를 거둔 이후이기 때문에 민족 정체성에 대한 확고하고도 자기만족적인 분위기에 젖어 있었다. 그러나 민족국가 정체성에 대한 지나친 강조는 사회의 모든 분위기를 "승리주의적 [민족]부흥운동"(Kiberd, *Inventing Ireland* 532)으로 획일화 시켰고, 결국 강한 민족주의 성향의 작품들이 당대 사회를 장악하고 있었다. 이러한 상황에서 베켓은 그의 소설 『머피』(*Murphy*)를 통해 민족국가의 외부성을 탐색한다. 소설의 주인공 머피는 "일하는 것은 그들[자신과 여자친구]에게 있어 끝이 될 것"(22)이라 믿으며 하루 종일 흔들의자에 앉아 명상을 즐긴다. 이러한 모습은 투철한 근로윤리를 바탕으로 견실한 국가를 건설하려는 당대의 민족주의 이데올로기와 뚜렷한 대조를 보인다. 근대국가의 열광적인 분위기로부터 소외감을 느낀 주인공 머피는 더블린을 떠나 망명자 신세가 되어 런던의 한 정신병동에서 일하게 된다. 그는 그곳에서 정신분열증을 보이는 친구와 체스를 두면서 조국 아일랜드에서보다 더욱 안정감을 느낀다. 모든 이들이 염원하던 민족국가가 설립되었으나, 해방 이후의 아일랜드는 그를 이방인으로 내 몰았고, 그는 결국 게일인들과 같은 부류가 되는 게 두려워서(3) 망명자가 되기를 선택한다.

근대민족국가 건설을 위한 투철한 근로의식에 대한 거부라는 주제 이외에도 베켓이 문예부흥론자들과 차이를 보이는 점은 배경에 대한 묘사와 언어 사용의 간결성을 들 수 있다. 민족국가 이데올로기에 충실한 당대의 작가들은 아일랜드의 자연 환경을 애국적인 관점에서 낭만적으로 표현했다. 이와 반대로, 베켓의 작품에는 그 배경이 익명의 또는 공허한 장소로 대체된다. 『고도를 기다리며』(*Waiting for Godot*)에서 나타나듯이, 텅 빈 무대 위에 서 있는 나무 한 그루의 배경은 아름답고 찬란한 조국의 자연환경에 대한 묘사가 아닌, 민족국가 설립이라는 역사로부터 탈문맥화된 상황을 암시한다(Kiberd, *Inventing Ireland* 539). 한편, 들뢰즈와 가타리가 앞서 지적했듯이, 베켓의 탈영토화적인 언어 사용은 화려한 스타일로서가 아닌, 언어의 간결함을 그 특징으로 한다. 배경의 간소함을 통해 당대 역사와 민족국가 이데올로기로부터 자신을 탈영토화 시켰듯이, 『머피』에 나타난 그의 엄밀한 철학적 언어 사용, 특히 정신과 육체의 관계에 대한 형이상학적 논의는 당대의 주류를 형성한 낭만주의적 상징주의와 크게 대조를 보인다. 더욱이 그가 모국어인 영어 대신 프랑스어로 작품 활동을 한 점은 끊임없는 민족국가의 영향력으로부터 자신을 탈영토화 하려는 전쟁기계로서의 역할을 보여준다.

아이리쉬 모더니스트 작가 중 희곡 영역에서 국가권력의 외부성을 추구한 인물로 숀 오케이시(Sean O'Casey)를 들 수 있다. 더블린 하층민들의 삶을 그린 그의 대표작 『총잡이의 그림자』(*The Shadow of a Gunman*), 『주노와 공작』(*Juno and Paycock*), 『쟁기와 별』(*The Plough and the Stars*)로 구성된 "더블린 삼부작"(Three Dublin Plays)은 모두 근대 아일랜드 민족국가 설립 전후를 배경을 삼고 있다. 『쟁기와 별』은 1916년 부활절 봉기를, 『총잡이의 그림자』는 아일랜드 독립전쟁을, 그리고 『주노와 공작』은 아일랜드 자치국 수립을 둘러싼 내전을 배경으로 한 작품이다. 비록 초기 오케이시는 아일랜드어 보존을 위해 게일 연맹에 소속되어 문화민족주의자로서 활동했지만, 더블린의 빈민과 노동계급으로서의 자신의 경험을 작품에 투영하기 시작하면서 민족주의보다는 사회주의 노선을 걷게 된다. 결국 그의 더블린 삼부작을 관통하는 주제는 민족의 정체성과 정치적 해방이라는 이름으로 희생된 개인에 대한 안타까움과 폭력적으로 변모한 민족국가 이데올로기의 경직성에 대한 폭로이다. 특히 『주노와 공작』은 아일랜드 자치국 수립 이후, 영국과의 조약(the Anglo-Irish Treaty)에 대한 찬성과 반대파로 갈라져 일어나는 내전을 배경으로, 그에게 아일랜드 자치국은 개인의 숭고한 희생을 바탕으로 쟁취한 민족의 영광스러운 결과라기보다, 영국과 아일랜드가 낳은 사생아로 묘사된다. 극 중 보일(Boyle) 씨 가족은 영국인 변호사 벤담(Bentham)으로부터 그들의 친척이 물려준 거금의 유산을 받을 수 있다는 소식을 듣게 된다. 그러나 이 소식은 거짓임이 드러나고, 말없이 떠난 벤담대신 그들에게 남겨진 것은 벤담으로 인해 임신하게 된 보일의 딸 매리(Mary)이다. 그 일가족이 받기로 되어 있던 유산이 아일랜드의 자치 또는 완전한 정치적 독립을 상징한다면, 그들이 실제 얻게 된 것은 영국과의 관계에서 생겨난 혼혈아, 즉 영국-아일랜드 조약으로 생겨난 아일랜드 자치국이다. 오케이시에게 근대민족국가의 설립이 사생아와 같은 환영받지 못하는 존재로 그려지고 있다는 점은 그가 근대국가의 내부보다는 외부를 지향하고 있음을 알 수 있게 한다.

오케이시가 민족국가를 건국한 세력들로부터 자신을 멀리한 이유, 민족국가의 외부를 추구했던 중요한 이유 중 하나는 그들이 보여준 폭력성 때문이었다. 보일의 아들 조니(Johnny)는 아일랜드 독립전쟁 당시 자신의 한 쪽 팔을 잃으면서까지 조국을 위해 희생한 인물이다. 그러나 그는 곧이어 일어난 내전 중 영국-아일랜드 조약을 반대하던 비정규군(Irregular)에 의해 처형되고 만다. 이들은 한 때 민족 독립을 위해 영국군에 저항하며 생사고락을 함께 했지만, 민족 개념에 대한 차이로 인해 이전의 동료를 살해한 것이다. 민족의 이름으로 폭력을 쉽게 정당화 하는 조약 반대파들에 대한 그의 부정적인 묘사는 그가 폭력으로 얼룩진 정치적 양극단으로부터 탈영토화 시도한 것으로 볼 수 있다. 민족의 완전한 독립과 통합을 주장하던 조약 반대파들과 영국으로부터 해방에 중점을 두고 근대민족국가 건설을 최우선시로 삼은 찬성파들의 대립은 개인의 구체적인 삶과 현실을 민족이라는 추상적인 개념으로 희생시킨 폭력만을 양상할 뿐이었다. 이 내전 중 아들을 잃은 텐크리드 부인(Mrs. Tancred)은 "[오 주여] 돌처럼 굳어버린 마음을 거둬가시고, 우리에게 생명의 마음을 주시옵소서! [. . .] 이 살벌한 증오를 거두시고 주님의 영원한 사랑을 베푸소서!"(116)라고 하며 당대의 경직되고 폭력적인 사회상을 고발하고 있다. 이를 통해 오케이시는 민족국가 설립이라는 이름으로 자행된 모든 폭력을 거부하고 있는 것이다. 예이츠의 「1916년 부활절」("Easter 1916")에서 민족의 독립을 위한 개인의 희생은 필수불가결한 덕목이었으나, 오케이시에게 그러한 희생은 민족국가 이데올로기에 대한 정당화일 뿐이다.

민족을 위한 희생제의에 참여한 이들이 극적으로 영웅으로 변화하는 모습을 다루는 예이츠의 시와 달리, 오케이시의 작품에는 특별한 영웅이 없다. 오히려 그의 작품에는 술주정뱅이, 경제적으로 무능한 아버지, 전쟁의 트라우마를 겪고 있는 젊은이, 더블린의 열악하고 비좁은 아파트에 살고 있는 하층민들이 등장한다. 오케이시에게 민족국가 건국이념 중심에 있는 희생제의의 덕목은 일상의 삶에서 매일 발버둥치는 개인의 사회경제적 문제 해결에 조금도 도움이 되지 않기에 그의 작품에는 반영웅적 인물들이 가득하다. 개인의 현실에 관심이 없는 새로운 민족국가는 오케이시에게 이전 식민지배자와 바를 바 없는 또 다른 착취자로서 그려진다. 민족국가를 둘러싼 모든 이데올로기적 투쟁에 환멸을 느낀 오케이시는 어느 한편의 논리를 따르는 어떠한 형태의 ―주의(-ism)를 거부하기에 이른다. 민족 또는 국가의 영역으로 개인을 포섭하려는 힘에 대한 거부로서 그 외부성을 추구할 때, 그의 글쓰기 행위는 탈영토화를 추구하는 전쟁기계가 된다.

## 3. 소수자 문학으로서의 아이리쉬 모더니즘

오케이시가 여타의 정치적 사상을 거부한다는 점에서 그의 비정치성 또는 정치적 중립성이 종종 비판을 받는다. 민족주의 등으로 연결되는 정치의 영역과 휴머니즘으로 대표되는 일상의 삶을 이분법으로 나누고 개인을 정치로부터 분리하려는 시도는 결국 정치적 보수주의로 귀결될 위험이 있다는 것이다. 정치적 책임감에 대한 오케이시의 거부가 바로 셰이머스 딘(Seamus Deane)과 같은 포스트식민주의 학자들로부터 비판받는 대목이다 (165). 그러나 오케이시를 둘러싼 그의 정치적 중립성 혹은 무책임함에 대한 비판은 그의 작품을 전쟁기계로 인식할 때 어느 정도 해소될 수 있다. 이를 위해 전쟁기계의 성격, 더 나아가 들뢰즈와 가타리가 추구한 혁명의 본질에 대한 고찰이 필요하다.

들뢰즈와 가타리에게 혁명이란 단순한 이분법적 구도, 즉 주인-노예 또는 식민지배자-피식민지배자의 관계를 전복시키는 것이 아닌, 새로운 사람들의 출현을 의미한다. 가야트리 스피박(Gayatri Spivak)은 「서발턴은 말할 수 있는가?」("Can the Subaltern Speak?")에서 들뢰즈와 가타리 사상의 문제점 중 하나로 한 사회의 헤게모니를 쥐고 있는 이데올로기에 대항하는 적극적인 대안을 제시할 수 없음을 지적한다. 하지만 들뢰즈가 『시네마 II: 시간-이미지』(Cinema II: the Time-Image)에서 말하는 혁명의 핵심은 다음과 같다. "더 이상은 프롤레타리아나 단결된 사람들이 권력을 장악하는 일은 없을 것이다"(219-20). 다시 말해, 들뢰즈의 탈영토화와 전쟁기계가 추구하는 혁명의 목표는 외부에 놓인 명확한 적을 타파하거나 기존의 권력 구조를 전복하는 것에 있지 않다. 더욱이 앞서 지적한 바와 같이, 전쟁기계는 과거의 역사적인 모델로만 존재하고, 이미 근대국가의 영역 내부로 포섭되어 왔음을 이해한다면, 들뢰즈가 전쟁기계를 통해 국가장치의 외부성을 추구한다는 의미에 대한 고찰이 필요하다.

들뢰즈와 가타리가 제시한 기호체제로 보는 역사의 마지막은 자본주의의 발전과 함께 개인의 주체화(subjectification)에 관여하는 후기표체제(post-signifying regime)의 등장이다. 이 사회는 견고해진 국가장치가 추상화된 자본과 결합하여 강압적이었던 과거 기표체제의 사회와 달리, 부드러우면서도 불투명한 특징을 가지고, 개인을 탄압한다기보다 오히려 개인의 자유를 관리하면서, 결국 지배계층의 전략은 통제에서 관리로 바뀌었다(이정우 236). 즉, 근대국가는 이전의 군주사회와 달리 외부에 놓인 적을 정복하는데 초점을 맞추지 않고, 오히려 외부의 적을 유화하여 내부로 편입시키는 일을 한다. 이는 국가에 저항하고 그 외부에 존재하던 전쟁기계들마저도 포섭하면서, 전쟁기계의 전사나 게릴라들을 국가장치의 정규군으로 편입시킨다. 전쟁기계들이 근대국가의 영역으로 영토화되면서, 국가로 환원될 수 없는 그들의 고유한 특성을 상실한 것이다. 다시 말해, 근대국가의 등장 이후로, 사실상 순수한 전쟁기계는 사라졌다. 그러나 국가가 전쟁기계를 포섭할 때, 국가에 위협이 되는 요소들을 제거했다고 하나, 국가는 또 하나의 위험을 내포하고 있다. 그것은 국가장치에 전유된 전쟁기계가 내부를 위협할 수 있기 때문이다. "[전유된]전쟁기계를 [아직 포획되지 않은 유목민들에 대항하도록 하는 것은 국가에게 있어 유목민들이 국가를 향해 전쟁기계를 사용하도록 만드는 것만큼의 위험성을 내포한다"(*ATP* 419). 국가에게 있어 전쟁기계를 포섭하는 일은 양날의 검이다. 국가는 이것을 이용해 국가권력을 위협하는 외부의 적을 포섭 또는 무력화할 수 있지만, 도리어 이것을 내부로 들여왔을 때, 내부가 전복될 수 있는 위험을 감수해야 하기 때문이다.

아일랜드 문학에서 국가장치로 편입된 전쟁기계의 역할은 내부에서 민족국가설립의 이데올로기의 왜곡된 신화를 폭로하는 것이다. 이러한 역할을 담당한 대표적인 작가가 패트릭 캐바나다. 그가 『대기근』(*The Great Hunger*)에서 보여주는 것은 농촌에서의 고된 노동, 어머니의 권위, 종교의 억압으로 인해 소멸되어 가는 주인공 매과이어의 불행한 운명과 이러한 상황으로 그를 내몬 주변 환경에 대한 비판에 있다. 작품에 나타난 사실주의적 묘사에도 불구하고, 『대기근』에는 독특한 시적 화자, 즉 등장인물을 소개하고 그 인물을 마치 연극의 무대 위에 올려놓듯 서술하는 화자가 등장한다는 점, 그리고 T. S. 엘리엇(T. S. Eliot)의 『황무지』(*The Waste Land*)에 사용된 기법들을 아일랜드의 배경으로 적절히 전유(Quinn 143)한 점은 이 작품을 조이스 이후 유지되어온 아이리쉬 모더니즘의 계보를 잇는 것으로 볼 수 있다. 캐바나는 이 시에서 시적 화자를 등장시켜 독자들로 하여금 매과이어의 모습을 관찰하도록 독려한다. 그는 노동, 도박, 그리고 끊임없는 자위행위로 삶을 낭비하는 인물로 보일 수 있다. 그러나 시적 화자가 초점을 맞추는 것은 매과어어의 무절제하고 자포자기적인 모습이 아닌, 그를 희생시키는 외부요인, 특히 그가 살고 있는 곳으로 관광 온 도시 여행객들이 만들어낸 아일랜드 농촌에 대한 거짓된 신화에 있음을 주목해야 한다. 이 여행객들이 아일랜드 농촌사회를 방문하면서 내린 결론은 다음과 같다: "농부는 걱정이 없어. / [. . .] / 마음이 순수하고 정결하지, / 모세와 이사야가 그랬던 것처럼 하느님과도 대화할 수 있지"(VIII. 3, 11-12). 매과이어가 고된 노동과 종교의 억압적인 교리로 인해 좌절된 성적욕망, 그리고 결혼도 하지 못한 채 늙어가는 구체적인 현실에 대해 여행객들은 관심이 없다. 그들은 아일랜드 농촌 현실을 아름답게 이상화하고 추상적인 가치로 요약하는데 그 목적이 있다. 더욱이 이들은 농촌사회를 모든 문화의 기원으로 삼고("There is the source from which all cultures rise" (VIII. 15)), 농부들을 새 시대의 도래를 알리는 예언자("The peasant is the unspoiled child of Prophecy" (VIII. 23))와 모든 덕목의 상징("The peasant is all virtues" (VIII. 24))

으로 미화시킨다는 면에서 캐바나에게 비판의 대상이 된다.

아일랜드 농촌사회에 대한 낭만주의적 묘사를 거부하며 국가 설립 이데올로기의 외부성을 추구한 캐바나는 당대 아일랜드 주류 사상을 주도한 카톨릭 민족주의자들부터 배제된 소수자이자, 적극적인 내부 고발자이다. 캐바나에게 농촌사회를 중심으로 아일랜드 문화의 정체성을 찾으려는 당대 민족주의자들과 그들이 주도한 문예부흥운동은 "순전히 영국이 낳은 거짓"(*Selected Prose* 306)일 뿐이었다. 이러한 내부 고발자의 모습은 후기표 체제 하에 포섭되었던 전쟁기계가 가지고 있는 핵심적인 역할이다. 들뢰즈와 가타리가 전쟁기계의 속성을 국가장치로 포섭될 수 없는 외부성에 주목했다면, 외부의 모든 요소들을 내부로 편입시키는 근대국가의 권력 아래 전쟁기계가 할 수 있는 역할은 그 내부에 대한 비판인 것이다. 항상 외부에 존재하는 전쟁기계에게 사실상 외부는 없다. 다시 말해, 국가장치에 대한 외부성은 역설적으로 국가장치 내부에 위치한 사람만이 발견할 수 있는 것이다. 조이스나 베켓이 국가의 외부에서 탈주의 가능성을 이야기 했다면, 캐바나는 철저히 내부에 위치하면서 국가장치에 전유된 전쟁기계이자 정규군 신분으로 내부로부터의 혁명을 추구한 소수자들의 목소리를 전달한 것이다.

## III. 새로운 공동체를 향하여

아이리쉬 모더니스트들이 전쟁기계의 속성을 가지고 있으나, 모든 전정기계의 속성을 지닌 아일랜드 문학 작품들이 모두 모더니즘군에 속하는 것은 아니다. 시기 구분으로서의 모더니즘과 전쟁기계가 활동한 시기는 항상 일지하지는 않는다. 식민지배 하의 아일랜드는 식민권력으로부터 탈영토화를 필요로 했고, 민족국가 설립 이후 개인의 모든 삶의 영역이 민족의 이름으로 추상화되자 국가 권력으로부터 또 한 번의 탈영토화가 필요했던 것이다. 근대 사회에서 이뤄진 아이리쉬 모더니스트들의 두 번의 탈영토화의 작업은 식민국가와 민족국가 권력에 대한 외부성을 추구한 전쟁기계의 속성을 잘 보여 주었다. 이러한 전쟁기계적 모더니스트 문학 전통은 포스트모던 사회로 들어선 아일랜드 사회에서도 프랜시스 스튜어트(Francis Stuart)나 로디 도일(Roddy Doyle) 등의 소설과 폴 더컨(Paul Durcan) 등의 시를 통해 지속적으로 유지되고 있다. 전쟁기계는 영토화하는 힘에 대한 끊임없는 외부성 추구에 그 본질이 있기 때문에, 이미 수천 년 이전의 모델들이 들뢰즈와 가타리에게 영감을 주었듯이, 현재와 미래의 아일랜드 작가들에도 그와 같은 혁명의 가능성을 끊임없이 제시할 수 있을 것이다.

아이리쉬 모더니즘의 정의와 범위의 문제는 전쟁기계의 개념이 가지고 있는 국가장치에 대한 외부성을 통해 새로운 실마리를 찾을 수 있었다. 조이스, 베켓, 오케이시, 그리고 캐바나와 같은 모더니스트들은 민족국가의 설립을 최종 목표로 두었던 문예부흥기의 작가들과 다른 사상을 표현하며 1920년대에 설립된 아일랜드 국가장치의 외부를 지향했다. 식민지배 세력으로부터의 탈영토화뿐만 아니라, 국가 설립 이후 과격한 민족주의가 가져온 또 다른 영토화에 저항하는 이들의 움직임은 전쟁기계가 추구했던 움직임과 같은 맥락으로 이해될 수 있었다. 민족국가 설립에 안주하지 않고 권력에 대한 끊임없는 외부를 추구한 아이리쉬 모더니스트들은 민족주의 이후의 시대, 즉 포스트민족주의(postnationalism)의 선구자 역할을 수행한 것이다.

인용문헌

이정우. 『천하나의 고원: 소수자 윤리학을 위하여』. 파주: 돌베개, 2008.

Beckett, Samuel. *Murphy*. New York: Grove Press, 1957.

Cleary, Joe. *Outrageous Fortune: Capital and Culture in Modern Ireland*. Dublin: Field Day Publications, 2007.

Culleton, Claire A. "The Gaelic Athletic Association, Joyce, and the Primitive Body." *Irish Modernism and the Global Primitive*. Eds. Maria McGarrity and Claire A. Culleton. New York: Palgrave Macmillan, 2009. 215-234.

Deleuze, Gilles. *Cinema 2: The Time-Image*. Trans. Hugh Tomlinson and Robert Galeta. Minneapolis: University of Minnesota Press, 1989.

Deleuze, Gilles, and Felix Guattari. *A Thousand Plateaus: Capitalism and Schizophrenia*. Trans. Brian Massumi. Minneapolis: University of Minnesota Press, 1987.

_____. *Kafka: Toward a Minor Literature*. Trans. Dana Polan. Minneapolis: University of Minnesota Press, 1986.

Dobbins, Gregory. *Lazy Idle Schemers: Irish Modernism and the Cultural Politics of Idleness*. Dublin: Field Day Publication, 2010.

Jameson, Fredric. "Modernism and Imperialism." *Nationalism, Colonialism, and Literature*. Minneapolis: University of Minnesota Press, 1990. 43-66.

Joyce, James. *A Portrait of the Artist as a Young Man*. New York: Penguin Books, 2003.

_____. *Ulysses*. New York: Vintage Books, 1986.

Kavanagh, Patrick. *Collected Poems*. New York: W. W. Norton and Company, 1964.

_____. *A Poet's Country: Selected Prose*. Ed. Antoinette Quinn. Dublin: Lilliput Press, 2003.

Kiberd, Declan. *Inventing Ireland: The Literature of the Modern Nation*. Cambridge: Harvard UP, 1995.

_____. *Ulysses and Us*. New York: W. W. Norton and Company, 2009.

O'Casey, Sean. *Three Dublin Plays: The Shadow of a Gunman, Juno and the Paycock, The Plough and the Stars*. London: Faber and Faber, 1998.

O'Toole, Fintan. "In the Light of Things as They Are Paul Durcan's Ireland."
    *The Kilfenora Teaboy.* Ed. Colm Tóibín. Dublin: New Island Books, 1996.
    26-41.

Quinn, Antoinette. *Patrick Kavanagh: Born-Again Romantic.* Dublin: Gill and
    Macmillan, 1991.

Williams, Raymond. *Culture and Society: 1978-1950.* New York: Anchor Books,
    1960.

※ 이 글은 「들뢰즈의 전쟁기계로 읽는 아이리쉬 모더니즘」, 『영어영문학연구』 49.4 (2013):
77–100쪽에서 수정 · 보완함.

# 『율리시스』에서 블룸의 욕망 추구
## ―아일랜드의 성도덕 비판

● ● ● 김은혜

## I. 조이스와 아일랜드의 성도덕

제임스 조이스(James Joyce, 1882-1941)의 『율리시스』(*Ulysses*)[1]는 아침에 집을 나서 밤늦게 돌아가는 블룸(Bloom)의 하루를 다루고 있다. 이 작품에서 조이스는 아일랜드 사람들을 억압하는 이념적 힘에 대하여 비판적 태도를 견지하고 있는데, 그 중에서도 억압적인 성 문화에 대한 그의 비판 의식은 매우 파격적인 형태로 드러난다. 그는 아일랜드의 민족주의나 가톨릭뿐 아니라 이들이 영향을 끼치는 성 문화도 사람들을 숨 막히게 한다고 보았다. 그가 활동하던 당시 아일랜드는 민족주의, 빅토리아조의 청교도적 금욕주의, 사회 순결 운동(The social purity movement), 그리고 가톨릭이 뒤섞여 지나치게 순결성과 성도덕의 중요성을 강조하는, 성적으로 매

---

[1] 이하 *U*로 표기함.

우 억압된 양상을 띠는 사회였다. 민족주의나 사회 순결 운동 단체는 영국에 대한 아일랜드의 도덕적 우수성을 강조함과 동시에 영국을 아일랜드의 순결성을 파괴하는 주범으로 규정하고 아일랜드에서 영국의 외설물들을 제거해야 한다고 주장하였고, 특히 '성모 마리아'나 '가정의 천사'를 완벽한 여성상으로 제시하며 여성의 자연스러운 욕구 표출을 억압하였다. 대표적으로 '더블린 백십자 자경단'(Dublin White Cross Vigilance Association)은 독실한 개신교 통합주의 단체로 스스로를 "아일랜드와 아일랜드의 순결을 사랑"하는 조직으로 규정하고, 아일랜드의 대중들은 성적 주제를 다루는 서적 또는 "부도덕한 삶"을 세부적으로 묘사하는 인쇄물을 필요로 해서는 안 된다고 주장하였다. 그 후 가톨릭교도들을 중심으로 설립된 '아일랜드 자경단'(Irish Vigilance Association)이 '더블린 백십자 자경단'의 임무를 인계받음으로써, 아일랜드 정화 운동의 주체는 개신교에서 가톨릭으로 바뀐다. 이 단체도 역시 "영국의 추잡한 출판물이 아일랜드의 정신을 계속해서 파괴하고 있다"고 주장한다(Mullin, "English Vice" 70).

아일랜드의 단체뿐만 아니라 아일랜드 종교 가톨릭도 모든 성적 욕망이 인간의 영혼을 죽음으로 이끈다고 규정하며 사람들에게 성적 욕구에 대한 죄의식을 심어 준다. 엘만(Richard Ellmann)에 따르면 조이스가 "자신의 인생을 소설화"한 작품이며(149) 조이스의 어린 시절부터 성인이 되는 과정과 상응하는 일들을 묘사하고 있는 작품인 『젊은 예술가의 초상』(A Portrait of the Artist as a Young Man)[2]에는 욕망을 죄악시하는 교회의 가르침이 구체적으로 묘사되어 있다. 아널 신부(Father Arnall)의 죽음, 심판, 천국 그리고 지옥에 관한 설교는 사창가를 방문한 경험이 있는 스티븐(Stephen)을 죄의식에 시달리게 만든다. 육체적 욕망을 추구한 죄를 고백해야만 구

---

[2] 이하 P로 표기함.

원받을 수 있다는 생각에 고해성사를 받는 스티븐을 향한 사제의 질문과 충고는 가톨릭이 얼마나 철저히 성적 쾌락의 추구를 죄악시하는지를 보여준다. 스티븐이 "불결의 죄"(sins of impurity)를 저질렀다고 고백하자 늙은 신부는 추가적으로 스티븐에게 "혼자서인가," "여자와 말인가?" 그리고 "기혼 여성인가?"라고 질문한다(P 121). 이것은 가톨릭에서 다른 남성 혹은 여성과의 성관계뿐 아니라 자위행위도 죄로 여긴다는 것을 보여준다. 신부는 육체적 욕구에서 나오는 모든 형태의 성적 행위를 육체와 영혼을 파괴하는 "무서운 죄"로 규정할 뿐 아니라 "불명예스럽고 남자답지 못한" 행위로 규정하고 있는데, 이는 가톨릭이 설교와 고백을 통해 성적인 것은 수치스러운 죄라는 개념을 전파하고 있음을 알 수 있다(P 122).

이미 많은 비평가들이 지적한 바 있는 것처럼 조이스는 개인의 육체적 욕망을 금기시하고 죄악시하는 아일랜드 사회에 비판적이었다. 그는 순결과 도덕 그리고 점잖음 같은 개념을 내세워 표현의 자유뿐 아니라 사적 영역을 침범하고 억압하는 모든 세력에 저항하였다. 특히 그는 어떤 종류의 육체적 욕망도 죄로 규정하고, 고백을 통해 개인을 통제함으로써 솔직하고 자유로운 남녀 관계를 막는 교회의 성 도덕관에 "차가운 경멸"을 퍼부었다(Stanislaus Joyce 155). 그의 여러 글에는 사람들의 성적 욕망을 억누르는 이러한 '주의'(ism)에 대한 저항의식이 잘 드러난다.

그런데, 『신페인』지에서 그들은 여전히 넘쳐나는 "성병"을 비난하고 있다. [. . . .] 어쨌든 내 의견은 내가 만약 내 영혼의 우물, 성(性)의 영역에 양동이를 드리우면 나의 물과 함께 그리피스, 입센, 스케핑톤, 버나드 본, 성 알로이시우스, 쉘리 그리고 르낭의 물도 길어질 것이다. 그리고 (그 중에서도) 나는 나의 소설에서 그런 일을 하려고 한다. 그리고 그들이 그것을 마음에 늘어 하는지 보기위해 앞서 언급한 그림자와 본질 앞에 그

양동이를 드리울 것이다. 만일 그들이 그것을 좋아하지 않는다면 어쩔 수 없다. 나는 순수한 남자와 순수한 여자 그리고 영적인 사랑과 영원한 사랑에 대해 지껄이는 거짓말이 역겹다: 진실의 면전에서 하는 뻔한 거짓말. (*Letters* II 191-92)

이 글에서 조이스는 "순수한," "영적" 그리고 "영원한"과 같은 개념들을 사용하여 자연스러운 인간의 본성인 "성"을 죄스러운 것으로 만드는 아일랜드 사람들을 비판하며 그들의 위선을 폭로하고자 한다.

여기서 언급되는 그리피스, 스케핑톤, 버나드 본은 각각 아일랜드 민족주의, 사회 순결 운동, 가톨릭을 상징한다고 볼 수 있다. 그리피스는 아일랜드의 태생적인 도덕적 순수성과 성적 순결을 주장하였다. 그가 편집자였던 『신페인』(*Sinn Féin*) 지는 비도덕적인 영국에 의해 아일랜드의 순수성이 오염되고 있음을 비난하는 글들을 게재하곤 하였다. 조이스의 친구이자 페미니스트인 스케핑톤은 사회적 순결을 위한 활동에 헌신한 인물이었으며, 깁슨(Andrew Gibson)에 따르면 본 신부는 아일랜드 교회로 침투하는 빅토리아조 후기 청교도적 영국 가톨릭의 특성을 상징하는 인물로, 여러 글과 설교에서 도덕성과 순결을 강조하였다(*Revenge* 83). 멀린(Katherine Mullin)은 조이스가 성의 문제에서 진보적인 입센이나 셸리보다는 본 신부, 그리피스 그리고 스케핑톤과 같은 사람들에게 "진실의 면전에서 하는 뻔한 거짓말"의 책임을 두고 있다고 설명한다. 그리피스로 상징되는 민족주의, 본 신부의 종교, 그리고 스케핑톤의 사회 순결 단체는 모두 사회의 순결을 지향하며, "민족과 신앙의 경계를 초월하여" 성을 억압하고 있다(*Sexuality* 84). 그러나 조이스는 그리피스든 입센이든 사람의 "영혼의 우물"에는 모두 성적 욕망이 있을 것임을 단언하며, "성"이 직업이나 국적을 초월하여 모든 사람들에게 존재하는 자연스러운 에너지임을 강조하고 있다. 조이스는 아일랜드가 순결해야한다는 전제 자체에 문제가 있음을 지적하고 있을 뿐 아니라, 아일랜드가 영국의 외설적인 문화로 인해 더럽혀지고 타락하고 있다는 주장에 대해서도 저항한다. 따라서 본 글에서는 조이스가 『율리시스』에서 블룸이라는 남성을 통해 성의 영역을 다룸으로써 어떠한 방식으로 성에 대해 억압적인 아일랜드 사회를 비판하는지 살펴보고자 한다.

## II. 개인의 욕망 충족

조이스는 『율리시스』에서 성에 대하여 위선적이고 억압적인 아일랜드 사회를 비판하기 위하여 블룸을 활용한다. 오쟁이지고(cuckold) 성적으로 무력한 블룸이 자신이 처한 상황에 대응하는 모습을 통해 조이스는 아일랜드 사회에서 터부시되는 것들을 공론화하고 있다. 그 대표적인 예로, 충분히 예측 가능한 사회적 파장에도 불구하고 「나우시카」(Nausicaa)에서 블룸의 자위행위를 중심부에 배치한 것이나,[3] 아내의 외도에 대한 대응으로 그녀에게 또 다른 남성을 소개시키는 것을 들 수 있다. 블룸의 이와 같은 행동을 이해하기 위해 먼저, 그가 무력감을 느끼는 상황을 살펴볼 필요가 있다. 블룸은 생후 얼마 지나지 않아 죽은 아들 루디(Rudy)에 대한 죄책감으로 인해 성적인 무력감 속에 있다. 그는 "아기가 건강하면 그것은 어머

---

[3] 조이스는 『율리시스』를 미국의 『리틀 리뷰』(The Little Review)에 연재하였다. 이 잡지의 편집장인 마가렛 앤더슨(Margaret Anderson)은 구독자 확보를 위해 무작위로 잡지를 배포하였고 한 소녀가 이 잡지의 7-8호를 읽게 된다. 이 호는 자위를 하는 블룸에게 자신을 노출하는 거티를 다루는 내용이었는데 소녀는 이것을 아버지에게 말하였다. 마침 그녀의 아버지 앤소니 콤스탁(Anthony Compstock)은 '악의 억제를 위한 뉴욕 협회'(The New York Society for the Suppression of Vice)의 사무총장이었고 그는 이 잡지사를 음란물 배포 혐의로 고발하였다. 그 결과 「나우시카」가 어린 소녀들의 정신에 악영향을 미치지 않는다는 항변에도 불구하고 『율리시스』는 음란한 저작물이라는 사유로 출판이 금지되었다.

니 덕분이고, 그렇지 않으면 아버지 때문"이라는 속설을 믿으며(*U* 6.629), 아들의 죽음에 대한 책임을 아버지인 자신에게로 돌린다. 그러한 생각 때문인지 블룸은 루디가 죽은 이후 십년 동안 부부관계 없는 결혼 생활을 지속하고 있다. 오랜 부부관계 단절은 아내 몰리(Molly)의 외도로 이어지고 이는 블룸이 더욱 더 절망적인 성적 좌절을 느끼게 만든다. 아내의 외도를 예감하면서도 적극적으로 대처하는 대신 운명에 순응하는 듯한 블룸의 태도는 그의 무력한 상태를 단적으로 보여준다.

특히 몰리와 그녀의 애인 보일런(Boylan)의 관계는 블룸의 가장으로서 지위 상실과 사랑하는 이들의 상실 가능성을 내포하기 때문에 블룸에게 절망과 공포를 배가시킨다. 집 열쇠를 지니지 못한 블룸의 처지는 가정에서 그가 처한 상황을 함축적으로 보여준다. 블룸은 아침에 집을 나선 이후로 열쇠가 없는 상태로 하루 동안 더블린 시내를 배회한다. 블룸이 열쇠를 소유하지 않은 것은 보일런과 아내의 부정한 관계로 인해 가장으로서 지위가 상실됨을 상징한다고 볼 수 있다. 오스틴(Mark Osteen)도 열쇠가 없는 블룸을 "자치권"을 강탈당한 아일랜드의 제유로 보고 있는데(81), 영국에게 주권을 빼앗긴 아일랜드처럼 블룸도 이방인인 보일런에게 가정에서 자신의 자리를 빼앗겼으며 이것이 열쇠 없는 가장의 모습으로 나타난다고 이해할 수 있다.

신문의 사망 기사 아래 실린 플럼트리표(Plumtree's) 통조림 광고 문구 "플럼트리표 통조림 고기(Plumtree's Potted Meat)/ 그것이 없는 가정은 어떠할까요?/ 완전하다고는 할 수 없지요./ 그것이 있으면 축복 받은 가정이."(*U* 5.144-47)도 블룸의 불안감을 증폭시킨다. 'To pot one's meat'이 성교하다는 뜻의 속어임을 고려할 때, 이 광고는 고기 통조림에 중의적인 의미를 부여하여 각 가정에 플럼트리표 통조림 고기가 있어야 한다고 소비자들에게 호소하고 있다. 즉, 표면적 의미는 이 통조림 고기가 있어야만 비로소 집안이 완전해지고 축복받는다는 것이지만, 그 이면에는 그것이 없는 가정은 성교가 없는 가정처럼 불완전하고 축복받지 못한 가정과 마찬가지니 꼭 구입하라는 메시지가 깔려있다. 이 광고의 메시지에 따르면 십년째 부부관계가 없는 블룸의 가정은 불완전하고 축복받지 못한 가정이며 보일런이 이 가정에 축복을 가져다주는 셈이 된다. 블룸은 가정의 온기와 아내의 따뜻한 육체로부터 삶의 활력을 얻는 인물이기 때문에 가장의 자리를 상실할 수 있다는 가능성은 그에게 더욱 깊은 좌절이 될 수 있다.

그러나 블룸은 자신만의 방식, 즉 자신의 욕망과 욕구를 충족시키며 타인(몰리)의 욕망을 인정하는 방식으로 상황을 극복하려고 노력하는데, 이는 아일랜드 사회가 개인에게 부과하는 억압적인 성 관습에 대한 저항이 되며 이것이 조이스가 성적으로 무력한 블룸을 주인공으로 설정한 이유라 할 수 있다. 『젊은 예술가의 초상』에서 나타나는 것처럼, 종교는 인간의 성적 욕망을 짐승 같은 것, 사람의 영혼을 죽음에 이르게 하여 지옥불에서 고통 받게 하는 것이라는 이데올로기를 전파하였다. 그러나 블룸은 성적 욕망을 영혼의 죽음으로 인식하지 않고 오히려 고통 속에서도 사람을 살게 하는 에너지로 받아들인다. 엘만도 『젊은 예술가의 초상』에서 스티븐의 영혼이 꽃에 비유되었다면(*P* 125), 『율리시스』에서는 블룸의 성기가 꽃에 비유된 것에 주목하면서(*U* 5.572), 조이스가 한때 죄라고 여겨 종교적으로 승화하려던 성적 욕망들이 『율리시스』에서는 세속화되어 죄라기보다는 선호(preference)와 취향(fastidiousness)의 문제가 되었다고 지적한다(49). 『율리시스』에서 블룸은 인간의 육체에 대한 욕망을 죽음으로 이르는 길이 아니라 삶 그리고 생명을 붙잡기 위한 도구로 사용하고 있다.

예를 들어 디그넘(Dignam)의 장례식을 다루는 「하데스」(Hades)에서 블룸은 묘지를 바라보며 죽음 자체보다는 생명으로 연결되는 죽음의 속성에 집중하고 있다. 그가 생각하는 생명은 종교에서 말하는 영적 부활과 영원한 생명이 아니라, 남성과 여성의 육체에 깃들어 온기를 주는 생명이다. 가톨릭에서 욕망을 죽음에 이르는 길로 보았다면 블룸은 이것을 살아있음을 확인하는 도구로 여긴다. 블룸은 우울함이 가득한 묘지에서 장례식에 참석한 사람들의 기운을 돋우어주는 활력 넘치는 묘지관리인 오코넬(O'Connell)의 건장한 체구에 주목하며, 죽음이 일상인 공동묘지 한복판에서도 오코넬이 여덟 명의 아이를 낳았다는 것을 기억해낸다. 동시에 그는 죽음 혹은 유령에 대한 공포가 살아 있는 사람들에게는 "향락의 양념"이 될 수 있다고 생각한다(U 6.759). 즉, 마치 굶주린 사람들이 구운 비프스테이크의 냄새에 강렬한 반응을 보이는 것처럼, 사람들은 죽음 가운데에서 자신의 생명력을 증명하기라도 하듯 살아 있는 육체에 집중하게 된다는 것이다(U 6.760-61). 블룸은 죽음이 새로운 생명을 잉태하게 하고 또 살아 있는 생명에 대한 소중함을 느끼게 만들며, 따뜻한 육체의 온기를 갈구하게 만든다고 생각한다. 「칼립소」(Calypso)에서 그가 태양을 가리는 구름을 보며 어떤 생명체도 살 수 없는 사해를 떠올리고 길을 지나는 노파를 보며 생명을 잉태할 수 없는 황폐한 "회색의 공포"(U 4.230)를 느꼈을 때, 몰리의 풍만한 육체의 따뜻함을 상상하는 것만으로 다시 온기를 되찾을 수 있었던 것에서도 알 수 있듯 육체는 블룸을 삶의 자리로 돌아오게 한다.

따라서 블룸이 다양한 방식으로 자신의 욕구를 충족시키는 것은 삶의 에너지를 유지하기 위한 그만의 방식으로 이해될 수 있으며, 동시에 이는 욕망과 성에 대한 가톨릭적 사고방식에 대한 저항이 되기도 한다. 특히 자위행위는 모든 종류의 비생산적인 성 행위를 죄로 여기는 가톨릭에서 금기하는 것이었고(Brown 55), 20세기 초 성과학도 자위를 애초에 의도된 정신적·사회적 기능을 다하지 않고 잘못된 방향으로 소멸된 성적 에너지로 정의하면서 헛된 낭비로 여겼으므로(Gillis 612) 블룸의 자위행위는 이와 같은 사회적 관념에 대한 도전이 된다. 조이스가 「나우시카」에서 재생산에 중점을 두는 기독교 전통에 도전하여 개인의 만족을 위한 성 행위를 찬양하고 있다는 헨케(Henke)의 주장처럼, 블룸은 자위를 통해 만족감과 위로를 얻는다(86).

길리스(Gillis)는 조이스가 자위적 쾌락(autoerotic pleasure)을 실용적이고 가치 있는 형태의 성적 취향으로 묘사하고 있으며, 20세기 초반 아일랜드 문화에서 성(sexuality)과 남성성(masculinity)을 지배하는 엄격한 규범에 저항하는 전략의 토대로서 자위의 가능성을 탐구하고 있다고 본다(612). 특히 「나우시카」에서 블룸은 자위행위를 통해 스스로 만족감과 위안을 얻을 뿐 아니라 그의 시선과 행위를 통해 거티(Gerty)의 욕망을 표출할 기회를 제공한다는 점은 주목할 만하다. 블룸의 시선을 즐기며 자신의 성적 욕구를 적극적으로 표출하는 거티는 여성에게 가정의 천사나 성모 마리아의 역할을 부여하는 사회를 풍자하는 측면이 있다. 슈바르츠(Tracy Teets Schwarze)는 가정의 천사와 성모 마리아를 완벽한 아내, 순결한 어머니와 같은 이상적인 여성상으로 여기는 것은 여성의 성적 욕망을 인정하지 않고 여성의 몸을 남성의 소유물과 다를 바 없이 여기는 이데올로기를 생산한다고 설명하고 있다(118-21). 따라서 성모마리아에 대한 찬양이 울려 퍼지는 성당의 바로 옆 해변에서, 블룸을 자극하기 위해 자신을 적극적으로 노출하는 거티의 행위는 여성에게 부과되는 이데올로기에 대항 저항으로 이해 될 수 있다.

「나우시카」에서 조이스의 첫 번째 임무는 당시 여성들에게 가장 모범이 되는 성모 마리아 신화를 깨뜨리는 것이라는 슈바르츠의 주장처럼(132), 블룸의 시선을 즐기는 거티는 순백의 정결하고 순종적인 가정의 천사 혹은 성모 마리아의 이미지를 버리고 자신의 욕망을 능동적으로 표출한다. 그녀는 가정의 천사와 성모 마리아를 동경하고 그들을 닮기 위해 노력해왔으며, 그녀의 욕망은 순종적인 성녀의 이미지 속에 감춰지고 통제되었다. 그러나 이 장면에서 거티는 블룸을 통해 현실에서 충족시킬 수 없었던 욕구를 표출한다. 그리고 자신으로 인해 성적 흥분을 느끼는 블룸을 바라보며 여성으로서의 자신감을 얻고 위로를 받는다. 더 나아가 "성모 마리아가 성관계 없이 아이를 가졌다면 여기서 거티는 아이가 생길 위험 없이 성 관계를" 함으로써 성모 마리아 신화를 조롱하고 전복시킨다(Kiberd 196).

이처럼 자위행위가 순결의식을 강조하는 사회에 대한 저항의 제스처인 한편, 블룸에게 이 행위는 위로와 에너지를 줌으로써 그가 긍정적인 시각을 회복하도록 만든다. 그는 자위행위 후 기분 좋은 나른함을 즐기며 하루를 되짚어본다. 오늘 블룸에게 여러 크고 작은 좌절의 순간이 있었지만, 특히 그를 고통스럽게 한 사건 중 하나는 「키클롭스」(Cyclops)의 바니 키어넌 술집(Barney Kiernan's)에서 받은 모욕과 조롱 그리고 시민과의 언쟁이다. 그곳에서 블룸이 자신을 "외국인"으로 대하는 사람들의 질타 때문에 좌절했다면, 지금은 바로 그 "외국인"같은 외모로 인해 거티와 말을 사용하지 않는 "일종의 대화"(U 13.944)를 나누고 남성으로서 자신감을 회복한다. 그리고 그는 좀 더 여유롭고 넓은 시각에서 바니 키어넌 술집에서의 언쟁을 바라볼 수 있게 된다. 유대인 블룸을 상처주려는 의도가 명백한 경멸어린 "이스라엘 만세 삼창"(U 12.1791)이라는 시민(Citizen)의 외침에 대해서도 블룸은 자신의 말 때문에 시민이 흥분한 것일 뿐 자신을 상처 줄 의도는 없었을 것이라고 이해함으로써 시민을 용서한다. 그리고 그는 시민의 모욕과 겁박 때문에 도망치듯이 술집을 나왔지만 모욕감을 되새기며 상처받는 대신, 더 최악의 상황으로 치닫지 않은 것에 감사하며 자신이 받은 마음의 상처도 떨쳐낸다.

또한 블룸의 자위행위는 블룸이 몰리에 대한 집착에서 벗어나 더 넓은 포용의 세계로 나아갈 수 있는 심적 갈등 해소의 역할도 한다. 오늘 4시에 있었을 몰리와 보일런의 관계는 바니 키어넌 술집에서 받은 모욕보다 더욱 더 블룸을 고통스럽게 한다. 블룸은 절정에 이르고 난 후 계속해서 몰리를 떠올리는데, 그의 의식에서 몰리와 보일런의 육체적 관계 그리고 몰리와 자신의 행복했던 추억은 끊임없이 교차한다. 카이버드(Declan Kiberd)의 주장처럼 그는 이 시간을 몰리에게 돌아가는 연습무대로 사용하고 있는지 모른다(198). 이와 같은 연습을 통해서 블룸은 의식적으로 몰리와 보일런의 육체적 관계를 의미 없는 일로 바라보기 위해 안간힘을 쓴다. 블룸은 홀레스(Holles) 가에 살던 시절 경제적으로 곤궁하여 몰리의 빗을 팔아 10실링을 벌었던 때를 떠올리며 몰리와 보일런의 관계를 이 경험에 빗대어 이해해 보려고 한다. 즉, 돈이 필요하면 사용하던 빗을 팔기도 하는 것처럼 육체도 그렇게 할 수 있는 것이다. 빗을 파는데 큰 괴로움을 느끼지 않은 것처럼 육체관계를 하는 것도 그렇게 느낄 수 있는 것이다. 그런 의미에서 블룸은 남녀의 육체적 관계에 의미를 부여하는 것이 어쩌면 모두 편견일지도 모른다고 생각해 본다.


## III. 타인의 욕망 인정

이처럼 블룸은 스스로의 욕망을 충족시킴으로써 자신이 처한 상황을 긍정적으로 바라볼 수 있는 에너지를 얻는다. 그는 또한 자신의 책임을 인정하고 몰리의 욕망을 인정함으로써 몰리와의 문제를 극복하려 한다. 조이스가 스스로의 욕망을 충족시키는 과정을 통하여 성적 순결과 재생산의 도구로서 성의 기능을 강조하는 아일랜드 사회 풍조를 비판하고 있다면, 타인의 욕망을 인정하는 과정에서는 파넬(Parnell)을 단죄한 아일랜드 가톨릭의 편협성이 비판의 대상이 된다. 가톨릭은 도덕성을 문제 삼아 파넬을 몰락으로 이끄는데 앞장섰다.[4] 조이스는 이 사건에 대하여 "그들[아일랜드

국민들은 영국의 늑대들에게 파넬을 집어던지지 않았다. 그들은 스스로가 그를 갈가리 찢어 놓았다"고 표현하고 있으며(*CW* 228), 또 아홉 살에 쓴「힐리 너마저」(Et tu, Healy)라는 시에서는 "가톨릭 주교들의 분부대로" 비열한 행동을 해서 파넬을 배신한 파넬의 심복 힐리(Healy)를 비난하고 있다(Stanislaus Joyce 45). 이와 같은 글에서 드러나는 것처럼, 조이스는 파넬을 몰락시키는 과정에서 가톨릭 성직자들이 보여준 권위와 위선 그리고 그들의 의견을 무비판적으로 따르고 복종하는 사람들에게 큰 반감을 느꼈다. 몰리에게 보여주는 블룸의 관용의 태도는 이와 같은 가톨릭의 편협성과 극명하게 대조된다.

블룸은 몰리의 부정에 대하여 아내의 청혼자들을 모두 살육한 오디세우스(Odysseus)처럼 폭력으로 응대하지 않고 대신 "타인의 욕망이 확장될 수 있도록 한걸음 뒤로 물러난다"(Levin 636). 블룸의 이러한 관용은 몰리와 보일런의 행위에 대하여 질투나 시기하지 않고 평정심을 유지하기 위한 그의 노력에서 엿보이기도 한다.

왜 질투보다는 자제가, 시기보다는 침착이 우세했는가?
폭력(결혼)으로부터 폭력(간통)에 이르기까지 폭력(교접) 이외의 것은 전혀 발생하지 않았으나 결혼상으로 위반당한 자의 혼인 상의 위반자는 간

---

[4] 파넬은 아일랜드 가톨릭 교도인 윌리 오셰이 대위(Captain Willie O'Shea)와 결혼한 영국 출신의 캐더린 오셰이(Katharine O'Shea)와 열정적인 관계를 시작하였고 그들의 만남은 십년 동안 지속되었다. 둘의 동거는 공개된 비밀이었으나 오셰이 대위가 파넬을 공동 피고로 하여 이혼 소송을 제기하자 이 사건은 법정에서 다뤄지게 되었다. 법정에서는 파넬과 캐더린이 주고받은 편지가 제시되고 신문과 잡지에는 사실이 확인되지 않은 선정적인 이야기들이 실려 그들의 간통 사건은 아일랜드뿐 아니라 영국까지 퍼져나갔다. 파넬을 둘러싼 정치적 논쟁에서 가톨릭 고위층은 신중하게 침묵으로 일관하였으나, 이혼판결이 공표된 후, 크로크(Croke)와 월쉬(Walsh)의 대주교는 지도자로서 파넬의 도덕성을 근거로 그가 정치적 지도자의 자리에서 물러나야 한다는 의견을 밝혔고 결국 파넬의 퇴진이 결정되었다.

통으로 위반당한 자의 간통상의 위반자에 의해 폭행당한 적이 없기 때문에. (*U* 17.2195-99)

블룸은 여기에서 결혼도 폭력이고 간음도 폭력이며, 결혼과 간음 사이에 일어난 모든 성행위도 오직 폭력일 뿐이라고 규정하면서, 보일런과 몰리의 간음에 특별한 의미를 부여하지 않기 위해 노력한다. 결혼, 부부관계, 간음 등 이 모든 것이 동등하게 폭력이므로 몰리의 간음이 배반 혹은 신의를 배신하는 행위가 되지 않는 것이다. 또한 "그러나" 이후 문장의 "혼인 상의 위반자"(the matrimonial violator), "혼인 상으로 위반당한 자"(the matrimonially violated), "간통상의 위반자"(the adulterous violator), 그리고 "간통으로 위반당한 자"(the adulterously violated)가 각각 누구와 대응되는지 모호하긴 하지만, 10년이 넘는 세월동안 부부관계를 하지 않은 것을 혼인상의 약속 위반으로 본다면 "혼인 상의 위반자"는 블룸이 된다. 따라서 이 문장은 블룸이 "간통상의 위반자"인 보일런에게 폭력을 당하지 않았다는 의미로 해석될 수 있다. 즉, 몰리와 보일런의 간음으로 인해 블룸이 상처받지 않았기 때문에 그가 질투보다는 자제를 시기보다는 침착을 유지할 수 있다는 의미가 된다. 동시에 이는 몰리가 행한 외도의 책임이 자신에게 있음을 받아들이는 블룸의 의식도 드러낸다.

이와 같은 블룸의 관용이 상징적으로 가장 명백히 드러나는 장면은 침실로 돌아온 블룸이 자신의 침상에서 보일런의 흔적을 치우고 자리에 눕는 장면이라 할 수 있다. 그는 베개를 침대 머리맡에서 발치로 옮겨 놓고 잠자리에 드는데, 깨끗한 새 침대보에서 자신의 것이 아닌 남성의 "인간 형체의 흔적"과 몇 개의 빵 조각 그리고 "통조림 저린 고기 몇 조각"을 발견한다(*U* 17.2123-25). 통조림의 광고 문안에 따르자면, 보일런이 블룸의 가정에 "축복을" 가져다준 것이며, 그동안 짐작하기만 했던 몰리와 보일런의 육체적 관계가 확인된 셈이다. 그러나 블룸은 분노를 표출하지 않고 통조림 고기 조각들을 침대에서 털어낸다. 시카리(Stephen Sicari)는 이를 블룸의 "비범한 행동"(extraordinary act)이라고 평하며, 오늘 하루 동안 나약함의 징후였던 그의 수동성이 엄청난 높이로 승격되었다고 평가한다(286).

또한 블룸은 도덕적, 감정적 의미를 배제함으로써 그 의미를 축소시키려는 의도로 몰리와 보일런의 육체관계를 자연스러운 행위 또는 일종의 자연현상으로 설명하려고 노력한다. 「이타카」(Ithaca)에서 블룸은 몰리의 침상에서 관계를 맺은 사람들로 약 25명의 이름을 거론한다. 그 명단에는 그녀의 첫사랑 멀비(Mulvey)부터 버나드 코리건 신부(Father Bernard Corrigan), 어떤 농부, 더블린 시장, 미지의 신사, 돌라드(Dollard), 스티븐의 아버지 사이먼(Simon), 구두닦이 그리고 보일런까지 각양각색의 사람들이 등장한다. 몰리가 이들 모두와 실제로 육체적 행위를 했을 리 없기 때문에 이것은 마태오 복음에서 예수가 말하는 간음의 정의로 이해할 필요가 있다. 예수는 실제 육체적 행위를 하지 않더라도 누구든지 여자를 보고 음란한 생각을 품는 사람은 벌써 마음으로 그 여자를 범한 것이라고 가르친다(Gifford 603). 만약 이 25명의 사람들이 몰리를 보면서 음란한 생각을 하였다면 그들은 몰리와 간음한 것이 된다. 그러므로 간음은 이미 여기저기서 일어나고 있는 일이 되기 때문에 블룸이 보일런과 몰리의 육체적 간음 행위에 특별한 무게를 둘 이유가 없어진다.

이와 더불어 블룸은 몰리와 보일런의 성행위를 묘사할 때 마치 물리현상을 설명하는 듯한 용어를 사용함으로써 부정이라든가 배신이라는 의미를 배제한 일종의 과학적 사실로 그것을 받아들이려 한다. 그는 보일런의 활동을 "인간의 정력적인 교접 및 정력적인 피스톤과 실린더 운동의 상위 자세에 특별히 적용되는 육체적 및 정신적" 행위로, 그리고 몰리의 행동은 보일런의 활동에 적극적으로 반응하여 "만일 욕망한다면, 환희의 증감을 가져오는" "끊임없는 확장 및 수축"이라고 묘사한다(*U* 17.2167-68). 그리고 "침착"(Equanimity)하기 위해 이들의 행위가 "천부의 본성에 따라" 움직이는 "자연적 행위처럼 자연적인"것임을 상기한다(*U* 17.2177-78). 블룸은 이들의 행동을 "유성의 대격변적 절멸"처럼 처참한 것도 아니고(*U* 17.2181), 절도나 살인과 같은 범죄행위처럼 위중한 범죄도 아니며, 생존하기 위해 적응하는 여러 과정들과 마찬가지인 그저 "피할 수 없고 돌이킬 수 없는" 자연현상의 한 종류일 뿐으로 이해하려고 노력한다(*U* 17.2194).

지금까지 살펴본 바와 같이 몰리의 간통을 대하는 블룸의 방식은 전에 없이 새로운 것이지만, 블룸이 보일런에게 보복하기 위하여 택한 방식은 더욱 파격적이다. 그것은 사랑을 정절과 동일시하는 편집증적 집착에 사로잡혀 있는 아일랜드 사회에 사랑에 대한 새로운 패러다임을 제시하는 상징이 될 수 있다. 블룸이 몰리에게 시행한 유일한 행동은 "경쟁의 준비" (Levin 647), 즉 몰리에게 "연애의 경쟁 대리자"로 스티븐을 제시하는 것이다(*U* 17.2207-08). 이는 매우 파격적인 방식으로 보이지만 유텔(Janine Utell)의 설명을 빌리자면, 조이스가 한 사람에게만 집중하는 것 그리고 그 사람에 대한 정절과 충실을 사랑의 강도로 여기는 것을 위험한 것으로 보았기 때문에 그의 작품에서 간통은 완벽한 일체가 불가능함을 강조하는 것으로 볼 수 있다(2). 블룸이 몰리의 간통을 단죄하지 않고, 보일런보다 훌륭한 자질을 지닌 스티븐을 몰리에게 제시하는 것은 그가 정절을 사랑의 강도로 여기는 패러다임을 거부하고 있는 것으로 해석될 수 있다.

블룸이 이와 같은 선택을 하도록 영감을 준 것은 파넬과 캐더린의 사건이다. 이 사건을 통해 얻은 깨달음으로 블룸은 몰리와의 관계를 새로운 시각으로 바라보게 되는데, 이는 파넬을 몰락으로 이끈 가톨릭과 억압적인 도덕주의에 대한 조이스의 저항으로 이해 할 수 있다. 블룸은 파넬과 자신 그리고 몰리와 캐더린을 동일시함으로써 깨달음을 얻는다. 「에우마

이오스」(Eumaeus)의 역마차 오두막(Cabman's shelter)에서 파넬과 캐더린의 간통 사건을 바라보는 블룸의 관점은 파넬을 비난하는 사람들 특히 가톨릭의 것과 큰 차이를 보인다. 역마차 오두막에서 술을 마시는 사람들은 캐더린을 파넬을 망친 "영국의 창녀"라고 비난하며(U 16.1352) 파넬과 캐더린의 관계를 웃음거리로 만들지만, 블룸은 그들의 웃음에 동조하지 않는다. 그는 이 사건이 파넬의 몰락을 초래할 만한 사건을 기다리고 있던 악질적인 자들에 의해 이용된 "타르 통 같은 사건"(a case of tarbarrels)이었다고 생각한다(U 16.1308). 즉, 자신들의 이익을 위해 파넬을 이용하려는 세력들과 돈벌이를 위해 원색적인 기사를 써대는 주간 잡지로 인해 파넬과 캐더린을 화형 시키기라도 할 듯한 거센 비난 여론이 형성된 것이다. 블룸은 법률상의 남편이 간통의 사실을 알게 되지 않는 한 남녀 간의 관계는 "두 사람만의 사건"일 뿐, 다른 사람들이 이들을 비난할 이유가 없다고 믿는다(U 16.1533-34).

그가 이처럼 다른 이들과는 다른 시선으로 이 사건을 바라보는 이유는 파넬과 캐더린의 관계에서 자신과 몰리를 발견했기 때문일 수 있다. 역마차 오두막에서 한 이탈리아인이 칼로 사람을 찔렀던 일화를 듣고 블룸은 스티븐에게 그러한 일은 "정열적 기질"(U 16.873)로 인해 발생하며 그 기질은 "기후"(U 16.876)로 인해 생겨난다고 설명한다. 블룸은 뜨거운 기후가 사람을 정열적인 기질로 만든다고 확신하면서, 몰리가 스페인 태생임을 강조하는데, 그는 캐더린도 "남국의 정열적인 방종을 띤"스페인 태생임을 떠올리며 이점을 강조해서 말하기도 한다(U 16.1409-10). 그는 두 여인의 공통점을 찾아내고 마치 그들의 타고난 기질, 정열적 성향으로 그들의 간통행위가 명백히 설명될 수 있음을 주장하는 것처럼 보인다.

또한 그는 파넬의 모습에서 자신을 발견하기도 한다. 파넬을 예수처럼 배신당한 인물로 여기고 그의 몰락에 분노했던 조이스처럼, 그리고 파넬과 자신을 동일시했던 클롱고우즈 우드(Clongowes Wood) 기숙학교의 꼬마 스티븐처럼, 블룸도 캐더린의 남편이 아닌 파넬의 입장에서 그들(파넬과 캐더린)의 관계를 바라본다. 블룸은 몰리의 간통으로 인해 가장으로서 자신의 자리가 상실되었을지도 모른다는 불안감을 파넬의 처지에 빗대어 본다. 당시 아일랜드에는 파넬이 어딘가에 살아 있어 독립을 위해 다시 아일랜드로 돌아올 것이라는 소문이 널리 퍼져 있었는데 역마차 오두막에 모여 있는 사람들도 "파넬의 귀국"에 대해 기대감을 나타낸다(*U* 16.1298). 사람들은 파넬이 돌아와 다시 한 번 아일랜드를 위해 강력한 지도력을 발휘해줄 것을 기대하지만, 블룸은 "모든 것이 시대와 함께 언제나 움직이고 있기 때문에" 예전의 자리로 돌아오면 "그 곳에 어울리지 않는 위화감을 느낄 것"이므로 되돌아가는 것은 현명치 못한 행동이라고 여긴다(*U* 16.1403). 이것은 블룸이 몰리의 간통 후 집으로 돌아가서 직면해야 하는 상황에 대한 불안감을 아일랜드로 귀국한 파넬의 상황에 비추어 표출하고 있다고 해석할 수 있다.

마찬가지로 블룸은 파넬의 사랑과 자신의 것을 비교해보기도 한다. 블룸은 파넬이 "천부의 재능"으로 이루어 놓은 모든 것을 포기할 정도로 사랑을 중요하게 여겼다는 점에서 자신과 파넬을 동일시한다(*U* 16.1389). 그는 파넬이 캐더린을 사랑한 만큼 자신도 몰리를 사랑한다고 생각하며 파넬에게 동지애를 느낀다. 그리고 그는 만일 부부에게 제 삼자가 우연히 나타난다고 가정하면 "결혼한 부부 사이에 참된 사랑이 존재할 수 있을까" 스스로 묻고, "그녀가 비록 잘못의 여파에 휩쓸렸지만, 애정으로 그가 그녀를 대한다면 그 일은 절대적으로 그들 부부에게 아무런 의미가 없는 것"이라고 답한다(*U* 16.1385-88). 비록 부인이 간음의 잘못을 저질렀다 하더라도 그 잘못 이전에 부부간의 애정이 있었다면 그 애정으로 그러한 상황을 극복할 수 있다는 말이다.

스티븐과 대화 도중 갑자기 그에게 몰리의 사진을 보여주는 블룸의 의도는 부부간의 진정한 사랑이 있다면 제 삼자가 끼어드는 일이 아무런 의미를 갖지 않는다는 그의 깨달음과 관련되어 있다. 블룸이 스티븐에게 보여준 사진 속 몰리는 "육체적인 매력을 환히 드러내고 유방이 한층 잘 보이도록, 앞가슴을 자유로이 노출시켜 화려하게도 이것 보라는 듯이 목이 깊이 팬 야회복 차림"으로 피아노 옆에 서 있다(U 16.1429-31). 그는 스티븐이 사진 속 몰리의 자태를 충분히 감상할 수 있도록 시간을 준다. 그러고는 자신도 몰리의 "약간 더럽혀진 사진"을 보며 깨달음을 얻는다.

> 그런데도 불구하고 그는 꾹 참고 앉아서, 풍만한 곡선에 의해 주름진, 약간 더럽혀진 사진을 태연히 바라보고 있었으니, 그리하여 그녀의 성숙하고 '풍만한 육체'의 균형미를 평가하고 있는 동안 있을지도 모를 상대방의 당황함을 더 이상 증대시켜서는 안 되겠다는 의도로 눈길을 심각하게 다른 데로 돌렸다. 사실상 약간 더럽혀졌다는 것은, 약간 더럽혀진 리넨의 경우처럼 새것과 마찬가지로, 풀기가 빠지면 사실상 훨씬 더 나은 것과 같이, 오직 매력을 더해 줄 뿐이었다. (U 16.1464-70)

블룸은 때 묻은 몰리의 사진을 보며 약간 더럽혀진 리넨을 떠올린다. 막 풀을 먹인 새 리넨이 약간의 오염물이 묻었다고 해서 헌 것이 되는 것도 더 이상 리넨이 아닌 것도 아니다. 오히려 빳빳하고 서걱한 풀기가 빠져 부드러운 감촉을 줄 수 있는 것처럼, 몰리가 다른 남성과 잠자리를 함께하는 것이 그녀의 가치를 떨어트리는 것이 아니라 오히려 그녀의 매력을 배가시킬 수 있다. 블룸은 몰리에 대한 애정이 확실하기 때문에 제 삼자가 개입한다고 하더라도 그들의 결혼 생활이 문제되지 않을 것임을 믿는다. 이러한 맥락에서 그가 스티븐에게 몰리의 사진을 보여주고 충분히 음미할 시간을 주는 것은 스티븐과 몰리를 서로에게 소개시키려는 의도로 읽힐 수 있다. 이것은 상식적으로 이해할 수 없는 파격적인 방식이지만 상대의 욕망을 인정하는 것에 대한 상징으로 이해해 볼 수 있다. 스티븐을 몰리에게 소개시킴으로써 그는 몰리의 욕구를 인정하고 그녀의 욕구를 충족시켜주고자 한다고 볼 수 있을 것이다. "사랑은 사회법을 뛰어넘는 도덕적 결합이라고 믿었던 파넬처럼, 블룸은 그의 선택이 비관습적일지라도 매우 윤리적이고 필수적임을 알게 된다"(Utell 121). 이러한 조이스의 발상은 당시 가톨릭이 추구하는 육체적 순결을 바탕으로 하는 도덕성에 대한 전면적인 도전으로 볼 수 있다.

블룸은 스티븐을 보일런의 "연애의 경쟁 대리자"로 만들기 위해 몰리에게 스티븐의 재능을 칭찬하면서 보일런보다 스티븐이 그녀에게 더 알맞은 사람이라는 생각을 은근히 불어 넣는다. 이와 같은 블룸의 방식에 대한 몰리의 반응은 「페넬로페」(Penelope)에서 그녀의 독백을 통해 나타난다. 그녀는 잘생기고 젊은 시인을 차지할 수 있다면 근사할 것이라고 생각하며 스티븐과의 만남을 상상해본다. 스티븐과 자신이 사랑에 빠지게 된다면 그가 자신에 관한 시를 쓰게 될 것을 기대하고, 또 그가 유명해지면 "애인으로서 그리고 공공연한 정부(mistress)로서" 둘의 사진이 신문지상에 실리는 것을 기대해 본다(U 18.1364-65). 그리고 블룸의 계획대로 몰리는 스티븐과 보일런을 비교하면서 보일런을 예의 없고 세련미도 없는 "시와 양배추도 구별 못하는 무식한 사람"으로 여긴다(U 18.1370-71). 레빈은 블룸이 그녀를 처벌하는 대신 이 같은 환상을 조장함으로써 그녀와 소통하고 있다고 본다(647).

## IV. 블룸, 경직된 성도덕 비판의 도구

조이스가 아일랜드 문화에서 결핍되어 있는 요소와 아일랜드의 지향점을 블룸을 통해 제시하고 있다는 깁슨의 설명처럼(*James Joyce* 125), 조이스는 아일랜드의 경직된 성도덕을 비판하기 위해 블룸을 도구로 사용하고 있다. 그는 성적으로 무력하고 오쟁이 진 남자인 블룸을 주인공으로 선정함으로써 성의 영역을 작품의 전면에 배치한다. 그렇게 함으로써 감춰진 문제들을 드러낼 뿐 아니라 더 나아가 아일랜드 사회가 지닌 억압적이고 편협한 속성에 저항한다. 비록 블룸이 성적으로 무력하다 할지라도 그가 자신의 상황을 견뎌나가는 방식은 능동적이며 파격적이기까지 하다. 교회와 마찬가지로 그도 '사랑'의 중요성을 강조하지만, 그가 주장하는 '사랑'은 교회가 말하는 "순수한 남자와 순수한 여자 그리고 영적인 사랑과 영원한 사랑"이 아니라 인간의 육체에 대한 욕망을 포함하고 있다. 그의 경험은 육체적 욕망 추구가 죄악이 아니라 삶에 대한 애착과 에너지를 줄 수 있음을 그리고 '사랑'이란 도덕이나 정절을 조건으로 하여 단죄하는 것이 아니라 타인의 욕망을 인정하는 것임을 상징적으로 보여준다.

몰리를 위해 남편이 아닌 다른 남성과 애정 행각을 벌이는 여인에 관한 내용의 책인 『죄의 쾌락』(*Sweets of Sin*)을 선택하는 블룸의 행동은 그가 "자신의 욕망보다 몰리의 욕망을 더 중요하게 여기고 있음"을 보여준다 (DeVault 147). 이와 더불어 몰리가 자신의 욕망을 표출할 수 있도록 한걸음 물러서서, "더블린에서 가장 나쁜 남자"(*U* 6.202)인 보일런보다 몰리에게 더 어울리는 남자를 제안하는 그의 선택은 도덕성을 근거로 파넬을 파멸시킨 가톨릭에 대한 조이스의 저항이자 개인의 욕망 특히 육체적 욕망을 부인하고 금지함으로써 더블린 사람들의 가치 있는 성생활을 억압하는 아일랜드 사회에 대한 조이스의 비판이 될 수 있을 것이다.

## 인용문헌

Brown, Richard. *James Joyce and Sexuality*. Cambridge: Cambridge UP, 1985.

DeVault, Christopher. *Joyce's Love Stories*. Farnham: Ashgate, 2013.

Ellmann, Richard. *James Joyce*. Rev. ed. New York: Oxford UP, 1982.

Gibson, Andrew. *Joyce's Revenge: History, Politics, and Aesthetics in* Ulysses. Oxford: Oxford UP, 2005.

_____. *James Joyce*. London: Reaktion, 2006.

Gifford, Don, and Robert Seidman. Ulysses *Annotated: Notes for James Joyce's* Ulysses. 2nd ed. Berkeley: U of California P, 1988.

Gillis, Colin. "James Joyce and the Masturbating Boy." *James Joyce Quarterly* 50.3 (2013): 611-34.

Henke, Suzette A. "Joyce's Naughty Nausicaa: Gerty MacDowell Refashioned." *Papers on Joyce* 10.11 (2004-2005): 85-103.

Joyce, James. *Ulysses*. Ed. Hans Walter Gabler, Wolfhard Steppe and Claus Melchior. New York: Vintage, 1986.

_____. *A Portrait of the Artist as a Young Man*. Ed. Jeri Johnson. New York: Oxford UP, 2000.

_____. *The Critical Writing*. Ed. Ellsworth Mason and Richard Ellmann. New York: Viking, 1959.

_____. *Letters of James Joyce*. Vols. II and III. Ed. Richard Ellmann. New York: Viking, 1966.

Joyce, Stanislaus. *My Brother's Keeper: James Joyce's Early Years*. Ed. Richard Ellmann. New York: Viking, 1958.

Kiberd, Declan. Ulysses *and Us: The Art of Everyday Life in Joyce's Masterpiece*. New York: Norton, 2010.

Levin, Janina. "Empathy, Cuckoldry, and the Helper's Vicarious Imagination in *Ulysses*." *James Joyce Quarterly* 50.3 (2013): 635-54.

Mullin, Katherine. *James Joyce, Sexuality and Social Purity*. Cambridge: Cambridge UP, 2003.

_____. "English Vice and Irish Vigilance: The Nationality of Obscenity in *Ulysses*." *Joyce, Ireland, Britain*. Eds. Andrew Gibson and Len Platt.

Gainesville: UP of Florida, 2006. 68-82.

Osteen, Mark. *The Economy of Ulysses: Making Both Ends Meet*. Syracuse: Syracuse UP, 1995.

Sicari, Stephen. "Rereading *Ulysses*: 'Ithaca' and Modernist Allegory." *Twentieth Century Literature* 43.3 (1997): 264-90.

Schwarze, Tracy Teets. *Joyce and the Victorians*. Gainsville: UP of Florida, 2002.

Utell, Janine. *James Joyce and the Revolt of Love: Marriage, Adultery, Desire*. New York: Palgrave Macmillan. 2010.

※ 이 글은 「블룸의 욕망 추구를 통한 조이스의 아일랜드 성도덕 비판」. 『제임스 조이스 저널』. 22.2 (2016): 71–90쪽에서 수정 · 보완함.

# 정상과 비정상의 미묘한 경계
## —셰이머스 딘의 『어둠 속 읽기』

●●● 박은숙

## I. 서론

아일랜드의 역사와 문화는 로이드(David Lloyd)의 말처럼 유독 "입"(1)과 관련이 깊다. 아일랜드인들이 기질적으로 말의 유희와 술 그리고 음악을 좋아하는 것은 널리 알려진 사실이다. 근본적으로 이러한 행위들은 모두 입을 통해 이루어진다. 그런데 영국인들은 이러한 아일랜드인들의 입을 "통제해야할 이상한 신체조직"(Deane, *Strange Country* 55)으로 비하하였다. 그들의 주장은 문명화를 위해서는 질서와 이성이 중요한데, 아일랜드인들의 입에서는 술, 말, 노래 음식, 탄식 등이 한데 섞여 도무지 그 경계를 알 수 없다는 것이었다. 한편 두 차례에 걸쳐 아일랜드 전역을 휩쓴 기근(Famine)도 입을 통한 섭식과 연관된 문제이다. 무엇보다 그들이 경험한 이 "극한의 상태"(*Strange Country* 55)는 그들의 입에서 단순히 물질적인 음식뿐 아니라 언어까지 고갈시켜 버리는 결과를 낳았다. 이렇게 본격화된 식민 상황과 함께 천성적으로 말하기 좋아하는 아일랜드 사람들은 부단히 침묵을 강요당했다.

딘의 『어둠 속 읽기』(*Reading in the Dark*)[1](1996)는 위에서 살펴본 바와 같은 아일랜드의 식민화 과정을 다룬다. 그 영향으로 작품의 등장인물들은 하나같이 숨을 죽이며 극도로 경직된 삶을 산다. 인상적인 것은 이러한 양상에 대해 이야기를 하는 사람이 이름도 없는 어린 소년이라는 점이다. 이는 어느 때보다 호기심이 샘솟는 시기에 있는 화자가 어떤 유년기를 보냈을지 짐짓 짐작케 하는 바이기도 하다. 즉 그 또래에서는 알고 싶은 것 천지일 텐데, 화자가 만날 수 있는 것은 오로지 어른들의 우울한 침묵뿐인 것이다. 이런 침울함을 뚫고 한사코 화자에게 말을 건네는 한 사람이 있는데, 그가 바로 미친 조 존슨(Crazy Joe Johnson)이라는 인물이다. 사람들은 그를 미친 조라고만 부르지만 실상 조는 천재적인 기질이 돋보이는 인물이기도 하다. 그는 다른 어른들과 달리 화자의 궁금증을 모른 체 하지 않는다. 그러면서도 그는 그것의 위험성에 대해서도 끊임없이 경고한다.

조가 침묵이 곧 미덕인 사회에서 그 미덕을 따르지 않는 것도 예사로운 태도는 아니지만, 그의 불안정한 겉모습 사이로 엿보이는 천재성도 평범한 자질은 아니다. 제도권에서는 조의 이런 모습들을 한 마디로 비정상이라고 간편하게 뭉뚱그려 버린다. 그러나 그들은 화자에게 그가 알고자하는 것에 대한 정확한 단서를 알려주는 유일한 사람이 바로 미친 조라는 아이러니까지는 설명하지 못한다. 즉 흔히 누가 미친 사람의 말을 믿느냐고 하는데, 작품에서 화자는 그의 말을 믿고 있고 실제로도 그것은 사실이지 지어낸 것이 아니다. 더불어 궁극적으로 그 지역에 만연한 우울함을 광

---

[1] 이하 작품을 인용할 때는 *RD*로 축약하여 쪽수만 표시한다.

적이라고 치부될망정 호탕한 웃음으로 상쇄해주는 유일한 사람도 조인 것을 볼 수 있다. 따라서 필자는 조의 천재성이나 광기가 그를 정상 혹은 비정상이라는 한 가지 잣대로 구분할 수 있게 하는 충분한 근거가 되는 것이 아니라, 오히려 그 구분을 모호하게 하는 요인이 된다고 보았다. 이 논문은 이와 같이 조가 직면하고 있는 정상과 비정상이라는 모호한 경계의 문제를 되짚어봄으로써 작가가 조에 대해 분명하고 고정된 해석을 유보시키는 의도를 파악하는 데 목적이 있다. 본 글에서는 먼저 작품을 바탕으로 조의 천재성과 광기를 살펴보고, 이어 푸코(Michel Foucault) 등이 분석한 담론을 토대로 그러한 양상이 비정상으로 해석되는 배경과 그 한계에 대해 알아보고자 한다.

## II. 천재성과 광기

『어둠 속 읽기』에서 화자는 "정말로 무슨 일이 일어났는가?" 또 "무엇이 사실인가?"라는 도무지 잦아들지 않는 궁금증을 품고 있다(Rumens and Deane 29). 이 궁금증은 화자가 그의 아버지의 큰 형인 에디(Eddie)의 존재에 대한 물음과 함께 그 집안을 내리덮은 무거운 침묵의 근원을 탐색하는 과정에서 시작된 것이다. 이에 화자의 어머니는 "과거는 그냥 과거로 남겨두어라"(RD 42)고 할 뿐 결코 입을 열지 않는다. 달리 말해 아는 것이 병이고 모르는 것이 약이라는 식이다. 그런데 앞의 말을 "자신의 남편, 아들, 아버지, 맥일레니(McIlhenny)(밀고자), 그리고 에디의 비밀에 관한 짐을 오롯이 혼자 짊어진 인물"(Rumens and Deane 30)이라 할 수 있는 화자의 어머니가 했다는 것은 상당히 의미심장하다. 작품에는 이 모든 비밀을 알고 있는 사람이 그녀 외에 한 사람이 더 있지만, 그는 그녀처럼 필사적으로 침묵을 지키지 않기 때문에 그 짐은 온전히 그녀의 몫이 된 것이다. 그녀가 아는 비밀을 전부 다 혹은 그 이상을 아는 또 한 사람은 바로 조이다.

로스(Daniel W. Ross)는 이 소설에서 가장 중요한 행위가 "아는 것"(Knowing)이라고 주장한다(27). 이 말의 바로 앞에는 진실이 생략되어 있다고 보아도 무방하다. 그의 견해는 포스트 식민주의적 상황에 결부하여 이해할 수도 있다. 즉 그의 주장을 통해 당시 아일랜드처럼 개인의 자율성이 박탈된 사회에서 진실을 알고 있거나 알고자 한다는 것은 지극히 위험한 일임을 짐작할 수 있는 것이다. 작품의 배경이 되는 영국령 북아일랜드(North Ireland)의 데리(Derry)의 경우만 보아도 이를 어렵지 않게 확인할 수 있다. 진실을 숨겨야만 유지 가능한 사회에서 누군가 그 진실을 "아는 것"은 끊임없이 새로운 갈등을 초래할 것이다. 때문에 사회는 그러한 갈등 유발자들에게 호락호락할 리가 없다. 결국 화자의 어머니가 자신은 이미 많은 것을 알고 있으면서도 정작 화자에게는 항상 모르는 편을 택하라고 하고, 그녀 자신도 "소리 내어 울 수조차 없는 고통"(RD 146)을 감내하며 끝까지 침묵하는 주된 이유도 바로 이러한 실정에서 기인한다고 볼 수 있다.

한편 화자의 어머니가 유독 조에 대해서만큼은 화자나 주변의 다른 사람들을 대하는 것과는 사뭇 다른 태도를 보이는 것도 "아는 것"과 맞물려 이해할 수 있다. 그녀는 조가 요양원(asylum) 밖에 있을 때 유일하게 왕래를 하는 그의 연배이다. 그때마다 그녀는 거기에 언제 또 들어가서 곤욕을 치를지 모른다고 연신 울먹이는 그를 위로하고 동정한다. 바로 이 점을 통해 조와 화자의 어머니가 누구보다 긴밀한 동병상련의 관계에 있음을 엿볼 수 있다. 쉽게 말해 두 사람은 모두 "너무 많이 알고 있어"(Wolwacz 49)서 그것이 병이 되는 사람들인 것이다. 다만 화자의 어머니는 끝내 입을 굳게 다묾으로써 비정상이라는 낙인만은 모면한 것인데, 자신처럼 침묵하지 않는 대신 비정상으로 불리며 원치 않는 요양원에 셀 수 없이 들고 나야 하는 조의 사정이 그녀에게 아주 딴 세계의 일처럼 보이지 않는 것은 당연하다. 요컨대 화자의 어머니는 사회에서 바라는 대로 그녀가 아는 진실에 대해 조용히 함구하지만, 조는 그렇게 하지 않는 탓에 비정상이라는 꼬리표를 달게 된다.

사실 조는 화자의 어머니가 아는 것 이상의 것들을 알고 있다고 해도 과언은 아니다. 평소 그는 주변에서 일어난 사건들에 대해서도 속속들이 정확히 알고 있고, 멀게는 고대 이집트의 도서관의 역사에 대해서도 해박함을 자랑한다. 그는 누군가가 어떻게 해서 실어증에 걸렸고, 아파서 어떻게 되었으며, 누구누구가 결혼을 한다는 것 등 모르는 것이 없다. 또한 그는 과거의 "모든 끔찍한 사건들은 일요일에 일어났다"(RD 199)는 것도 분명히 기억하고 있다. 그는 자신을 붙들었던 사람의 손의 감촉을 "나무뿌리"(RD 198)같았다고 느낄 만큼 섬세하고 예리하다. 뿐만 아니라 그는 화자가 생전 처음 듣는 프랑스 화가는 물론, 고대 이집트의 "알렉산드리아 도서관"(library of Alexandria)(RD 196)이 약탈당하고 파괴되었던 사실도 알고 있다. 게다가 그의 입에서 심심찮게 들려오는 "Tempus"(time)(RD 222)니 "Carnis"(flesh)(RD 85) 등의 라틴어들에서도 그의 학자연함이 드러난다. 이러한 사실들만 보아도 조의 지적 수준이 보통은 아닌 것을 알 수 있다. 특히 조의 가히 놀라운 기억력은 한 번 더 눈여겨봄직하다.

"오, 아직도 그 친구 얼굴이 보이는구나, 겁내지는 마. 1926년 7월 8일. 새벽 네 시였어. 마치 유령처럼 경찰차에서 나오고 있었지. 두 명은 뒤 자석에 앉아 있었어. 그리고 우리의 버키는 운전석에 있었고. 맥일레니가 옷깃을 세우려고 걸음을 멈추기에 나도 비를 피해서 서 있던 담벼락 밖으로 나가 가까이에서 보고 그게 누구인지 알아낸 다음 다시 돌아와서 나도 유령처럼 길을 올라갔고 그는 빗속에 서 있도록 내버려뒀어."

"그래서 그 사람이 거기서 무엇을 하고 있었는데요?"

"대체 너는 그가 거기서 무엇을 하고 있었다고 생각하는 거냐? 밀고를 하고 있었던 것이지. 밀고. 돈 몇 실링에 자기 동료를 팔아넘기고 있었던 것이라고. . . .]" (*RD* 200)

이 말을 이해하려면 직접 언급되지 않았지만 에디가 누구인지부터 알아야 한다. 에디는 화자의 삼촌뻘로 아일랜드 분쟁 당시 아일랜드공화군(Irish Republican Army)에서 활동했던 인물이다. 그 과정에서 그는 밀고자라는 누명을 쓰고 목숨을 잃는다. 중요한 것은 화자의 외할아버지부터, 이모부, 어머니, 그리고 버키 경사에 이르기까지 누구도 이 일과 무관하지 않다는 사실이다. 인용문에서 조는 자신이 목격했던 그 일과 연관된 과거의 한 사건을 반추하며 그들 중 화자의 이모부인 맥일레니를 유독 자주 들먹인다. 그때 공교롭게도 맥일레니가 밀고를 하고 경찰차에서 내리는 것을 모두 지켜본 사람이 바로 조였던 것이다. 그런데 놀랍게도 조가 화자에게 이 이야기를 해준 때는 1955년이고, 그 장면을 목격한 때는 그로부터 거의 30년 전인 1926년이다. 그럼에도 조는 그것을 마치 어제 일인 듯 시간까지 언급하면서 매우 정확하고 구체적으로 이야기하고 있다. 흥미로운 것은 조가 그러한 비상한 기억력을 자기 입으로 "비정상의 비밀"이라고 한다는 점이다.

"[. . .]", "내가 너를 다시 볼 때쯤이면, 넌 더 나이가 들어있겠지. 하지만 난 언제나처럼 똑같은 나이일 거야." [. . . .]

"영원한 젊음인 거지. 비정상의 비밀 말이야."

[. . .]

"그것은 벌이야. 벌이 너로 하여금 모든 것을 기억하게 하지." (*RD* 201-202)

조는 비정상의 비밀은 곧 영원한 젊음이라고 말한다. 더불어 그 영원한 젊음이 그로 하여금 모든 것을 기억하게 한다고도 덧붙인다. 조는 스스로도 자신이 너무 많은 것을 알고 있음을 깨닫고 있는 것이다. 즉 그는 한사코 모르는 것이 약이라고 진실을 덮으려는 사회에서 그러한 비범함은 오히려 "벌"이 된다는 것을 자각하고 있는 것이다. 이러한 비정상의 비밀은 앞서 그가 화자에게 건넨 상당히 진지하면서도 은유적인 조언과도 연결이 된다. 그때 조는 화자에게 "인접한 과거"(*RD* 197)가 극심한 "소화불량"(*RD* 197)을 불러온다고 말했다. 결국 그는 이 충고를 통해 언제나 학생처럼 무엇인가를 배우고 알아내려고 하면, 화자도 조 자신처럼 영원히 늙지 않음으로 인해 모든 것을 기억해야 하는 "정신적 변비"(*RD* 197), 즉 정신적 소화 불량을 면치 못하리라는 것을 말하고자 했던 것이다. 다시 말해 조는 "너무 많은 지식의 위험성"(Ross 27)을 이렇게 경고한 셈이다. 이에 화자는 그 충고를 아는 듯 모르는 듯 조의 "늙기도 하고 젊기도 한 얼굴" (old-young face)(*RD* 84)을 유심히 들여다본다.

조가 화자에게 건네는 말 중에 유난히 "수수께끼들"(*RD* 84)이 많은 것도 그의 남다른 기지를 돋보이게 한다. 작품에서 보이듯 데리 사회에서의 교육은 그것이 영성 수업이든 수학 수업이든 일체의 호기심이나 질문을 허락하지 않는다. 그런데 조는 그러한 궁금증과 호기심을 더욱 고취시키는 수수께끼를 즐겨 말한다. 간단히 말해 조는 사회에서 진실을 말하지 못하게 하자, 그것을 절묘하게 에둘러 말하는 것이다. 더구나 이 방법은 보다 "완곡한"(Schall 223) 말하기 방식이기 때문에 언뜻 보면 사회의 규제에 부응하는 듯 보일 수도 있다. 이렇게 볼 때 수수께끼는 조의 지독한 정신적 체중을 내려주는 일종의 소화제와 같다고 할 수 있다. 이 또한 조의 비범한 지적 능력이 발휘된 결과인 셈이다. 그런데 막상 조의 평상시 모습을 보면 그가 이렇게 보기 드문 천재성을 가진 사람이라는 생각이 순식간에 달아난다.

> 아저씨의 셔츠에는 달걀 얼룩이 길쭉하게 묻어있었다. 도서관 여자사서
> 가 그를 두 명의 공원 관리인들을 시켜 도서관 밖으로 내보냈다. 왜냐하
> 면 그가 시끄럽게 했고 또 책꽂이에서 책들을 뽑아 쓰레기, 폐물, 헛소리
> 라고 고함치면서 바닥에 내던지기 시작했기 때문이다. 나는 아저씨를 따
> 라 밖으로 나가 그가 화를 내며 보도블록 위에서 펄쩍 펄쩍 뛰고, 광적인
> 분노에 사로잡혀 철쭉꽃나무들을 마구 내리치고, 허공에다 대고 욕을 퍼
> 붓는 것을 보았다. . . .] (*RD* 195)

조는 요양원에서 퇴원하는 족족 유독 도서관을 줄기차게 찾아가서 말
썽을 일으킨다. 그러다 그는 밖으로 쫓겨난 뒤, 애꿎은 화단이나 보도블록
을 내리치며 화풀이를 하고 혼자 펄쩍 펄쩍 뛰면서 허공에다 맹렬히 욕을
해댄다. 다분히 광기어린 모습이다. 사실 조용한 도서관에서 멀쩡한 책들
을 집어던지면서 쓰레기라고 소리치는 것도 정상으로 보이지는 않는다.
그런데 조는 이렇게 격분해 있지 않을 때도 썩 평범한 모습은 아니다. 앞
서 본 것처럼 그가 화자에게 진지하게 충고의 말을 하는 순간에도 그의
눈은 항상 "충혈 되어 이물질이 껴 있고"(*RD* 84), 화로 번득인다. 또 그는
말을 하는 틈틈이 "거대한 흰 손수건을 꺼내 코를 풀고, 껄껄 웃어"(*RD* 84)
대기도 한다. 게다가 그 손수건은 사용된 다음 바지 주머니에 다 구겨 넣
어지지도 않아서 한 귀퉁이가 마치 "푸르스름한 콧물 눈을 가진 하얀 생
쥐"(*RD* 84)처럼 주머니 밖을 내다보고 있기가 다반사다. 조의 이런 모습은
사뭇 우스꽝스럽기도 하다.
그러나 조가 "정신적 소화불량"을 토로하는 것을 보면, 유독 도서관에서
그렇게 불같이 화를 내는 것이 심상치 않아 보이기는 한다. 조로서는 진실

을 알고 있어도 말하지 못하게 하는 사회에서 책이 무슨 소용이냐고 분통을 터트릴 만도 하다. 이 점은 알렉산드리아 도서관에 대한 이야기에서도 확인할 수 있다. 그는 이 고대 도서관을 회상하면서 "종교적 편견 때문에 마음이 완전히 혼란해져 본 적이 없는 사람들은 그 텅 빈 책꽂이들을 보고 회환과 분노를 느꼈지"(RD 196)라고 운을 뗀다. 이어 "그 사람들도 여기서 한 번 살아봤어야 해, 그럼 그들도. . ."(RD 196)라고 한 뒤 끝을 흐린다. 조는 그 책 없는 책꽂이를 보고 분노와 회한에 찼던 사람들이 아일랜드처럼 종교적 편견이 팽배한 나라에 살았어도 과연 그런 감정을 느꼈겠느냐는 것이다. 여기서 그가 말한 마음의 혼란은 비정상이라는 그에 대한 사회적 꼬리표일 법하다. 따라서 누구보다 "아는 것에 대한 대가를 혹독히 치르고 있는"(Ross 27) 조의 이 말은 적잖은 공감을 유발하기도 한다.

더불어 조가 "요양원에서 나올 때마다 더 불안하고 화가 나"(RD 195) 있는 듯 보였다는 화자의 말도 조의 광기를 단순한 광기로만 치부할 수 없게 하는 중요한 단서가 된다. 다시 말해 이 말은 조의 광기의 근원을 되짚어보게 하는 것이다. 사실 조가 "요양원에서 보낸 시절에 대한 기억 중에서 그를 떠나지 않는 것은 [. . .] 구타와, [. . .] 욕조 안의 얼음처럼 차가운 물속에 처박혔던 일"(RD 223)이다. 바로 여기에 그 원인이 있다. 조가 소위 비정상을 정상화시킨다는 요양원에서 실제 경험한 것은 가혹한 폭력이었던 것이다. 바로 그 무서운 폭력이 조로 하여금 그곳을 다녀올 때마다 더 큰 불안과 분노에 떨며 점점 더 광적인 모습으로 치닫게 했다고 해도 지나친 해석은 아닐 것이다. 따라서 조가 그러한 끔찍한 기억들을 회상하며 "이런 상태[정상이면서 비정상인 상태]로 산다는 것은 대단히 불행한 결합이었어. [그러니까 그것은 정상과 비정상이 결합한 상태였던 것이지, [. . .]"(RD 223)라고 한 말도 무심코 지나칠 바는 아니다. 무엇보다 이 말은 사실 조가 그 사회의 지배논리를 누구보다 정확히 꿰뚫어보고 있음을 이렇게 함축적으로 보여주고 있다는 점에서 그 의미심장함이 배가된다.

　이른바 문명사회의 수호자임을 자처하는 사람들이 조를 이렇게 비정상으로 지목했을 때 가장 그럴 듯한 빌미가 된 것은 다름 아닌 그의 천재성이었다고 볼 수 있다. 이와 관련하여 "광기의 이중성"에 대한 힐라드(Derek Hillard)의 설명을 참고할 수 있다. 그에 따르면 광기와 천재성 사이에는 다른 듯 유사한 면이 있다. 이 두 가지의 경우에 해당하는 사람들은 모두 "겉으로 보기에 자아도취적이고 독립적으로 행동한다. 또한 그들은 외부 권력에 개의치 않고 현실을 판단한다. 즉 그들은 자율적이고, 그들이 하는 말은 혼잣말 같기도 하고 다른 사람에게 하는 말 같기도" 하다(395). 이처럼 천재성은 그 비범함 탓에 광기와 미묘한 연관성이 있어서 비정상이라는 구분에 취약한 것이 사실이다. 그러나 당시 아일랜드처럼 주객이 전도되어 진실을 모르게 해야 하는 곳에서 개인의 천재성은 있는 그대로 인정을 받기보다 오히려 광기로 왜곡될 위험이 컸다는 것도 간과할 수 없는 사실이다.

　아일랜드인들에 대해 크로커(T. Crofton Croker)가 한 말을 보면 조의 천재성이 광기로 간주된 이유가 보다 확연해진다. 크로커는 "현재 아일랜드인들의 성격은 이상하고도 분명한 모순의 혼합체이다. 즉 그것은 미덕과 악덕이 적절치 못하게 섞여 있어서 그것을 구분하기도, 따로 떼어내기도 어렵다"고 하였다(58, Lloyd 재인용). 한마디로 그는 아일랜드인들을 매우 이상한 민족이라고 말하고 있는 것이다. 제도권에서 조를 비정상으로 분류한 것도 같은 맥락에서 이해할 수 있다. 그래서 그들은 비정상을 정상화시키겠다는 다부진 포부를 펼치며 조를 정기적으로 요양원에 다니게 한 것인데, 그곳은 오히려 그를 더 비정상화시키는 아이러니컬한 곳이다. 그럼으로써 조에게는 비정상이라는 낙인이 더 단단히 아로새겨지고, 그럴수록 요양원을 향한 발걸음도 더욱 빈번해질 수밖에 없는 것이다.

그럼에도 화자는 "나의 이야기를 거의 완성시켜 준 사람은 미친 조 아저씨였다"(*RD* 195)고 한다. 이는 조가 자신이 알고 있는 것을 끝내 어떤 식으로든 화자도 알게 해 주었음을 의미한다. 푸코는 중세말의 극작품들에서 조처럼 광기를 가졌다고 칭해지는 사람들이 "진실의 수호자"로서 매우 큰 비중을 차지했다고 전한다. 그들은 특유의 바보스런 말투로 "자만하고 뻔뻔한 거짓말쟁이들"에게 삶의 소소한 "진실"을 알려주는 중요한 역할을 했다. 즉 극에서 그들의 광기는 다름 아닌 진실을 말하기 위한 일종의 "속임수"(Trompe l'oeil)가 되었던 것이다(*Madness and Civilization* 14). 조는 보기에 따라 정상일수도 있고 아닐 수도 있다. 분명한 것은 그가 그렇게 모호한 경계에 직면하는 것을 무릅쓰고 부단히 진실을 이야기하고자 한다는 사실이다. 조의 이러한 모습이 푸코가 말한 사람들의 특성과 비슷하다고 볼 수 있다. 결과적으로 조가 비정상이라는 사회적 낙인을 안은 채 쉼 없이 말해주는 진실들은 오히려 그러한 낙인이 과연 정당한 것인지 쉼 없이 의심케 한다.

## III. 국가, 교회 그리고 담론

"아일랜드의 식민화는 근대화의 과정과 맞물려" 있다(민태운 18). 그 과정은 아일랜드 땅에 물리적이건 정서적이건 분명한 경계를 통한 합리적 질서를 구현한다는 명분에서 시작되었다. 이와 비슷한 시각에서 로이드도 아일랜드의 역사는 특히 입의 고유한 기능, 즉 시간과 장소에 맞는 적절한 음식섭취 및 발화와 같은 그것의 본래 기능을 넘어서는 과도함을 통제하고 길들이기 위한 다양한 시도가 팽배한 역사라고 말한다(1). 아일랜드에서는 "애노가 필요한 곳에도 웃음과 농담"이 있었고, 슬거운 "사교를 위한 곳에도 곡(keening)"이 있었다(Lloyd 69). 영국인들은 이렇게 같은 장소에 두 가지 감정이 공존하는 것을 비이성적이라 여겼다. 이렇게 미개한 땅을 문명화한다는 명목 하에 영국인들은 아일랜드에 "활자문화"(*Strange Country* 55)를 퍼트리기도 했다. 그러나 읽고 쓰기가 말보다 내면적인 성격이 강한 점을 고려해 볼 때 그들이 활자를 강조한 숨은 의도는 비교적 쉽게 드러난다. 그들은 글에 비해 보다 집단적인 형태를 띠는 구술 문화를 통제하고자 한 것이다.

플라너리(Eóin Flannery)가 말한 것처럼 식민 담론에서 언어는 식민주의적 억압과 동시에 반-식민주의적 저항의 원초적 장(site)이 된다(72). 그의 주장 역시 앞서 살펴본 딘과 로이드의 주장과 마찬가지로 결국 언어 문제로 포괄된다. 『어둠 속 읽기』를 압도하고 있는 침묵도 이러한 맥락에서 해석할 수 있다. 작품 속 인물들은 과거의 일들에 대한 자의식에 사로잡혀 스스로 말하기를 거부한다. 따라서 그들 사이에는 소통이 부재하고 이는 곧 언어가 부재하는 것과 마찬가지다. 이 경우 침묵은 피지배 언어가 통제된 극단적 상태라 할 수 있다. 그러나 조의 경우는 다르다. 오히려 조는 "틀니"(*RD* 230)까지 덜거덕 거리며 연신 떠들어 대기 때문이다. 물론 그는 사람들이 자신을 비정상이라고 부르는데도 그렇게 하는 것이다.

[. . .] 사람들은 모두 그를 미친 조라고 불렀다. 그는 만나는 모든 사람들, 특히 아이들에게 말을 하면서 항상 길거리에 돌아다니고 있었다. 우리들은 그를 이해할 수 없었지만, [어른들은] 그를 놀려서는 안 된다고 했다 [. . .] 그 아저씨 자체에는 해가 없었다; 아저씨에게 있는 유일한 해는 [아저씨가 아닌] 다른 사람이 끼친 해였다. 어른들이 그렇다고 했고 나는 잘 몰랐다. 그는 자주 도서관 안이나 그 주변에서 혼자 고개를 끄덕이고 웃고 흥얼거리고 자기 지팡이를 돌리고, 진짜거나 혹은 자기가 상

상한 여자들에게 모자를 들어 올리고 있었다. 그의 둥근 얼굴은 마치 가면처럼 그리고 그냥 머리 그 자체인 것처럼 그의 큰 머리의 앞면이 되어서 그의 자그마한 몸 위에 눌러앉아 꼭 곤충머리처럼 노상 흔들리고 떨렸다. 그의 미소는 가짜 이 덕분에 하얗게 빛났고 말도 그의 아래 윗입술과 이 그리고 혀끝과 같은 다른 부분들처럼 딱딱 들어 맞춰지고 소독이 되어 있었대소독 냄새가 났다. (RD 81)

이유 없이 혼자 웃고, 아무에게나 말을 하고, 몸집보다 커 보이는 머리가 쉴 새 없이 떨리고 흔들리고 있다는 조에 대한 묘사는 요양원과 관련하여 주지한 사실과 더불어 그를 우스꽝스럽다 못해 애처로워보이게 한다. 그런데 이 장면을 찬찬히 보면 그의 입이 유독 눈에 들어온다. 화자는 그의 윗입술과 아랫입술, 그리고 이가 서로 어긋남이 없이 "정확히" 들어 맞아 있다는 것을 강조한다. 게다가 틀니를 낀 조가 하는 말은 이러한 그의 입술이나 이, 혀끝처럼 항상 소독이 되어 있다고 덧붙인다. 그의 입에서는 늘 소독 냄새가 나는 것이다. 그런데 조의 입이 이렇게 완벽해 보이는 것은 상당히 인위적인 노력의 산물이라는 인상을 준다. 바로 여기에 조의 유일한 해로움은 그 자신이 아닌 다른 사람이 끼친 결과라는 화자의 말이 의미심장한 이유가 있다.

먼저 조의 입 안팎이 언제나 소독이 되어 있다는 것은 그에게 누군가가 부단히 청결을 요구한 결과로 볼 수 있다. 더불어 조가 틀니 사이로 또박또박 내뱉는 말소리 역시 그 틀니가 정확한 조음을 위한 것임을 알려준다. 이러한 점들로 미루어 조는 그 자신 때문이 아니라 외부의 다른 누군가에 의해 해가 있는 사람, 즉 비정상으로 규정되어 끊임없이 소독을 받으며 청결을 유지하고, 틀니까지 껴가며 정확한 발음을 하도록 길들여져야 하는 형편인 것을 유추할 수 있다. 그러나 이러한 근대적 질서에 고분고분 자신을 내맡길 조가 아니다. 흡사 재갈을 연상시키는 몹시 불편해 보이는 틀니를 끼고서도 부지런히 움직이고 있는 그의 입만 보아도 이를 충분히 짐작할 수 있다.

조가 항상 길거리를 돌아다니고 있다는 묘사도 흥미롭다. 왜냐하면 이 장면은 일견 벤야민(Walter Benjamin)이 말한 "산보객"(flâneur)(417)의 모습을 연상시키기도 하기 때문이다. 실제로 작품에서는 조가 화자와 공원 산책을 즐겨하는 것이 꽤 자주 언급된다. 글레버(Anke Gleber)에 따르면 산보객은 그가 지나는 장소를 단순히 보는 것보다 거기에 숨겨진 역사와 설명되지 않은 세세한 이야기들을 파헤치는 것을 더 좋아한다(149, Gibbons 재인용). 이러한 설명들은 조가 유난히 도서관 안팎을 배회하며 화자에게 "이야기며, 수수께끼며, 질문들이 뒤범벅된 것들"(RD 84)을 들려주는 장면들에도 들어맞는다. 특히 이때 그가 하는 말들이 뚜렷한 체계가 없이 온갖 이야기들이 마구 뒤섞인 상태인 것은 틀니로써 그로 하여금 정확하고 분명한 말을 하도록 하고자 했던 외부의 시도를 다분히 거스르고 있다는 느낌을 주기도 한다.

또한 조가 화자와 돌아다니며 잡다한 이야기들을 들려줄 때 유달리 "사납고"(RD 82) "분노에 찬"(RD 89) 모습인 것도 짐짓 시선을 붙든다. 한마디로 그 이유는 기본스의 시각처럼 산보객의 "목적 없이" 걷기가, 중앙대로를 "질서정연"하게 지나가는 "승자[식민주의자]들의 퍼레이드"와 대비되는, "식민지인"의 걷기라는 점에 비추어 추정할 수 있다(148). 즉 조는 후자에 속하는 것이다. 조가 심심찮게 사용하는 "칼리반"(Caliban)(RD 83)이라는 단어도 이러한 맥락에 비추어 생각해 볼 수 있다. 조는 화자를 부를 때 자주 "어린 칼리반"(RD 195)이라 부르는데, 이 말 또한 조가 아일랜드의 식민 상황을 염두에 두고 있음을 엿볼 수 있게 하는 것이다.

한편 조의 배회에 위에서 살펴본 산보객의 "근대적 삶의 리듬에 대한 저항"(이다혜 112)적 걷기로써의 속성이 있다면, 이는 푸코가 분석한 담론을 큰 틀로 삼아 파악해 볼 필요도 있다. 푸코에 따르면 중세의 계몽주의 사회는 합리성과 질서에 기초한 사회의 재편을 급선무로 삼았고 담론이 그 중책을 맡았다. 그 과정에서 권력은 끊임없이 지식을 만들고 지식은 담론을 형성한다. 따라서 권력이 지식 없이 행사되기도 불가능하지만, 역으로 지식이 권력 없이 형성되기도 불가능"하다(*Power/Knowledge* 52). 즉 권력과 지식은 끊임없는 상호작용을 통해 일종의 "호혜관계"(Bertens 158)를 맺는 것이다. 이렇게 형성된 담론은 그람시(Antonio Gramsci)의 헤게모니(hegemony)와 알튀세(Louis Althusser)의 이데올로기(ideology)처럼 작용한다. 결과적으로 담론은 이와 같은 부단한 "감시의 시선"(*Power* 155)을 피할 수 없는 개인에게 완전히 "내재화"(*Power* 155)되어 세계에 대한 그의 시각을 결정짓고, 나아가 지배 권력을 존속시킨다. 이 점을 상기하여 『어둠 속 읽기』를 보면 화자가 다니는 학교의 수업을 주도하는 신부들의 말이 특히 눈길을 끈다.

> [. . .] 내가 주되게 바라는 것은 여러분들로 하여금 합리적인 것, 비합리적인 것, 전혀 합리적이지 않은 것이 있다는 것을 깨닫게 한 다음 그 진창 속에서 뒹굴도록 내버려두는 것이다. 그렇게 함으로써 나는 어느 정도 국가를 위할 것이고 교회는 더욱 더 위할 것이다. 교리, 정설, 결정, 이런 것들을 지키며 살아야 여러분도 마음의 산란을 피할 수 있다[. . . .] (*RD* 187)

이 말은 종교 수업을 맡고 있는 로이(Sir Roy) 신부가 한 것이다. 그는 아이들에게 합리와 불합리의 경계를 분명히 구분할 것, 마음을 산란시키지 않을 것, 그리고 교리 등의 원칙에 따르는 삶을 살 것을 강조한다. 얼핏 보아도 그가 강조한 것들은 모두 "미친" 조의 상태와는 반대되는 것들이다.

그의 말은 위의 원칙들을 지키지 못했을 경우, 조처럼 비정상으로 분류되리라는 일종의 경고인 셈이다. 그런데 이를 각인시키고 있는 사람이 신부인 것은 "이데올로기적 국가 장치"(Ideological State Apparatus)(Althusser 153)와도 연결된다. 이데올로기적 국가 장치란 종교, 법률, 정치, 교육과 같은 이데올로기의 상부구조에 속하는 기관들로, 한 마디로 개인을 사회화시키는 제반 기관들을 가리킨다. 이데올로기는 완전함에 대한 잠재적 욕구를 가진 개인을 이미 완전한 존재인 양 "호명"(interpellation)(Althusser 163)한다. 그럼으로써 그것은 그를 그것이 부여한 역할을 착실히 수행하는 유순한 주체로 구성하는 것이다. 따라서 개인이 "자연스럽고 조화로운 질서에 속한 것처럼"(Bertens 87) 착각하는 것은 실상 그가 이데올로기에 의해 "왜곡된 현실"(Althusser 155)과 "상상적 관계"(Althusser 155)를 맺고 있기 때문인 것이다.

레이튼(C. D. A. Leighton)은 아일랜드라는 나라에서 가톨릭교회가 갖고 있는 힘과 영향력은 그 나라의 역사가 남긴 사회-정치적 유산이라고 말한다(238). 가톨릭교회가 교육 제도에 대해 갖고 있는 조정권 역시 그 집단이 아일랜드 사회에서 행사하고 있는 대단한 영향력을 이해하는 데 있어서도 매우 중요하게 작용한다. 화자가 다니고 있는 학교는 이에 대한 좋은 예가된다. 학교는 예수회 소속 신부들에 의해 운영되고 그들이 수업도 도맡는다. 이 작품을 쓴 딘 자신도 가톨릭 교육을 받고 자랐다. 따라서 작품에 등장하는 사제들의 교육이 "가혹할 정도로 억압적"(Leighton 238)이라는 느낌을 주는 것은 작가의 자전적 경험과도 무관하지 않다고 할 수 있다. 이처럼 당시 아일랜드 사회를 지배한 이데올로기는 무엇보다 "교회의 동의와 공모"(Harte 153)에 의해 유지되었다고 말할 수 있다.

작품에서 화자는 자신의 아버지가 에디, 그리고 자신[화자]의 어머니에 대한 비밀을 알고 있으면서도 "고통스럽게"(RD 235) 그것을 참아 온 것일

지도 모른다고 여긴다. 그러면서 그 이유가 "그것[비밀]을 크게 말해버리는 것은 모든 것을 망쳐버리고, 그[아버지]의 결혼도 불가능하게 만들어 버리기 때문은 아닐까?"(RD 235)라는 의문을 갖는다. 어린 화자의 이러한 생각은 그 사회에서 이혼이 얼마나 금기시 되는 일인지 여실히 보여준다. 그럼에도 조는 굳이 "불행한 결혼"(RD 223)을 참지 않는다. "사람들은 그가 결혼을 하지 않았을 것"(RD 223)이라고 생각했지만 실상 그렇지 않았다. 그는 "그가 알고 있는 다른 사람들만큼이나 불행한 결혼"(RD 223)을 했었다. 여기서 그가 알고 있는 사람들이라고 하면 가장 가까이에서 화자의 부모님을 찾을 수 있다. 화자의 부모님은 비밀을 숨긴 채 끝까지 결혼관계를 지켜낸다. 반면 조는 "그런 [불행한] 상태를 끝내는 것이 어떤 부부에게라도 좋은 일 아니겠니?"(RD 223)라고 당당히 이야기한다. 다시 말해 조는 화자의 부모님과 달리 교회에서 하지 말라고 강조하는 이혼도 감행해 버린 것이다. 따라서 "이데올로기"적으로 볼 때 조는 그다지 고분고분한 시민 축에는 끼지 못한다.

조가 고분고분한 시민이 아닌 이유를 알 수 있는 또 다른 예가 있다. 화자가 경찰서에 불려갔다 온 일이 있은 후 그의 형인 리암(Liam)은 그 일을 무마하려면 "사과를 하러 경찰서에 신부와 함께 들어가서 그와 함께 다시 나오는 것을 사람들이 다 볼 수 있게"(RD 112)라고 한다. 리암의 말대로 그 사건은 신부의 힘으로 마무리가 된다. 이후 리암은 "다음번에는 버키 경사가 너에게 아부를 할 것"(RD 119)이라고 장담한다. 이렇듯 모든 사람들이 교회의 권위에 머리를 조아리는 가운데 조는 혼자서만 "신의 유일한 변명은 그분이 존재하지 않는다는 것이지. [. . .] 그것 참 좋은 것이지 않니, [. . .]?"(RD 195)라고 말하기를 서슴지 않는다. 아일랜드처럼 엄격한 가톨릭국가에서 신은 존재하지도 않는다는 말이 일으킬 파장의 규모는 상상이 되고도 남는다. 다시 말해 조는 신부들의 거의 절대적인 권위를 보란

듯이 부정하고 있는 것이다.

신에 대한 발언과 더불어 이제까지 살펴본 조의 전반적인 태도를 되짚어 보면 그가 요양원에 "정기적으로"(RD 195) 들고 나기를 반복해야 하는 한 가지 피상적인 근거를 발견할 수 있다. 근대화의 논리에 부합하자면 조의 행동에도 질서와 규칙성이 있어야 하는데, 지금까지 본 조의 모습들은 그런 질서정연함과는 거리가 멀다. 그는 공공도서관의 규율을 예사로 어기고, 초대받지도 않은 "결혼식, 경야, 생일파티, 기념식, 무도회"(RD 230) 등 지역의 모든 경조사에도 예의 지팡이를 흔들며 어김없이 나타난다. 이와 같은 과도한 오지랖은 영국인들이 혐오하는 불규칙성과 무질서에 다름 아니다. 따라서 그들은 이를 악의 근원으로 보고 철저히 엄폐하였다. 마치 조가 지역 무도회장에 기껏 찾아가서도 그곳의 "가장 어두운 구석에 놓인 벤치"(RD 230)에 자리를 잡을 수밖에 없었던 것처럼, 이성을 위협하는 비이성도 가장 구석으로 밀려날 수밖에 없었던 것이다. 결국 사회에서 "정기적"이라는 단서를 붙여 조를 요양원에 들고나게 한 것은 그에게 규칙성을 부여함으로써 그를 정상화시키기 위한 노력의 일환으로 미화되었다고 볼 수 있다.

영국인들이 그토록 강조하는 규칙성과 관련하여 한 가지 더 살펴볼 것은 아일랜드인들의 장례문화(wake)이다. 로이드에 따르면 아일랜드인들의 경야(經夜)는 웃음이나 장난, 음주와 소요를 동반한다(69). 말하자면 경야에서는 개인적 슬픔과 정치적 불만에 대한 발언이나 농담이 공존하는 것이다. 음주와 정치적 얘기들도 마찬가지다. 영국인들이 문제 삼는 것도 바로 이 점이다. 다시 말해 그들은 정신을 혼미하게 하는 술을 마시며 어떻게 중요한 정치 얘기를 할 수 있고, 또 어떻게 한 장소에 애도와 즐거움이라는 다른 감정이 공존할 수 있느냐며 이를 "경계의 위반"(Lloyd 69)이라고 여기는 것이다. 그런데 조는 누구보다 그런 자리에 열심히 참석한다고 하니,

그 사회에서는 더욱 심각한 요주의 인물이 되는 것이 당연하다.

앞서 조의 틀니에 대해 언급한 바 있다. 틀니는 입모양도 어긋나지 않게 해 주고 발음도 흐트러지지 않게 하기 위한, 한 마디로 조의 입을 정상적으로 보이게 해주는 장치임을 확인하였다. 그런데 정작 그것은 조가 말을 할 때마다 연신 "나왔다 들어갔다"(*RD* 230)해서 그로 하여금 바쁘게 입을 다시게 한다. 그런 불편함에도 조는 지친 기색도 없이 주변의 소음보다 더 크게 쩝쩝거리며 이야기를 한다. 숄은 이렇게 그의 입에서 시종 "나왔다 들어갔다"하는 "틀니" 자체가 정상과 비정상의 경계를 넘나드는 조의 모호한 측면을 보여준다고 지적한다(255). 다시 말해 그녀는 이 인공 치아가 입 안에 단단히 고정되어 있지 않고 수시로 빠지고 다시 끼워 넣어지기를 반복하고 있는 상황에 주목한 것이다. 조는 의도하였건 의도하지 않았건 이른바 근대적 질서의 틀 안에 가만히 있지 않고 그 경계를 수시로 넘나든다. 숄은 조의 바로 이러한 특성을 다름 아닌 그의 틀니와 맞물려 분석한 것이라 할 수 있다.

그런데 특이한 점은 위에서 언급했듯 조가 말을 할 때면 "그의 입술과 이와 혀끝처럼 그의 말도 소독이 되어 있다"는 것이다. 이때 "fumigate"라는 단어는 소독을 한다는 의미로 쓰이는 것이 일반적이지만, 좀 더 자세히 살펴보면 불쾌한 것을 제거하다라는 뜻으로도 쓰인다. 이 말은 모두가 침묵 속에 진실을 숨기려고 할 때, 조만 혼자서 그것을 이야기하려는 것과 관련이 있다. 넓은 의미에서 그 진실은 상기한 이데올로기의 "미화된 거짓말"(Althusser 156)에 가려진 진실이라 할 수 있다. 따라서 이 모든 비밀을 언제 터트려버릴지 알 수 없는 조의 입은 부단한 감시와 통제의 대상이 될 수밖에 없는 것이다. 결과적으로 조의 입은 손상이 되었지만, 유일하게 제 목소리를 내고 있는 것도 그의 입뿐이다. 더불어 그것이 가능한 것은 역설적이게도 비정상으로 분류되는 것을 감수한 부단한 경계 지우기 덕분이다.

# IV. 결론

믹달(Joel S. Migdal)은 경계라는 말에 이르면 "우리"라는 개념이 끝나고 "그들"이라는 개념이 시작된다고 이야기한다(5). 서구 사회에 오래 동안 팽배해온 합리와 불합리 혹은 이성과 비이성이라는 이분법적 논리를 통해 이 말의 위력을 새삼 확인할 수 있다. 그들은 합리와 이성을 내세워 그 기준을 거스르는 개인을 철저히 주변화시켰다. 즉 그를 그들과 다른 사람으로 규정한 것이다. 조는 이러한 주변화과정을 누구보다 처절히 겪는 인물이다. 조가 속한 사회에서는 그를 비정상이라 칭하여 정기적으로 요양원에 다닐 것을 명한다. 그들의 논리대로라면 요양원 입원이 거듭될수록 조도 정상적인 모습에 가까워져야 하지만, 이상하게 그의 모습은 더 불안정해진다. 이는 그들이 내건 정상화라는 명분이 사실상 얼마나 폭력적으로 행해졌는지 가늠게 한다. 더불어 그에 대한 비정상이라는 판정이 실로 얼마나 타당한 것이었는가에 대해서도 다시금 의문을 품게 한다. 그럼에도 여전히 번득이는 그의 천재성과 부지런히 움직이는 입은 이러한 의구심을 적잖이 고무적인 희망으로 상쇄한다. 왜냐하면 그것은 어떤 개인적 자질이 그렇게 단순히 획일화될 수 없음을 반증하기 때문이다.

조는 화자의 어머니처럼 위에 언급한 인물들과 관계된 모든 비밀을 알고 있는 또 다른 사람이다. 다시 말해 조와 화자의 어머니 사이에는 둘 다 너무 많은 것을 알고 있다는 공통점이 존재하는 것이다. 하지만 그녀는 끝내 침묵을 하였고, 조는 그렇게 하지 않았다는 데서 둘 사이에는 분명한 차이가 생긴다. 나아가 그 차이로 인해 조에게는 이상한 사람이라는 단서가 붙는다. 그러나 이상하게도 이상하지 않은 화자의 어머니에게서는 깊이를 알 수 없는 침묵과 침울함이 떠나지 않는 반면, 이상한 조에게서는 때때로 광분한 모습과 더불어 웃음과 생기가 떠나지 않는다. 즉 화자의 어머니 나아가 작품 전체를 둘러싼 고통스러운 침묵과 우울함으로 마비된 듯한 분위기 속에 유일하게 활기와 웃음을 자아내는 사람이 바로 미친 조존슨인 것이다. 궁극적으로 이러한 사실은 조가 정상적임을 강조하는 사회 이면의 무서운 폭력을 견디며 기어코 말하기를 멈추지 않은 것에 대해 제법 설득력 있는 이유를 제시해 준다.

민태운. 『조이스, 제국, 젠더 그리고 미학』. 광주: 전남대학교 출판부, 2014.

이다혜. 「발터 벤야민의 산보객Flâneur 개념 분석」. 『도시연구』 1 (2009): 105-28.

Althusser, Louis. "Ideology and Ideological State Apparatuses." *Lenin and Philosophy*. New York: Monthly Review, 1971. 153-64.

Benjamin, Walter. "The Flâneur." *The Arcade Project*. Trans. Howard Eiland and Kevin McLaughlin. Cambridge: Belknap, 1997. 417-55.

Bertens, Hans. *Literary Theory: The Basics*. London: Routeledge, 2005.

Deane, Seamus. *Reading in the Dark*. New York: Vintage, 1998.

_____. *Strange Country: Modernity and Nationhood in Irish Writing since 1790*. Oxford: Claredon, 1997.

Flannery, Eóin. "Reading in the Light of *Reading in the Dark*." *Irish Study Review* 11.1 (2003): 71-80.

Foucault, Michel. *Madness and Civilization: A History of Insanity in the Age of Reason*. New York: Random, 1965.

_____. *Power/Knowledge: Selected Interviews and Other Writings 1972-1977*. Ed. Colin Gordon. New York: Pantheon, 1972.

Gibbons, Luke. "Where Wolfe Tone's Statue Was Not." *History and Memory in Modern Ireland*. Ed. Ian McBride. Cambridge: Cambridge UP, 2001. 139-59.

Harte, Liam. "History Lessons: Postcolonialism and Seamus Deane's *Reading in the Dark*." *Irish University Review* 30.1 (2000): 149-62.

Hillard, Derek. "The Rhetoric of Originality: Paul Celan and the Disentanglement of Illness and Creativity." *The German Quarterly* 75.4 (2002): 394-407.

Leighton, C.D.A. *Catholicism in a Protestant Kingdom: A Study of the Irish Ancien Régime*. London: MacMillan, 1994.

Lloyd, David. *Irish Culture and Colonial Modernity 1800-2000*. Cambridge: Cambridge UP, 2011.

Migdall, Joel S. *Boundaries and Belonging*. Cambridge: Cambridge UP, 2004.

Ross, Daniel W. "Oedipus in Derry: Seamus Deane's *Reading in the Dark*." *New Hibernia Review* 11.1 (2007): 25-41.

Rumens, Carol and Seamus Deane. "Reading Deane." *Fortnight* 363 (1997): 29-30.

Schwall, Hedwig. *"Reading in the Dark*: Flying by the Nets of Politics and Psychoanalysis." *Bell: Barcellona English Language and Literature Studies* 11 (2000): 217-30.

Wolwacs, Andrea Ferrás. "History as Fiction in *Reading in the Dark* by Seamus Deane." Diss. Universiadade Federal do Rio do Sul, 2009. 1-89.

※ 이 글은 「『어둑 속 읽기』에 나타난 정상과 비정상의 경계 ─미친 조를 중심으로」, 『영어영문학 21』 28.1 (2015): 67–87쪽에서 수정·보완함.

*He died for love of me*

—W.B. Yeats

# 예이츠의 희곡과 연극 세계

●●● 윤기호

## I. 극작가 예이츠

1923년 노벨문학상을 받은 아일랜드 출신의 문인 예이츠(William Butler Yeats, 1865~1939)는 지난 세기 전반 영미시단을 대표하는 시인으로 널리 알려져 있다. 그런데 예이츠는 평생 동안 많은 양의 시 말고도 상당한 양의 희곡, 소설, 산문 등을 썼다. 그 가운데서 희곡의 경우 그가 당대 극작가들 가운데서 버나드 쇼(Bernard Shaw) 다음으로 많은 양의 희곡을 남겼다는 사실은 잘 알려져 있지 않다. 연극은 작가가 쓴 희곡이 극장에서 공연됨으로써 완성되고 희곡작품과 연극공연의 가치를 평가할 수 있는 장르이다. 그런데 예이츠의 희곡의 경우 공연되는 것을 볼 기회가 드물다. 게다가 원숙기 예이츠 희곡의 특징인 운문 대사, 코러스, 가면, 춤, 양식화된 몸동작, 초자연적 존재의 등장, 이국적인 신화의 언급 등에 대해서 대부분의 독자나 관객들은 기괴하고 낯설게 느낀다. 그리고 지금까지 대부분의 비평가들은 극작가로서 예이츠의 업적과 그의 희곡 자체에 대한 가치 평가는 소홀시하고, 단지 아일랜드 연극운동과 관련된 예이츠의 역할만 언급할 뿐이었다. 그 결과, 반세기가 넘는 기간 동안 30여 편의 희곡을 쓰고 극장(애비극장, Abbey Theatre)을 설립하고 자신과 다른 극작가들의 작품을 무대에 올렸을 뿐만 아니라, 공연에 관한 많은 실험과 연극에 관한 적지 않은 이론적인 언급을 남겼음에도 불구하고 극작가로서 예이츠에 대한 인정은 그다지 크지 않다. 그러나 예이츠 희곡과 연극에 관한 전반적인 무관심 속에서도 일부 학자들은 일찍이 예이츠의 희곡의 가치에 주목하고 꾸준히 연구해왔다. 최근 영국과 미국 및 유럽의 학계에서는, 현대에 운문극을 부활시킨 선두 주자로서, 입센(Henrik Ibsen)류의 사실주의 연극에 반발하는 상징극의 기수로서, 그리고 베켓(Samuel Beckett)을 비롯한 유럽 아방가르드 극작가들에게 큰 영향을 미친 선구자로서 예이츠의 공헌을 인정하기 시작했고 그의 희곡의 본질과 가치를 재평가하는 작업이 꾸준히 이루어지고 있다.

이 글은 예이츠 희곡의 본질을 설명하는 것이 목적이다. 예이츠 희곡을 연구하는 궁극적인 목적은 예이츠 희곡 작품들이 다른 유명 작가들의 작품들에 못지않다는 사실을 밝히고 극작가로서 그의 위치를 인정하는 일일 것이다. 구체적인 연구 방법은 그동안 예이츠의 희곡이 소홀히 다루어진 이유 및 배경을 찾아보고 예이츠가 연극을 통해 이루고자 하는 지향점을 밝히는 것이다. 따라서 개별 작품의 분석과 평가는 또 다른 작업의 대상이 될 것이다.


## II. 예이츠 희곡에 대한 상반된 평가

에이츠는 평생에 길쳐 연극에 근 관심을 깇고 죽기 직진까지 희곡을 썼으며 이미 쓴 희곡을 공연에 대한 반응 등을 바탕으로 수정하기를 게을리 하지 않았다. 그는 일찍이 10대 때 이미 여러 편의 희곡을 썼고 21세 때(1886) 출판된 『모사다』(*Mosada*) 같은 희곡은 아직 『예이츠 희곡집』(*The Collected Plays of W. B. Yeats*)에는 들어가지 못했지만 초기 작품치고는 상당한 가치를 인정받고 있다(O'Donoghue 105). 그는 『매의 우물에서』(*At The Hawk's Well*)에 붙인 글에서 "나는 극장을 필요로 한다. 내 자신이 극작가라고 믿기 때문이다"(*VPl* 415)[1]라고 연극에 대한 열정을 보여주고 있다. 그리고 노벨 문학상 수상 연설에서도 그는 "만약 내가 희곡을 쓰지 않았거나 내 서정시가 연극대사의 속성을 갖지 않았다면 영어권 위원회에서 내 이름을 보내지 않았을 것이다"(*A* 559)라고 말하여 자신의 문학에서 희곡의 중요성을 강조했다. 그리고 수상 당시 노벨재단의 의장이었던 할스트(Per Hallström)도 환영 연설에서 이 상은 예이츠의 서정시의 업적 못지않게 시극의 업적 때문에 주어진 것이라고 하면서 시에 대한 특별한 언급은 하지 않고, 현대 무대를 개혁하려는 시도와 희곡 『마음이 열망하는 땅』(*The Land of Heart's Desire*)과 『왕궁 문지방』(*The King's Threshold*)에 대한 칭찬을 아끼지 않았다(McAteer 1).

## 1. 부정적 평가

초기극인 『케슬린 백작부인』(*The Countess Cathleen*)과 『케슬린 니 훌리안』(*Cathleen Ni Houlihan*)의 공연에 대한 첫 반응은 종교와 민족주의적 편견에 의해 엇갈렸지만 어쨌든 적지 않은 대중적인 관심을 불러 일으켰다. 그런 맥락에서 예이츠 희곡에 대한 본격적인 연구 결과가 1960년대에서야 비로소 출판된 것은 놀라운 일이다. 팀(Eitel Timm)은 그 이유로서 1960년대

---

[1] 이후 예이츠의 글을 인용할 때 *The Variorum Edition of the Plays of W. B. Yeats*는 *VPl*, *Autobiographies*는 *A*, *Essays and Introductions*는 *EI*, *Explorations*는 *EX*로 줄여서 표기함.

이전의 서지(書誌)적 자료의 결핍과 예이츠의 애비극장과 아일랜드 문예부흥에 대한 관련 활동을 부각시킨 결과, 비평가들의 관심을 희곡 자체로부터 돌려놓은 탓이라고 지적하고 있다(12). 따라서 희곡과 연극에 대한 예이츠 자신의 관심과 열정에도 불구하고 예이츠 희곡과 연극적 실험의 성과가 잘 알려지지 않은 이유로는 우선 비평계의 무관심과 부정적인 반응을 들 수 있을 것이다. 예이츠가 연극 활동을 시작했던 19세기 말, 영국과 아일랜드에서 연극의 주류는 입센과 쇼류의 사실주의 연극이었고, 연극을 소개하고 평가하는 역할을 하는 비평가들은 사실주의와는 전혀 다른 종류인 예이츠의 연극을 제대로 이해하지 못했다. 특히 연극 비평가가 아닌 문학 비평가들의 예이츠 희곡에 대한 혹평은 당대뿐만 아니라 지금까지도 부정적인 영향을 미치고 있다. 그 첫 번째 예로서 1941년에 맥니스(Louise MacNeice)는 예이츠 시 해석의 정전이라고 불리는『예이츠의 시』(The Poetry of W. B. Yeats)라는 책에서 예이츠의 희곡은 "제스처 게임(charades)에 지나지 않는다."(196)라고 폄하했다. 예이츠 희곡에 관한 첫 번째 본격적인 비평이라고 대우받는 어(Peter Ure)의 책(1963)에서도 "예이츠의 희곡은 일반적으로 말해서 당대 비평가들에게 그다지 인정을 받고 있지 않다"고 비평가들의 부정적인 평가를 인정하고 있다(1). 같은 해 출판된, 예이츠 해석의 대가인 하버드 대학교의 벤들러(Helen Vendler) 교수도 예이츠의 후기 희곡을『환상록』(A Vision)에 바탕을 두고 해석한 책에서 "[예이츠의 후기] 희곡들은 착상과 목적 둘 다 비연극적이고 서정시를 담기 위한 장치임이 분명하다"(141)라고 단언했다. 1970년에는 위 두 학자들에 못지않게 영향력 있는 학자인 블룸(Harold Bloom) 또한『왜가리 알』(The Herne's Egg)에 대해서 결론짓기를 "여러모로 실패작"(426)이라고 평했다. 이런 권위 있는 학자, 비평가들의 예이츠 희곡에 대한 부정적인 평가는 그 후 최근까지 비평계를 지배하다시피 했다. 비교적 최근에(1999년) 예이츠 전기를 출판한 브라운(Terence Brown)도 시와는 대조적으로 "예이츠의 희곡은 학계의 열성팬들 외에는 지지자가 없다. . . . 심지어 아일랜드와 애비극장에서도 공연 목록에 드는 일이 거의 없다"(382)고 결론짓고 있다. 그러나 이들 비평가들이 과연 시와 다른 연극이라는 장르의 특징과 당시 유럽 연극계의 반사실주의 흐름 및 예이츠의 치열한 실험정신을 제대로 이해하고 평을 했는지는 의문이다. 이런 의문을 증명하는 한 예로, 일찍이 예이츠 희곡을 혹평했던 벤들러는 최근(2007년)에 예이츠가 평생에 걸쳐 채택한 시 형식들의 다양함에 대한 놀라움을 설명하는 저서를 출판했다. 그러나 그녀의 판단과는 달리 다양성을 따지자면 희곡의 경우가 시보다 더 다양하다. 이 점에 대해 맥카티어(Michael McAteer)는 희곡 "『배우 여왕』(*The Player Queen*)과『왜가리 알』처럼 형식과 주제 면에서 "무질서할 정도로 다양한 실험을 한 시는 찾아볼 수 없다"(2)고 지적하고 있다. 이 희곡들은 프랑스 초현실주의, 독일 표현주의 및 피란델로(Luigi Pirandello, 1867-1936)의 부조리극 등의 다양한 영향을 받은 희곡들이다. 그런데 벤들러는 앞에서 언급한 1963년 저서에서 희곡의 다양한 실험들을 비난했었고『배우 여왕』을 공연에 맞지 않는 작품이라고 평한 적이 있다(124). 그동안 시인으로서 예이츠의 명성이 극작가로서 업적을 압도해왔다는 점을 감안하면 이런 반응이 새삼스러운 것은 아니지만, 비평가들의 이러한 모순된 태도가 오랫동안 예이츠의 희곡에 대한 판단을 지배해왔다.

앞에서 초기 비평가들의 예이츠 희곡에 대한 부정적인 평가가 오랫동안 예이츠 희곡이 소홀하게 취급된 한 가지 이유라고 지적했지만, 이런 부정적인 평가의 근거로는 당대 연극의 주류가 다른 유럽 국가들과는 달리 영국과 아일랜드에서는 사실주의 연극이었다는 사실을 기억해야 할 것이다.

유럽 다른 곳에서는 입센식의 사실주의에 참을 수 없는 반항을 하고 있던 바로 그 시간에 영국과 아일랜드에서는 그 사실주의가 연극을 절대적으로 장악하고 있었다는 것이 예이츠에게는 불운이었다고 볼 수 있다. 워드(K. Worth)에 의해 추적된 바 있는, 보다 덜 자연주의적인 연극의 중단되지 않은 전통은 영국에서는 널리 인정받지 못하고 있었다. (O'Donoghue 102-3)

그리고 예이츠의 희곡은 일반적으로 "기괴하고, 비인간적이고, 비교(秘敎)적이고, 관심이 있거나 연구할 가치가 있다면 단지 그의 시와의 관련 때문"(Bradley 240)이라고 소홀하게 다루어져왔다. 이러한 판단은 연극에 대한 좁은 견해를 반영하는 것으로 사실주의 연극을 부당하게 중시하는 데서 비롯된 것이다. 희곡은 시에 끼친 영향 때문에 관심을 둘 뿐이라는 생각은 문학과 연극의 상대적인 가치에 대한 편견이라고 할 수 있을 것이다. 예이츠는 상징적이고 심령적인 연극 형식에 전념한 극작가인 만큼 사실주의의 기준으로 그의 작품을 판단하는 것은 잘못된 것이다. 예이츠는 처음부터 사실주의 연극을 단호하게 거부했다.

우리의 상상력이 없는 예술은 우리가 알고 있는 장소 속에 세상의 단편을, 화려하거나 소박한 틀 속에 사진 찍듯이 집어넣는 것에 만족하고 있다. 그러나 내 흥미를 끄는 예술은 겉으로는 우리가 사는 세상과 동떨어진 것처럼 보이지만 일련의 형상, 이미지, 상징들이 지금까지는 우리가 포착하기에는 너무 힘든 마음 속 깊은 곳으로 들어가게 해주는 예술이다. (*EI* 224-25)

당시 서양 연극의 주류를 이루던 사실주의 연극에 익숙한 관객들은 예이츠 연극에 흡사 사진과 같은 장면이 없는데다가 인간관계에서 기대되는 심리적, 사회적, 도덕적 측면에 대한 관심이 없는 것을 보고 의아해 할 뿐이었다. 그러나 예이츠의 관심사는 그런 것과는 전혀 달랐다. 그는 영혼과 영적인 힘을 관찰했고 그 진행 방향은 내적인 것에서 외적인 것으로, 보이지 않는 것에서 보이는 것으로, 영혼의 이상세계 위에 형체를 갖추는 심미적인 연극의 세계였다(Peacock 127). 예이츠 희곡의 기본 구조와 기능은 대부분 관객들이 기대하는 것과는 근본적으로 다르다. 예이츠의 연극이론과 극작술이 당시로 봐서는 혁명적이라고 할 수 있지만 지적으로나 미학적으로 일관성이 있고 인상적이다(Bradley 241). 예이츠는 새로운 형식의 연극을 창조했는데, 그 연극은 상징적인 행동, 인물들의 도식적인 관계, 조각한 것 같은 연기 공간의 활용, 몸동작의 리듬, 음악과 노래의 조화, 의상과 무대장치의 색채 유형, 언어의 통합적 구성 등이 결합되어 마음 속 깊은 곳에 감추어진 진리나 실재를 표현하고 있다.

## 2. 긍정적 평가

예이츠 희곡이 잘 알려져 있지 않은 것은 앞에서 설명한대로 비평계의 무관심 탓이 크지만 예이츠의 희곡의 가치를 인정하는 비평가들도 적지 않고 그들의 열성에 의해 예이츠 희곡이 차츰 망각에서 되살아나고 있다. 큰 비평가로서도 인정받고 있으며, 예이츠와 함께 20세기 전반 영미 시단을 대표하는 시인이자 예이츠와 마찬가지로 시극의 부활에 큰 관심을 갖고 희곡을 쓴 엘리엇(T. S. Eliot)은 예이츠 사후 그의 극작가로서의 가치를 가장 먼저 인정했고 운문극 부활의 선구자로서 공헌을 강력하게 증언하고 있다.

운문극의 경우 상황은 역전된다. 왜냐하면 예이츠에게는 아무 것도 없었지만 우리에게는 예이츠가 있기 때문이다…. 이제 우리는 예이츠가 초기에 한 불완전한 시도들조차도 입센이나 쇼의 희곡들보다 영구적인 문학이라는 사실을 깨닫기 시작한다. 그리고 그의 연극 작업은 전체적으로 볼 때, 세속적으로 성공한 런던 도심의 샵스버리(Shaftesbury) 거리의 비속

함에 대항하는 강력한 옹호수단임을 증명하고 있다는 사실도 깨닫기 시
작하고 있다. 그는 그러한 비속함에 단호하게 반대했으며 . . . 다른 모
든 곳에서 지하로 내몰린 시극의 개념을 살려냈다. 나는 극작가로서 우
리가 그에게 진 빚이 어디에서 끝날지 모르겠는데—아마도 연극 자체가
끝날  때까지 끝나지 않을 것이다. (*On Poetry and Poets* 306-7)

또 다른 무게 있는 비평가 벤틀리(Eric Bentley)도 일찍이(1948년) 극작가로
서 예이츠의 가치를 알아보고서 "예이츠는 중요한 극작가로서 지난 수 백
년 동안 영어권에서 유일하게 중요한 운문극작가이다"(214)라고 강조하고
있다. 고대 그리스부터 현대까지 유럽을 대표하는 위대한 비극 8편을 편
집한 바넷(Sylvan Barnet) 등도 "더블린 억양으로 말한 그리스 비극"(326)이라
고 한 예이츠의 말을 인용하면서 예이츠의 『발야 해변에서』(*On Baile's
Strand*)를 아이스킬로스, 소포클레스, 에우리피데스, 셰익스피어, 입센, 스
트린드베리, 오닐 등의 작품들과 함께 싣고 있다. 1963년 출판된 어(Ure)의
선구적인 저서 이후, 네이던(Leonard Nathan)은 1965년에 출판된 역저『예이
츠의 비극』(*The Tragic Drama of William Butler Yeats: Figures in a Dance*)에서
예이츠의 희곡들을 '초자연계와 자연계의 전쟁'(2)이라는 주제로  설명하
고 예이츠가 결코 독서용 희곡이나 극적 독백을 쓴 것이 아니라 살아 있
는 극장을 위한 희곡을 썼다는 사실을 강조하고 그 목적을 위해 수많은
실험을 했음을 증명하고 있다.

　1970년대 이후에도 최근까지 예이츠 희곡을 본격적으로 연구하고 그
가치를 찾아낸 학자, 비평가들의 저서들이 이어지고 있다. 많은 학자, 비평
가들이 예이츠 희곡에 관한 길고 짧은 글을 썼지만 여기서는 단행본으로
출판된 저서들 가운데 예이츠 희곡을 이해하는데 실질적인 도움을 주는 책
들만 다루고자 한다. 스킨(Reg Skene)은 쿠훌린 연작극을 연구한 그의 저서

(1974)에서 "전투는 이겼으며 대중은 극장에서 자연주의에 대신하는 신나는 대안이 있다는 사실을 깨닫게 되었다"(xi)고 주장하고 있다. 유럽극의 맥락에서 예이츠 희곡을 조명하고 그 가치를 찾은 워드(Katharine Worth)는 1978년에 "현대 총체극의 기술을 고안하여 '내면의 연극'을 구성하는데 활용한 예이츠는 20세기 극장의 위대한 대가들 가운데 한 사람이다. . . . 예이츠의 극장은 살아있을 뿐만 아니라 새 생명을 낳았다. 그 증거는 애비극장에서 오지 않는다. . . . 그 증거는 예이츠가 처음부터 바라보았던 곳, 파리에 중심을 둔 유럽의 극장에서 온다."(1-2)고 말하고, 메테르링크(Maurice Maeterlinck, 1862-1949)의 상징극의 전통이 예이츠를 거쳐 베켓에 이르는 영향 관계를 설명하면서 예이츠가 현대극의 선구자라고 강력하게 주장하고 있다. 1970년대에는 이 두 학자 외에도 예이츠의 희곡의 가치를 널리 알린 훌륭한 저서들이 여러 권 출판되었는데 1971년에 출판된 무어(John Rees Moore)의 저서를 비롯해서, 1975년 출판된, 예이츠 희곡 연구에 없어서는 안 될 제퍼어즈(A. Norman Jeffares)와 놀랜드(A. S. Knowland)의 꼼꼼한 주석서, 아일랜드 신화 및 일본 노(能)극과의 관계를 밝힌 테일러(Richard Taylor)의 1976년 저서, 쿠훌린 주제 희곡들을 연구한 프리드만(Barton R. Friedman)의 저서, 희곡 제작 배경을 자세히 설명한 밀러(Liam Miller)의 저서 등을 들 수 있다. 그리고 플레너리(James Flannery)와 브레들리(Anthony Bradley)의 저서들 또한 빼놓을 수 없는데 플레너리는 보다 적극적으로 예이츠 희곡을 직접 무대에 올려 성공을 거두기도 했다(O'Donoghue 103-4).

예이츠 희곡에 대한 인식과 관객들의 이해의 폭이 증가되는 것을 지적한 놀랜드는 1983년에 출판한 저서에서 번역을 제외한 예이츠의 전 작품을 '공연 효과'에 관련하여 해석하고 있다. 그는 예이츠 희곡에 대한 평가의 가장 큰 문제는 예이츠 희곡이 효과적인 공연을 할 수 있느냐에 달려 있다고 지적하고(248), 이 책에서 강조하는 공연 효과도 자주 공연을 볼 수 없기 때문에 안타깝게도 주로 상상에 의존할 수밖에 없다고 아쉬워하고 있다.

이제 비평계의 소홀함은 치유되었고 최근에 극장에서도 인정을 하는 조짐이 있다. 그 이유는 내 생각으로는 극장을 찾는 대중들이 전통적인 틀에서 벗어난 연극의 형식과 양식을 수용함에 따라 연극에 대한 취향의 범위와 다양성이 증가했기 때문이다. 예이츠 희곡의 특징인 가면, 춤, 양식화된 언어와 몸동작 등이 전처럼 낯설게 보이지 않을 때가 온 것이다. (xv)

1976년 저서[2] 출판 후에 소포클레스 희곡을 번안한 두 작품을 빼고 『예이츠 희곡집』에 실린 전 작품에 관한 친절한 안내서(1984)를 쓴 테일러는 "초기에 어떤 비평가들은 예이츠의 극적 본능을 의심하고 성격 연구와 구체적인 플롯 전개에 절실한 관심이 결여되어 있다고 강하게 비판하기도 했다. 물론 이런 말을 할 때 그들은 다른 모델을 염두에 두고 있었지만, 이제 우리는 예이츠가 그에게 넘겨진 극장 전통을 따르기를 거부했음에도 불구하고 훌륭한 극작가라는 사실을 인정하기 시작하고 있다"(3)고 옹호하고 있다. 1990년대에는 예이츠와 관련된 인물, 사건, 장소, 작품 등을 꼼꼼하게 조사해서 실은 사전이 두 권 출판되어서 예이츠 희곡뿐만 아니라 예이츠 문학과 사상의 이해에 많은 도움을 주고 있다[3]. 그리고 1999년에 학계에서 인정받는 예이츠의 비평적 전기를 출판한 브라운은 "세계 연극에 대한 예이츠의 가장 큰 공헌은 그의 협동자 고든 크레이그(Gordon Craig, 1872-1966)와 같이 갖고 있던 총체극 개념이 주는 보다 넓은 충격에서 찾을 수 있다. 그리고 그의 희곡 몇 편은 베켓의 극작술에 큰 영향을 미침으로써 실제로

---

[2] Richard Taylor, *The Drama of W. B. Yeats: Irish Myth and the Japanese Nō*, (New Haven: Yale UP, 1976).

[3] Sam McCready, *A William Butler Yeats Encyclopedia* (Westport, Connecticut: Greenwood, 1997); Lester I. Conner, *A Yeats Dictionary* (Syracuse, New York: Syracuse UP, 1998).

주목할 만한 내세를 누렸는데 베켓은 '매의 우물을 한 모금' 마시기 위해서라면 쇼의 '전복할 수 없는 사과 수레를 통째로' 주겠노라고 언급한 적이 있다"(382)고 예이츠 연극적 업적을 크게 인정하고 있다. 21세기에 들어와서도(2006년) 오도노휴(Bernard O'Donoghue)는 캠브리지(Cambridge) 대학에서 출판한 예이츠 안내서에서 예이츠가 20세기 반사실주의 연극의 중심을 차지할 가능성을 제기하면서 예이츠의 연극적 실험을 가볍게 여겨서는 안 된다고 지적한다. 그는 예이츠와 공동 작업을 한 크레이그가 사실주의 연극 연출의 대가인 러시아의 스타니슬라프스키(K. S. Stanislavsky)와도 같이 작업한 사실을 증거로 들고 있다.

> 만약 예이츠가 크레이그에게서 발전시킨 형식적 관심이 당대의 커다란 대중적 사건들을 표현하는 데 있어 사실주의 연극의 능력에 비교할 때 상내적으로 사소한 것처럼 보인다고 느낀다면, 우리는 그레이그기 20세기 극장 공연의 가장 위대한 새 출발점에 있었던 모스크바 예술 극장에서 스타니슬라프스키와 협동하여 일했다는 사실을 기억해야 한다. (103)

가장 최근에(2010년) 예이츠의 희곡을 유럽의 여러 나라 극작가들의 작품과의 상호 영향관계에서 연구한 책에서 맥카티어(Michael McAteer)는 예이츠가 20세기 초 유럽 아방가르드 극장의 주역임을 설명하고 있다.

> 관객들에게 보이는 단점이 무엇이든 간에 예이츠 희곡은 1890년에서 1939년 사이의 유럽 극장의 주요 발전—자연주의, 상징주의, 표현주의, 초현실주의를 포함한—에 중요한 공헌을 했다. 끊임없이 새로운 형식을 실험하면서 그는 당대 유럽 사회를 형성하는 세력들이 그의 예술적 가치를 손상하지 않는 방식으로 표현될 수 있는 매개체로서 극장이 진화하도록 주의했다. (193)

## III. 예이츠 희곡의 본질

### 1. 부정적 평가에 대한 반박

지금까지 예이츠 희곡에 대한 비평가들의 비난과 옹호의 역사를 간추려 살펴보았다. 이제 예이츠 희곡의 본질과 가치를 파악하기 위하여 학자와 비평가들이 예이츠 희곡을 폄하한 구체적인 이유를 분석하여 그 정당성 여부를 따져볼 필요가 있다. 예이츠 연극에 대한 부정적인 견해들은 나름대로 일리가 있는 것처럼 보인다. 그러나 이러한 견해들은 연극의 본질에 대한 좁은 생각을 반영하고 있으며 이런 견해들을 반박함으로써 예이츠 희곡의 가치를 평가하는 한 가지 방법으로 삼고자 한다.

첫째로, 예이츠의 대부분의 희곡이 운문 또는 운문과 산문이 함께 쓰여 졌다는 사실이다. 산문의 시대에 운문극을 보기 위해서는 운문 대사를 듣는 훈련이 되어 있는 일부 관객에게는 통하겠지만 대부분의 관객에게는 고답적이고 인위적이고 부자연스럽게 여겨진다는 주장이다. 예이츠는 현대에 운문극 또는 시극을 부활시킨 선두주자로서 인정받고 있는데 이는 연극이 문학과 극장의 결합이라는 사실을 상기시켜준다. 벤틀리가 "문학과 극장이 겹치는 곳에 연극이 있다"(223)라고 지적했듯이 예이츠의 희곡들은 극장을 당대에는 분리되어 있던 언어와 무대 기술을 결합시키려고 했다. 예이츠는 자신의 희곡 속에 언어의 풍요로움과 고대 그리스, 엘리자베스 시대, 일본의 고전 무대의 무대 기술을 담으려고 했다. 연극이 생긴 이후로 유럽에서 연극의 언어는 운문이었고, 산문이 연극의 주된 도구가 된 이후에도 시인들은 운문을 연극에 되돌려 놓으려고 꾸준히 노력했다. 마일즈(Ashley E. Myles)는 19세기 시극의 역사를 개관하고 예이츠를 현대 운문극을 부활시킨 핵이라고 당대와 후대의 시극작가들에게 미친 영향을 설명하고 있다. 그는 만약 예이츠가 당시 교류하던 시인들과 함께 런던에서 활동을 계속했더라면 강력한 시극학파가 정립되었을 것이라고 아쉬워하고 있다(Preface i-ii). 엘리엇은 시에만 어울리는 내용이 있다고 전제하고, 산문은 "일시적이고 피상적인"(ephemeral and superficial) 것을 강조하고, "영원하고 보편적인"(permanent and universal) 것은 운문으로 표현하는 경향이 있다고 지적했는데(*Selected Essays* 46), 이 개념은 산문이 연극에 도입된 이후로 지금까지 시극작가들이 일반적으로 갖고 있는 생각이다. 예이츠도 운문과 산문의 차이를 일찍이 깨닫고 있었는데 엘리엇과 거의 같은 생각이었다. 그런데 예이츠에게 언어의 문제는 단순히 운문이 더 중요하고 산문이 덜 중요하고 하는 것이 아니었다. 그는 시극이 모두 운문으로만 씌어져야 한다고는 믿지 않았고 필요에 따라서는 한 작품 속에서 운문과 산문을 함께 사용하기도 했다. 시극에서 말하는 '시적'(poetic)이란 의미는 운문만을 사용해야 한다는 것이 아니라 포괄적인 시의 특성이 극의 구조에 내재하는 것을 말한다. 예이츠가 운문과 산문을 한 작품 속에 함께 사용함으로써 극적 효과를 거둔 희곡의 한 예로 『그림자 드리운 바다』(*The Shadowy Waters*)를 들 수 있다. 그는 운문과 산문을 병치시킴으로써 대조 효과를 얻었다. 즉 산문은 에이브릭(Aibric)으로 대표되는 해적선 선원들의 현실 세상을 반영하고 운문은 주인공 포가엘(Forgael)의 세계처럼 속세를 떠난 초월적이고 초자연적인 실재를 표현하는 수단으로 사용되었다. 이처럼 운문과 산문의 병용은 매우 효과적이라고 할 수 있다. 따라서 예이츠가 연극에 산문에 비해 이해하기 힘든 운문을 도입한 것을 시대착오이라고 폄하할 것이 아니라, 과연 그가 산문으로 표현하기 어려운 '영원하고 보편적인' 인생의 진리를 보다 감동적으로 파악할 수 있도록 운문을 제대로 사용했는가를 따지는 것이 올바른 비평의 태도일 것이다. 따라서 예이츠의 생각으로는 유럽과 세계 연극의 황금시기들과 관련해볼 때 주 궤도에서 벗어난 것은 자연주의 희곡이지 시극이 아니라는 것이다(Bradley 243-4).

둘째로, 예이츠의 희곡들이 일반 관객이 접촉할 수 없는 경험이나 관객들이 공유할 수 없는 신화 등을 다루고 있다는 주장이다. 신화가 인간의 경험을 보편화하는 경향을 고려한다면 신화를 사용하는 것은 연극에게 가장 위대하고 가장 오래된 힘을 줄 수 있다. 예이츠의 희곡들은 전체적으로 볼 때 신화를 성공적으로 사용하고 있어서 희곡 속의 행동, 인물, 무대 등은 단순히 아일랜드에 국한되거나 예이츠 개별적인 것이라기보다는 원형적이라고 할 수 있다. 예이츠는 관객들이 아일랜드 신화 속에 담긴 인간 경험의 유형과 자신들을 동일시하는 것을 바라지 않았다. 반대로 그는 다양한 거리두기 수법을 사용하여 관객들이 신화와 맞서기를 기대했다. 이러한 거리두기 수법은 그 후에 프랑스 극작가 아르또(Antonin Artaud, 1896-1948)와 폴란드 연출가 그로토우스키(Jerzy Grotowsky, 1933-1999)도 효과적으로 사용하였다(Flannery 368).

예이츠의 시와 희곡에서 아일랜드의 신화와 역사는 매우 중요한 역할을 하는 것은 사실이지만, 그 신화와 역사가 자체로서 중요한 것이라기보다는 신화와 역사가 예이츠가 창조하려고 한 상징적이고 제의적인 종류의 연극에 어울리는 소재를 제공해주기 때문에 중요한 것이다. 종교적인 중요성을 지니는 제의적인 요소는 예이츠 연극의 중요한 측면으로서 현대 연극에서는 상실된 연극의 기원을 상기시켜준다. 파킨슨(Thomas Parkinson)도 예이츠가 신화를 사용한 이유는 연극과 극장을 "연극의 기원이자 극장의 정당한 기능인, 신성한 존재를 불러내는 역할로 되돌려 놓으려는"(388) 의도에서였다고 설명하고 있다.

> [신화를 사용함으로써] 예이츠는 런던의 극장가인 웨스트엔드나 애비 극장에서 그토록 찾기를 원했지만 찾을 수 없었던 요소인, 가능성과 성취감의 영광스러운 이미지들을 관조함으로써 고양된 관객을 볼 수 있었다.

극장에 되돌려놓아야 할 요소는 신비함을 자아내는 제의적인 기법, 여러 형태의 춤, 의식(儀式)화 되고 해방된 인류의 이미지를 디자이너의 기술로써 만들어내는 시 등의 모든 기교에 의해 구체적으로 표현할 수 있을 뿐이었다. (Parkinson 388-9)

따라서 예이츠가 극히 일부 작품에서 신화를 성공적으로 사용하지 못했다고 해서 그가 소수 동호인을 위해 극을 썼거나 그의 연극이 비교(秘敎)적이라는 비판을 할 수는 없을 것이다.

　많은 수의 예이츠의 희곡은 심령적 존재들을 다루고 있는데 이 존재들의 갈등은 영적인 세계에서 일어나고 영적 세계의 본질상 구체적인 시간과 공간의 환영(illusion)으로써는 표현할 수 없는 것이다. 따라서 이런 극에서는 관객은 보통의 연극에게 할 수 있는 인물, 대사, 행동에 대한 기대치를 버려야 하는 것이다. 마찬가지로 공연은 관객에게 거의 제의식에 참여하는 분위기를 불러일으켜야 한다. 예이츠는 관객의 주의를 자연적인 현상과 동일시하는 것으로부터 돌려서 그의 주 관심사인 심령적 존재들로 이끌고 가는 방법을 찾으려 고심했다. 그래서 그가 이교적인 신화에서 인물들을 채택한 것처럼 보이지만 사실 이 인물들은 대부분의 경우 보통의 인간 경험의 측면을 보여주는 인물들이다. 예를 들어 디어드라(Deirdre), 『발야의 해변에서』에 등장하는 쿠훌린(Cuchulain)과 코나하(Conchubar), 『이머의 단 한번 질투』(The Only Jealousy of Emer)에 나오는 이머, 잉구바(Eithne Ingubar), 판(Fand) 등은 우리에게 익숙한 인간 유형들이다. 『삼월의 만월』(The Full Moon in March)에 나오는 여왕과 돼지치기도 이해할 수 있는 원형적 인물들이다. 때로는 『매의 우물에서』(At the Hawk's Well)와 『쿠훌린의 죽음』(The Death of Cuchulain)에서처럼 내용면에서 다른 희곡과 연결되어 있어서 한 편의 연극만 보고서는 관객들이 그 작품의 의미를 모두 이해하기 어려운 경우도 있는데 이는 약점이라고 할 수 있을 것이다. 초기 작품들의 경우에는 경험미숙 때문에, 후기에는 부주의했거나 사망으로 인해 미처 수정을 하지 못해서 그런 문제가 생겼을 수도 있다(Knowland 250). 그리고 신화의 사용이 현대의 삶과 관계가 없다고 주장하는 비판에 대해 엘리엇이 현대 사회를 비판하기 위해 신화를 사용한 첫 번째 동시대 작가가 예이츠라고 지적했듯이(Norton Anthology 1825), 예이츠는 과거에 빗대어 현대에 관해 말하려는 일종의 시대 비평을 한 것이다.

셋째로, 『환상록』(A Vision)으로 대표되는 예이츠의 사상 체계와 희곡과의 관계를 살펴보자. 예이츠의 독특한 사상 체계는 일부 학자들에게는 지적 호기심의 대상이 되기도 하고 앞에서 인용한 벤들러의 경우 『환상록』을 바탕으로 후기 희곡을 연구하기도 했지만, 일반 독자나 관객들에게는 이해하기 어려운 부담이 되기도 한다. 일부 비평가들은 예이츠의 비교 철학 자체를 목적으로 집중하여 『환상록』이 마치 성경인 것처럼 연구하고 글을 쓴다. 이런 견해는 극작가로서가 아니라 논객으로서 예이츠의 중요성을 강조하여 그 결과 극장을 위한 예이츠의 연극적 작업을 무시하게 된다. 그리고 이런 태도는 관객이나 독자들로 하여금 예이츠 희곡으로부터 더욱 멀어지게 만드는 원인이 된다. 예이츠의 철학 체계는 인간 경험에 대한 도식적인 배열로서 신비스러운 상형문자나 만다라(mandala)가 아니라 시극에게 이미지와 메타포를 제공하는 것으로 받아들이는 것이 보다 타당할 것이다(Taylor, Reader's Guide 179). 따라서 희곡에 등장하는 상징이나 구조가 사회적 또는 심리적 실재의 이미지를 보여주는 것으로 해석해야 할 것이다.

예이츠는 생애의 많은 시간을 영적인 실재를 설명하기 위해 바쳤고 복잡하고 상호 대립되는 온갖 경험을 하나의 메타포로 집중시킬 수 있는 체계를 만들기 위해 수많은 진지한 산문을 썼다. 1937년에 출판한 『환상록』

은 그의 생각, 역사관, 인간관 및 인간의 존재와 경험을 결정짓는 우주적 힘 등에 관한 결정판이다. 이 책의 내용은 예이츠 학도들, 특히 서정시에 관심이 있는 사람에게는 상당히 중요한데, 그 이미저리에 대한 직접적인 언급이 예이츠의 시에 담겨 있기 때문이다. 그러나 기본적인 개념이나 원리를 이해하는 것 말고는 『환상록』에 담긴 특정한 지식이 희곡을 읽는데 꼭 필요한 것은 아니고, 그 체계의 기본 구조는 갈등과 대립에 의해 작동된다는 사실만 알면 충분하다. 모든 인간성과 역사적 시기는 본질적이고 독자적인 성질이 있는데 이 본성은 정반대되는 본성과 갈등을 일으키고 화합하려고 한다는 것이다. 자연계와 초자연계가 서로 끌리고 반발하듯이 인간과 역사도 그렇다는 것이다. 그가 『환상록』에서 "나는 세상을 갈등으로 보았다"(72)라고 말했듯이 인간을 비롯한 세상의 모든 것은 이원론적 갈등 구조를 가지고 자신과 반대적인 것에 접근하여 갈등과정에서 생겨난 통합, 일치, 조화를 통해 개인의 완성과 문화의 완성을 변증법적으로 이루고자 했다. 예이츠의 사상 체계는 매우 복잡하고 어렵지만 모든 내용을 자세하고 완벽하게 이해하는 것이 그의 희곡을 이해하는데 있어 절대적으로 필요하지는 않다고 생각한다. 『환상록』은 인간과 세계를 나름대로 체계적이고 유의미하게 이해하려는 시도이고 문학의 지향점이 인류 보편적인 진리라면 예이츠의 철학을 모르면 희곡을 이해할 수 없다는 생각은 바람직하지 못하다.

넷째로, 미학적으로도 예이츠의 연극은 음악, 춤, 가면 등을 강조함으로써 어떤 동호인 모임을 위한 연극이 아닌가 하는 비판이다. 종합 예술인 연극의 장점은 극의 내용이 주는 지적, 정서적 충족감 이외에도 시각적, 청각적 즐거움도 함께 줄 수 있는 것인데, 이런 점에서 예이츠의 연극의 특징인 음악, 춤, 가면 등의 활용을 단점이라고 지적할 수는 없을 것이다. 앞에서 말한 대로 연극은 문학과 극장이 만나는 장르로서 예이츠의 후기 무용극에서 시각적, 청각적 효과에 대한 강조는 이른바 총체연극의 특징으로서 유럽 연극에 대한 예이츠의 기여라고 할 수 있으며 유럽의 많은 후대 극작가들에게 영향을 미쳤다(Brown 382). 극장에서 운문, 춤, 가면, 음악 등을 제거하는 것은 과거뿐만 아니라 현재에서도 연극의 가장 풍성한 측면을 제거하는 것이라고 할 수 있다. 종합예술로서 연극의 특징을 이해하면서도 일부 관객은 예이츠의 희곡의 형식이 우리가 경험하는 인간 생활과 동떨어진 것처럼 보인다는 비판을 하기도 한다. 그러나 사실은 그렇지 않다. 극형식 면에서 예이츠가 사용한 시, 코러스, 가면 등은 유럽 연극 전통에서 이미 확립된 양식들이다. 『매의 우물에서』에서 코러스에 해당하는 악사들이 천을 접었다 펼쳤다 하는 이상하고 독특하게 보이는 의식은 응접실에서 공연되는 무용극들을 위해 도안된 것으로, 따지고 보면 흔히 보는 공연 때 막을 올리고 내리는 것과 마찬가지로 이상한 것이 아니다. 게다가 이런 의식은 무대 막을 올리고 내리는 극장에서는 어울리지 않는다.

다섯째로, 예이츠 희곡의 대부분이 길이가 너무 짧아 한 편의 희곡을 하루 저녁 공연용으로 채택하기에는 부적절하다는 주장이다. 예이츠 희곡들의 길이가 짧아서 공연에 적당하지 않다는 지적에 대해서는 상징극은 본질상 길이가 짧을 수밖에 없다는 사실을 생각해야 할 것이다. 사실주의 연극은 모든 것을 설명하고 이유를 밝혀야 하기 때문에 상당한 길이를 요구할 수밖에 없다. 그러나 상징극은 그와는 달리 원형적인 영역을 다루기 때문에 시간, 공간, 동기 등에 관한 자세한 내용과는 관련이 없다. 특히 예이츠 희곡의 경우처럼 엄청난 강렬함과 집중력의 결과로 희곡의 길이가 짧아졌다면 길이가 짧은 점을 단점으로 여겨서는 안 될 것이다. 그러나 대부분의 관객들이 하루 저녁을 즐길 만큼 일정한 시간의 공연을 기대한다는 현실을 감안한다면 예이츠의 경우 관련된 두 작품 이상의 희곡을 같이 무대에 올리는 것이 해결책이 될 수 있는데, 1989년 플레너리 교수의 주도로 더블린에서 다섯 편의 쿠훌린 연작극을 함께 공연하여 큰 성공을 거둔 것을 한 예로 들 수 있다(O'Donoghue 103-4).

## 2. 예이츠가 연극을 통해 이루고자 한 것

앞에서 말한 예이츠 희곡에 대한 비판과 옹호를 바탕으로 예이츠 희곡의 성격과  지향하는 방향을 다음과 같이 정리해볼 수 있다. 르네상스 이래로 희곡을 평가하는 주된 기준은 성격묘사와 플롯 구성이었다. 그리고 대부분의 희곡은 등장인물과 사건 등에 있어서 일상생활의 그것들을 그대로 무대 위에 옮겨놓은 느낌을 주는 사실적인 세계를 주로 다루었다. 극의 구조는, 극적 상황이 관객에게 소개되고 전개되어 위기에 도달하고 이어서 절정에 이르러 제기된 갈등이 해결되는 과정에서 인물들과 사건(행동)들이 상호작용하는 것에 기반을 두었다. 따라서 극작가의 주 관심은 극적 행동의 논리와 개연성뿐만 아니라 상황에 반응하는 등장인물의 성격묘사와 분석에 있었다. 심리적 통찰력의 깊이, 사회적 관찰과 철학적 사색 및 플롯 구성의 심미적 쾌감 등이 전통적 연극이 주는 보상이었다. 이에 반해 예이츠의 연극은 가면, 춤, 코러스, 양식화된 동작, 주술적인 느낌을 주는 운문대사, 무대장치가 거의 없는 무대 등이 결합되어 비사실적인 분위기를 만들어내고, 정교한 등장인물의 성격묘사보다는 원형적인 인물 또는 초자연적 존재를 등장시키고, 인과관계에 의한 플롯의 전개보다는 초자연계의 개입으로 결말에 이르는 방식이 자주 도입된다. 따라서 갈등을 토대로 한 심리연구와 정교한 플롯을 평가기준으로 삼는 전통적인 입장에서 보면 예이츠의 연극은 비연극적으로 보이기 마련이다. 예이츠 연극에 대한 기존의 비평이 대부분 이런 입장을 반영하고 있어서 그동안 그의 극이 긍정적으로 평가되지 않았다. 그러나 이런 비평은 예이츠가 연극을 통해 제기하는 문제를 비껴가고 있다. 즉 그가 천착한 근본 문제인 연극이 인간의 삶 속에서 어떤 역할을 해야 하는가 라는 점을 논의의 출발점으로 삼지 않기 때문이고 그에 따라 예이츠의 치열한 실험 정신에 대한 이해가 부족하기 때문이다.

예이츠는 당대 주류였던 사실주의 연극과는 근본적으로 다른 연극관을 가졌고 그것을 표현할 수 있는 새로운 극형식을 추구했다. 따라서 전통이나 시류를 따르기를 거부했다고 해서 예이츠 희곡을 평가 절하하는 것은 예이츠가 의도하지 않은 것을 가지고 왜 그렇게 하지 않았느냐고 따지는 셈이다. 그러므로 이제는 왜 예이츠가 성격묘사와 플롯 중심의 연극에 반발했고 과연 그가 추구한 연극은 어떤 종류인가를 밝혀야 할 것이다. 그리고 그가 추구한 결과물의 가치와 현대에 있어서의 관련성을 살펴야 할 것이다.

예이츠가 연극을 통해 시도했던 것은, 인생에서 무엇이 가치 있는 것인가, 그리고 인간이 인생에서 어떻게 그 가치를 찾을 것인가 하는 의문에 대한 답을 찾는 탐구로 요약할 수 있다. 그리고 각 희곡은 그 의문에 대한 적어도 한 가지의 가능한 답을 찾으려고 한 시도였다. 그는 사회 속에서 개인의 일시적, 육체적 측면보다 인간 조건의 영적, 형이상학적인 의미를 중시했다. 그는 일상적 경험의 환영을 만들어 그 경험을 해석하고 비판하는 대신에, 일상적인 세계와 영적인 세계 사이의 생생한 관계를 강조하기 위해서 그가 인간의 조건을 결정한다고 믿은 우주적 또는 형이상학적 존재들의 구체적인 이미지를 보여주려고 했다. 예이츠 연극은 전통적인 비극이나 희극이 강조하는 내적 갈등이나 외적 질서로 관객의 주의를 끌고 가는 것이 아니라 극적 행위의 필연성과 상징적인 의미로 이끌고 간다. 따라서 성격묘사와 플롯 전개는 제한될 수밖에 없다. 예이츠 연극은 제의적 요소가 많은데 그는 가장 감동적인 극형태인 제의가 다른 연극형식과 다른 점은 그것을 보고 듣는 사람들도 모두 배우가 되는 것이라고 믿었다 (*Explorations* 129). 관객은 육체적 참여나 무대상 기교를 통해 능동적이 되는 것이 아니라 연극이 주는 정신적 충격을 통해 능동적인 참여자가 되는 것이다. 따라서 그의 연극에서는 관객의 역할이 다른 극형태들보다 훨씬 증대하게 된다. 관객의 상상력을 통한 능동적인 참여는 연극의 사회적 기능을 중시한 그의 주장에도 들어맞는 것이다. 그런데 문제는 그가 기대한 이상적인 관객과 실제 관객 사이에 차이가 있었다는 점이다. 즉 당대 사실주의와 상업주의 연극에 익숙한 관객들은 무대 위에 펼쳐지는 행동에 상상력을 발휘하여 능동적으로 참여하지 않고 한낱 구경꾼에 불과하게 되어 배우와 관객 사이에 거리가 생겼다. 그는 상상력을 통해 내적인 세계에 눈이 뜨이도록 관객을 교육시키려고 했다. 예이츠는 이러한 관점에서 새로운 극형식을 실험하면서 관객에게 상징적 인물과 행동을 직접 제시하려고 했다. 즉 관객이 상상력을 발휘하여 극중 세계를 재장조하도록 유도하려고 한 것이다. 그러기 위해서는 관객의 마음의 눈을 뜨게 해주고 초자연적 존재까지도 믿을 수 있도록 해주는, 현실로부터의 거리가 필요하다. 그리고 일상생활과는 거리를 유지하면서 원형적 인물과 행동을 제시하기 위해서는, 무대가 곧 현실공간이라는 환영을 갖도록 무대장치를 꾸미고 현실에 있음직한 인물과 행동을 논리적으로 제시하여 관객을 설득하려는 사실주의 수법은 어울리지 않는다. 그가 연극에 도입한 가면, 춤, 코러스 등은 일상생활로부터 거리를 유지하기 위한 장치로서, 제의적 분위기 속에서 관객을 상상의 세계로 이끌고 가는 역할을 한다. 다시 말해서 우주영 (Anima Mundi)과 인간의식과의 관계 및 미와 열정의 이미지를 관객으로 하여금 마음의 눈을 통해 보게 하려고 한 것이다.

## IV. 공연예술로서 연극과 예이츠 희곡

예이츠 희곡과 연극이 제대로 인정받기 위해서는 앞에서 말한 비평계의 긍정적인 평가 못지않게 중요한 것은 공연의 횟수와 질이다. 어떤 이유로든 예이츠 희곡을 무대 위에서 볼 기회는 매우 드물다. 예이츠 생전에는 아마추어 배우들의 서투른 공연으로 희곡의 가치를 제대로 평가받을 수가 없었다. 지금도 운문 읽기, 음악, 춤, 가면, 색채 등을 강조하는 예이츠 연극을 무대에 제대로 올리기 어렵다는 점이 예이츠 연극에 대한 부정적 반응의 또 다른 이유이다. 놀랜드(Knowland)는 예이츠의 희곡을 긍정적으로 분석하고 설명한 후에도 "과연 예이츠가 주요 극작가인가, 그리고 그가 유럽 연극 전통에 의미 있는 기여를 했는가, 아니면 그의 매력이 일부 열렬한 팬들의 모임 밖에서는 통하지 않는가?" 하는 질문이 떠나지 않는다고 전제한 다음, 그 답은 무엇보다도 먼저 예이츠 희곡이 얼마나 제대로 된 공연을 받을 수 있는가 하는 정도에 달려 있다고 주장한다(248). 연극은 마음 속 추상적 극장 안에서 펼쳐지는 연기를 감상하는 시나 소설의 경우처럼 인쇄된 책을 통해 평가할 수 있는 예술이 아니다. 연극은 공연이 되어야 하고 공연은 적절한 종류의 물질적인 무대를 요구한다. 그런데 불행하게도 예이츠의 희곡은 지금까지 이러한 대접을 받지 못했다. 쇼의 경우 자신의 극을 인정을 받기 위해 투쟁해야 했고 자신의 희곡이 요구하는 연기 스타일을 정립했지만, 예이츠의 경우 아직 쇼와 같은 대중적이고 전문적인 인정을 받지 못했다. 워드는 현대 유럽 연극에 미친 예이츠의 영향뿐만 아니라 독자적인 극작가로서 예이츠에 대한 관심도 점차 증가하고 있다고 주장하면서, 예이츠 희곡의 공연 횟수가 점차 늘어가는 것을 증거로 들고 있다(Chapter 8). 그러나 예이츠의 희곡은 아직도 호의를 가진 아마추어들이나 학자들의 관심을 끌 뿐인데 이들에게는 어쩔 수 없이 예이츠의 연극

이상을 정당하게 실현시키기에는 훈련이나 경비 및 공연 실무 등 자원이 부족할 수밖에 없다. 연극 공연은 많은 요소들, 즉 대사, 몸동작, 의상, 무대장치, 음악, 춤 등의 모든 요소들을 통일된 미학적 비전 안에 통합시켜야 하는 일을 포함한다. 현대연극에 대한 예이츠의 독특한 기여라고 할 수 있는 춤만 해도 뭔가 덧붙여진 것으로 생각하면 안 되고 극에서 요구되는 자연스러운 몸동작의 연장으로 간주되어야 할 것이다. 이런 일들은 전문가, 시간, 돈, 훈련 등을 요구한다. 연기는 근본적으로 몸을 쓰는 일인데 아마추어 배우들이 일정한 연습 시간 내에 예이츠의 희곡이 요구하는 몸을 통제하는 수준을 이루기는 거의 불가능하다. 이런 것은 의상, 무대장치, 가면, 음악의 경우도 마찬가지이다. 이것들은 아주 세심하게 도안되어야 한다. 극의 시각적 측면을 구성하는 이것들은 쉽게 도움을 청할 수 있는 미술 교사나 취미로 현악기나 타악기나 관악기를 다루는 아마추어 애호가 정도가 할 수 있는 것은 아니다. 시각적 측면 말고도 청각적 측면인 대사 전달의 경우에도 서로 다른 목소리의 높이, 다양한 대사 리듬, 음악, 소리와 침묵 등에 관한 세심한 배려가 필요하다. 그리고 배우의 제스처로 실현되는 연기, 움직임, 정지의 순간, 춤동작 등과 무대 공간 안에서의 이러한 몸동작들의 의미 있는 관계 등이 요구되는데 이러한 것들은 전문가들에게도 쉬운 일이 아니지만 극작가로서 예이츠를 정당하게 평가하기 위해서는 반드시 전제되어야 할 요건이다.

예이츠의 희곡들이 제대로 공연된다면, 즉 대사, 노래, 음악, 제스처, 춤, 의상, 무대장치 등 모든 구성 요소에게 마땅한 무게가 주어져서 이 모든 요소들이 총체적인 극적 의미의 표현에 맞추어진다면, 원숙기의 예이츠 희곡들은 극장 안에서 심오하고 감동적인 충격을 줄 것이라고 믿는다. 그러나 그 충격은 예이츠 희곡을 해석하는 학자, 비평가들의 창조적 상상력에 바탕을 둔 분석이 없이는 이룰 수 없다. 시와 소설과 독자들 사이에는 독자의 감수성, 문학과 인생에 대한 폭 넓은 이해와 일반적 경험만 있으면 된다. 그러나 관객과 희곡의 사이에는 배우, 연출가, 무대 디자이너, 의상 디자이너 등 연극적 표현의 장치가 존재한다. 연극 대본은 음악 악보처럼 해석자에 의해 살아난다. 연기, 무용, 음악 등 모든 해석 예술에서 해석자의 역할은 넓은 지식과 판단력과 무엇보다도 창조적 예술가의 의도를 상상력을 통해 재창조해내는 것이다. 극장 안에서 해석자가 할 일은 대사, 몸동작, 무대장치, 조명, 의상, 음악 등을 유의미한 전체인 극적 경험으로 관련시키는 일인데, 대본에 충실할 뿐만 아니라 그 대본에게 생명을 불어넣고 의미를 밝혀주어야 한다. 예를 들어 『이머의 단 한번 질투』, 『삼월의 만월』, 『해골터』(*Calvary*), 『뼈들의 꿈꾸기』(*The Dreaming of the Bones*)의 공연에서 관객들의 마음이 일시적인 것이 아닌 영원한 것, 물질적인 것이 아닌 영적인 것, 현상적인 것이 아닌 본질적인 것과 그들의 관련 등을 의식하게 되는 몽상의 상태, 거의 몽환의 경지에 이르는 반응을 이끌어 내야 할 것이다(Knowland 112-3).

## V. 최근의 평가와 전망

다행스럽게도 차츰 극작가로서 예이츠를 변호할 필요가 점점 줄어들고 있다. 예이츠의 희곡과 연극 이론의 중요성을 신빙성 있게 증명하는 책과 논문이 늘어가고 있는 추세이다. 예이츠의 연극을 유럽의 맥락에서 파악하고 유럽 현대극에서 예이츠가 선구적인 역할을 했음을 밝히고 있는 영국의 비평가 워드는 예이츠가 얼마나 시대에 앞섰는가를 설명하고 있다. 그녀는 "『고도를 기다리며』(*Waiting for Godot*) 이후 지난 20년 동안 전체 유럽 극장은 예이츠가 20세기 첫 20년 동안 더블린에서 혼자 수행했던 혁명을 경험하고 있다"고 말하면서 아르또, 그로토우스키, 피터 브룩(Peter Brook), 아폴리네르(Apollinaire), 칸토(Tadeusz Kantor), 쥬네(Genet) 등이 사용한 유럽 극장의 독창적인 아방가르드 기법들을 놀랍게도 예이츠가 예견했다고 밝히고 있다(2-3). 최근에 이르러 전통적인 형식에서 벗어난 다양한 연극에 대한 관객들의 수용 능력이 증가함에 따라 예이츠의 희곡에 대한 비평계와 극장의 관심도 개선되고 있다. 이제는 예이츠 희곡의 특징인 가면, 춤, 양식화된 언어와 몸동작 등을 이상하게 보지 않게 되었다. 예이츠는 희곡은 공연됨으로써 완성된다는 연극의 장르적 특성을 처음부터 잘 알고 있었다(Knowland 251). 연극에 관심을 갖고 극을 쓰기 시작한 초기부터 생애 마지막까지 그는 자신의 희곡이 효과적으로 공연될 기회가 없음을 아쉬워했다. 그는 자신의 희곡이 공연되면 공연의 문제점과 관객 및 비평가들의 반응을 토대로 희곡을 수정하기를 게을리 하지 않았다. 그러나 당시 공연에 참가한 아마추어 배우들로서는 예이츠의 연극 이상을 실현할 수가 없었고 서투른 공연으로 인해 비평가들의 부정적인 평을 받음으로써 그의 희곡과 실험들이 잊혀 지게 되었다. 그러나 최근에 공연 횟수도 늘어나고 전문가들의 손길을 거치면서 공연의 질도 높아지고 있다. 예이츠의 강력한 옹호자인 워드는 1990년대 발표한 논문들에서 예이츠 희곡이 무대에서 새로운 인기를 얻고 있음을 강조하고 있다(O'Donoghue 103). 예이츠 연극은 이제 어느 정도 극장에서 전보다 더 잘 받아들여지고 있고 21세기가 되면서 30년 전보다 그의 희곡을 볼 기회가 더 많아졌다. 1989년에 플레너리는 코카콜라회사의 후원을 받아 1993년까지 5년 계획으로 예이츠 전 작품을 무대화하는 작업을 시작했는데(「국제 예이츠 연극 축제」, Yeats International Theatre Festival), 첫해 쿠훌린 연작극 5편을 공연하여 큰 성공을 거두었다(O'Donoghue 104; *YouTube*, The Cuchulain Cycle). 애비극단에서는 1998-9년에 싱(Synge)의 작품과 예이츠의 『연옥』(*Purgatory*)을 순회공연을 함으로써 예이츠 희곡이 극장에서도 큰 힘을 가질 수 있다는 것을 보여주었다(O'Donoghue 104). 뉴욕의 유일한 아일랜드계 방송국(Radio Irish)은 뉴욕의 아일랜드 레퍼토리 극장(The Irish Repertory Theatre)을 후원하여 예이츠 희곡 전 작품을 맨해튼에서 공연(2009. 4. 8.-5. 3.)하기로 한 계획을 유튜브에서 볼 수 있다(YouTube, William Butler Yeats Irish Repertory Theater, New York RADIOIRISH.COM). 그 밖에도 유튜브에 인도네시아와 일본의 극단에서 예이츠 희곡을 공연한 내용을 볼 수 있다. 그리고 국내에서도 『연옥』을 예이츠학회 회원인 임도현 교수가 번역하여 극단 '혜화동 1번지'에서 2011년 11월 2일부터 11월 6일까지, '인천아트플랫폼'에서 2012년 2월 11일부터 12일까지 『연옥: 이탈한 자가 문득』(Purgatory: Suddenly a breakaway man)이란 제목으로 각색하여 공연한 기록이 유튜브에 올려져있다.

이 글에서 예이츠의 희곡의 가치를 옹호하기 위해 그동안 예이츠 희곡이 잘 읽히거나 공연되지 않은 이유를 밝히고 비평가들의 부정적인 평가를 분석하여 예이츠 희곡의 본질과 그가 추구하는 연극관을 밝힘으로써 예이츠 희곡 연구의 한 가지 방법으로 삼으려고 했다. 연극을 이루는 네 가지 요소들, 희곡, 배우, 극장, 관객 가운데 희곡을 제외한 나머지 세 가지 요소를 제대로 갖추지 못한 예이츠의 희곡의 경우 그동안 긍정적인 평가를 받을 수가 없었다. 차츰 나아지고는 있지만 앞으로 예이츠 희곡이 보다 큰 인정을 받기 위해서는 예이츠의 연극적 비전의 이해와 공감에 바탕을 두고 시간, 돈, 기술 투자가 되어야 할 것이다. 그리고 비평가들의 관심과 인정, 전파가 있어야 예이츠 희곡은 가치를 인정받을 수 있을 것이다. TV, 영화 등 경쟁 상대의 위력이 갈수록 강력해지는 현대에, 그것도 하루 저녁 색다른 오락을 위해서 극장을 찾는 관객들에게는 인간 존재의 본질적 의미를 추구하는 예이츠의 진지한 연극이 앞으로도 인기가 없을지 모른다. 예이츠 생전에 어떤 평자는 예이츠 희곡이 뱅쿠오(Banquo) 같은 운명이 될 것이라고 예견했다(O'Donoghue 113). 『맥베스』에서 마녀들이 뱅코우 자신은 왕이 되지 못하지만 수많은 왕들의 아버지가 될 것이라고 예언(1막 3장)한 것을 상기한다면, 이 예언은 예이츠 희곡과 연극적 실험이 후에 베켓을 비롯한 유럽의 많은 극작가들에게 영향을 미침으로써 현실이 되었다. 비록 현재 예이츠 희곡이 어떤 이유로든 유럽과 영미 희곡사에서 큰 위치를 차지하고 있다고 자신 있게 주장할 수 없을지는 모른다. 그러나 그가 연극을 통해 이루고자 했던 것을 이해하는 것은 불가능하지 않고 그의 시도가 연극의 본질과 통하는 것이 있다면, 언젠가 그의 희곡이 변명이나 옹호 없이 읽히고 공연되는 날이 올 것이고 그의 희곡과 연극관의 이해를 통해 관객의 감상력의 지평을 넓히는 후세 극작가들과 극장인들의 창조적인 작업에 도움이 될 수 있을 것이다.

Barnet, Sylvan, Morton Berman and William Burto, *Eight Great Tragedies*. New York: The New English Library Ltd., 1957.

Bentley, Eric. "Yeats as a Playwright." *The Permanence of Yeats*. Ed. James Hall and Martin Steinmann. New York: Macmillan, 1950.

Bloom, Harold. *Yeats*. Oxford: Oxford UP, 1970.

Bradley, Anthony. *William Butler Yeats*. New York: Frederick Ungar Publishing Co., 1979.

Brown, Terence. *The Life of W. B. Yeats: A Critical Biography*. Oxford: Blackwell, 1999.

Conner, Lester I. *A Yeats Dictionary*. Syracuse: Syracuse UP, 1998.

Eliot, T. S. *Selected Essays*. London: Faber and Faber, 1951.

_____. "Ulysses, Order, and Myth." *The Norton Anthology of English Literature*, Vol. 2. New York: Norton, 1969.

_____. "Yeats." *On Poetry and Poets*. New York: Noonday Press, 1970.

Flannery, James. *W. B. Yeats and the Idea of the Theatre*. London: Macmillan, 1976.

Friedman, Barton R. *Adventures in the Deeps of the Mind*. Princeton: Princeton UP, 1977.

Jeffares, A. Norman  and A. S. Knowland, *A Commentary on the Collected Plays of W. B. Yeats*. London: Macmillan, 1975.

Knowland, A. S. *W. B. Yeats: Dramatist of Vision*. Gerrards Cross, Bucks: Colin Smythe, 1983.

MacNeice, Louis. *The Poetry of W. B. Yeats*. London: Oxford UP, 1941.

McAteer, Michael. Yeats and European Drama. Cambridge UP, 2010.

McCready, Sam. *A William Butler Yeats Encyclopedia*. Westport, Connecticut: Greenwood Press, 1997.

Miller, Liam. *The Noble Drama of W. B. Yeats*. Dublin: The Dolmen Press, 1977.

Moore, John Rees. *Masks of Love and Death: Yeats as Dramatist*. Ithaca: Cornell UP, 1971.

Myles, Ashley E. *Theatre of Aristocracy: A Study of W. B. Yeats as a Dramatist.* Salzburg, Austria: Salzburg UP, 1981.

Nathan, Leonard E. *The Tragic Drama of William Butler Yeats: Figures in a Dance.* New York: Columbia UP, 1965.

O'Donoghue, Bernard. "Yeats and the drama." *The Cambridge Companion to W. B. Yeats.* ed. Marjorie and John Kelly. Cambridge UP, 2006.

Parkinson, Thomas. *W. B. Yeats: Self-Critic and the Later Poetry.* Berkeley and LA: U of California P, 1971.

Peacock, Ronald. *The Poet in the Theatre.* New York: Harcourt Brace, 1946.

Skene, Reginald Robert. *The Cuchulain Plays by W. B. Yeats: A Study.* London: Macmillan, 1974.

Taylor, Richard. *The Drama of W. B. Yeats: Irish Myth and the Japanese Nō.* New Haven: Yale UP, 1976.

_____. *A Reader's Guide to The Plays of W. B. Yeats.* London: Macmillan Press, 1984.

Timm, Eitel. *W. B. Yeats: A Century of Criticism.* tr. Eric Wredenhagen. Columbia, South Carolina: Camden House, 1990.

Ure, Peter. *Yeats the Playwright.* New York: Barnes and Nobles, 1963.

Vendler, Helen. *Yeats's "Vision" and the Later Plays.* Cambridge: Harvard UP, 1963.

_____. *Our Secret Discipline: Yeats and Lyric Form.* Oxford UP, 2007.

Worth, Katharine. *The Irish Drama of Europe from Yeats to Beckett.* London: Athlone Press, 1978.

Yeats, William Butler. *Autobiographies.* London: Macmillan, 1955.

_____. *Essays and Introductions.* London: Macmillan, 1961.

_____. *Explorations.* London: Macmillan, 1962.

_____. *The Variorum Edition of the Plays of W. B. Yeats.* Ed. Russell K. Alspach. New York: Macmillan, 1966.

※ 이 글은 「예이츠 희곡 해석 서설」, 『한국예이츠저널』 제40권 (2013): 301-327쪽에서 수정 · 보완함.

# 아일랜드 역사에서
# '진짜' 테러리스트는 누구인가?
## ―짐 쉐리단의 〈아버지의 이름으로〉


● ● ● 김현아


## I. 테러리즘을 둘러싼 정의와 왜곡

역사를 통해 '테러리즘'이라는 용어는 강대국이 자신들에게 저항하는 소위 '제3세계'에서 일어나는 일련의 저항운동을 지칭할 때 주로 사용되어 왔다. 말하자면 약소국에서는 강대국의 횡포를 가리켜 '테러리즘'으로 정의할 기회를 갖지 못했다. 이러한 일방성은 테러리즘에 대한 용어의 점검, 그리고 '진짜' 테러리스트는 누구인지에 대한 객관적인 정의를 끊임없이 지연시켜 왔다. 그러한 예는 다름 아닌 유럽 국가들 중에서 일찍이 테러방지법(Prevention of Terrorism Acts)[1]을 제정하여 아일랜드인들의 저항을 법과

---

[1] 1974년 1989년까지 효력을 발생했던 이 테러방지법은 영국 북아일랜드 지역에서 일어나는 테러에 대한 대비책으로 산발적으로 일어나는 IRA조직과 아일랜드인들의 저항운동을

제도를 동원해 효율적으로 차단했던 영국을 통해서도 나타난다. 영국은 테러방지법의 적용과 같은 합법적인 절차를 거쳐 아일랜드인들이 자신들의 억압과 통제에 저항하는 일련의 행위들을 불법행위로 규정하여 무력화시켰던 것이다. 그 결과 이러한 대처가 양국의 관계를 더욱 악화시키는 결정적인 계기로 작용하게 된 것은 당연할 수밖에 없었을 것이다.

아일랜드 출신의 영화감독 짐 쉐리단(Jim Sheridan, 1949~ )은 영국과 아일랜드의 그러한 미묘한 갈등관계를 재조명해 보고자 〈아버지의 이름으로〉(In the Name of the Father, 1993)를 제작했다. 그는 아일랜드 태생인 만큼 모국을 배경으로 한 주제나 과거 대영제국과의 관계에서 비롯된 역사적 문제와 식민잔재의 여파들을 거론하는 데 소홀히 하지 않은 감독으로 꼽힌다. 이러한 성향 때문인지 쉐리단은 영국에서는 불편한 감독으로, 아일랜드에서는 모국의 울분을 대변하는 작가로 인식되었는데, 두 국가의 입장이 상반되게 표명되는 대표적인 영화가 바로 영국에서 발생한 테러사건을 중심에 둔 〈아버지의 이름으로〉이다. 이 영화와 더불어 쉐리단의 작품들을 관통하는 하나의 큰 흐름은 〈나의 왼발〉(My Left Foot: The Story of Christy Brown, 1989), 〈들판〉(The Field, 1990), 〈어떤 어머니의 아들〉(Some Mother's Son, 1996), 〈권투선수〉(The Boxer, 1997), 〈미국에서〉(In America, 2002)를 비롯해 최근작 〈비밀 서적〉(The Secret Scripture, 2017)에서 나타나듯이 특정 권력관계로 인해 약자로 머물러야 했던 계층에 대한 대변으로 요약할 수 있다.

그동안 세계 곳곳에서 발생한 테러사건은 각자 처한 입장에 따라 서로 다르게 해석되어 왔다. 그것은 무엇보다도 미국의 9.11 테러사건에서 확연해진다. 미국은 강대국의 상징과도 같았던 뉴욕의 세계무역센터 빌딩이

---

조직적으로 차단하기 위한 의도로 제정되었다.

알카에다의 공격으로 붕괴되자 알카에다를 즉각 테러리스트로 정의하고 테러와의 전쟁을 선포했다. 그러나 약소국으로서 오래토록 미국의 횡포를 겪어 온 중동과 소위 '제3세계'에 해당하는 국가들은 미국이 자행해 온 전쟁과 각종 대처행위를 테러라고 반박하며 울분을 토한 지 오래였다. 무역센터 빌딩이 무너졌을 때 미국이 희생된 3,000명의 숫자를 강조하는 동안 주변 유럽 국가들과 달리 약소국들이 쉽게 애도의 뜻만을 비출 수 없었던 것도 테러사건 훨씬 이전부터 미국의 횡포로 희생된 민간인과 군인들의 숫자는 이미 헤아리기 힘든 상태에 이르러서였다.

　이러한 국제사회의 메커니즘을 직시한 슬로베니아 출신의 철학자 슬라보예 지젝(Slavoj Zizek)은 "마치 미국에 대한 원한이 미국이 지닌 힘의 과잉 때문이 아니라 결여 때문에 빚어지기라도 했다는 듯한"(73) 분위기의 조성에 끊임없이 반박해야 한다고 강조해 왔다. 이는 달리 말해 9.11 테러사건을 통해 강대국이 희생자의 위치로 금새 뒤바뀌면서 테러와의 전쟁을 선포하는 행위에 경각심을 가져야 한다는 의미이다. 이러한 대응은 미국에 한정되지 않고 '제1세계'와 '제3세계'의 관계에 대한 새로운 해석이 요청되는 시점에서 "이기적이고 편협한 이해관계들―예컨대 애국심, 광신적 애국주의, 인종적, 민족적, 종교적 증오들―이 얼마나 쉽게 대량 파괴로 이어질 수 있는가"(20)라는 에드워드 사이드(Edward Said)의 우려를 상기시킨다. 9.11 직후를 되돌아보면, 테러사건이 발생하게 된 배경이 진중하게 거론될 기미조차 없이 미국 내에서는 성조기 아래 과도한 애국주의가 확산되면서 강대국 위주의 역사에서 피해자의 위치에 있던 중동을 비롯한 '제3세계'는 어느새 테러리스트와 가해자로만 존재하고 말았기 때문이다.

　지젝과 사이드의 우려도 이러한 역사의 이분법적 프레임을 향해 있었을 것이다. 그런데 강대국 위주로 흘러가는 국제사회의 질서에서 미국의 횡포를 실감한다 하더라도 여전히 공식적으로 미국을 테러리스트 국가로 규정하기란 쉽지 않다. 이것이 바로 세계를 둘러싼 현재의 헤게모니이자 쉽게 균열을 가할 수 없는 국제사회의 프레임이다. 그러므로 이러한 시점에서 누구의 프레임으로 테러사건을 해석하고 재해석할 것인지를 쟁점화하는 것은 중요한 사안에 해당한다고 볼 수 있다. 9. 11 테러 사건은 정치적, 경제적 차원의 미국의 횡포에 대한 약자들의 축적된 저항심리가 고스란히 투영된 사건으로 이해할 수 있기 때문이다. 9.11 테러 사건을 해석할 때 약소국의 외침에 귀 기울여야 할 이유가 바로 여기에 있으며, 그러므로 테러 사건이 일어나기 전에 '진짜' 테러를 자행해 온 국가는 누구였는지에 의문을 제기해 볼 필요가 있는 것이다.

그리고 이 같은 의문은 과거 식민관계가 종식된 이후 북아일랜드가 영국령이 되는 새로운 관계 맺기가 시작되면서 테러의 문제로부터 자유롭지 못하게 된 영국과 아일랜드의 관계에 그대로 적용해 볼 만하다. 미국/중동 또는 제3세계의 관계를 연상시키는 또 다른 갈등관계가 바로 영국과 아일랜드, 그 중에서도 영국계와 영국령에서 살면서도 영국이라는 정체성을 거부한 북아일랜드의 아일랜드계 사이에서 확인할 수 있어서이다. 영국은 아일랜드를 식민화하는 기간에도, 그리고 아일랜드의 독립 이후에도 전방위적인 횡포를 멈추지 않았고 특히 아일랜드 원주민들이 뿌리내리고 살던 북아일랜드 지역에 대해 강경입장을 철회하지 않았던 것이다.

아일랜드인이 처한 민족적 곤경이 영화를 통해 그나마 외부세계의 본격적인 주목을 받게 된 계기는 쉐리단의 〈아버지의 이름으로〉가 상연되면서 부터이다. 이 영화에서 감독은 아일랜드인 테러리스트라는 혐의를 받은 게리 콘론(Gerry Colon)에 관한 개인의 이야기를 아일랜드가 처한 민족적, 역사적 차원의 곤경으로 형상화 했다. 사명감을 갖고 제작과정에 임한 그는 영화에 신빙성을 부여하기 위해 방대한 자료조사와 더불어 실제로 주인공이 집필한 『무죄가 입증되다』(Proved Innocent, 1991)라는 자서전에 근거해 이 영화의 시나리오를 각색했다. 쉐리단은 철저한 검증과정을 거쳐 영국정부의 게리에 대한 체포와 처벌이 단순히 개인을 불행하게 만드는 데 그치지 않고 국가 차원의 아일랜드를 불행과 수치로 몰아넣었음을 주지시키고자 했다. 이러한 의미에서 억울하게 테러리스트로 누명 쓴 실존 인물을 다루는 〈아버지의 이름으로〉는 아일랜드인들이 개인적 차원에서 영국으로부터 어떻게 부당하게 핍박받았는지에 대한 문제를 민족적 차원으로 확대해 가는 영화라 할 수 있다.

## II. 아일랜드 식민사로 본 테러리즘의 양가성

이 영화는 영국출신의 여성 변호인 피어스(Gareth Peirce)가 게리 콘론이라는 청년이 건네 준 테잎을 들으면서 그에 관한 이야기를 듣는 장면으로 시작된다. 게리는 테잎을 통해 1974년 10월 5일 영국 잉글랜드 길포드 지역의 식당에서 갑자기 폭탄 테러사건이 일어나자 자신과 친구 폴(Paul Hill)이 테러 주동자로 지목되어 투옥된 과정을 들려준다. 이와 관련한 영화의 주된 사건은 "길포드 폭탄사건 시기로 향하는 1974년 여름부터 길포드 4인에 대한 평결이 뒤집어지는 1989년 10월 19일까지 15년에 걸쳐져 있다"(Ives-Allison 49).

당시 게리의 고향인 벨파스트에서는 영국에 반기를 든 IRA의 활동이 활발했고 이 때문에 "경찰들이 민간인 테러리스트를 두려워하던 1970년대의 혼돈기"[2]였다. 벨파스트가 혼돈기에 휩싸인 배경에는 영국이 아일랜드를 식민화하는 과정에서 가톨릭계 아일랜드인들이 주로 거주하는 북아일

---

[2] ""의 페이지가 없는 경우는 〈아버지의 이름으로〉 영화를 바탕으로 하며, "" 괄호 안의 페이지가 있는 경우는 게리 콘론의 자서전 Gerry Conlon의 *Proved Innocent: The Story of Gerry Conlon of the Guildford Four*를 바탕으로 한다.

랜드에 스코틀랜드와 잉글랜드 출신의 신교도 영국인들을 대거 이주시킨 사건이 자리 잡고 있다. 영국의 정책에 따라 이 지역은 신교도 영국인들이 다수의 권력층을 점유하고 소수 가톨릭계의 아일랜드인들이 약자의 위치로 밀려나면서 갈등관계가 고조되어 있었다.

무엇보다도 북아일랜드 지역이 더욱 복잡한 갈등관계에 휘말리게 되었던 발단은 아일랜드가 영국으로부터 독립을 할 때 북아일랜드를 제외한 불완전한 독립을 쟁취한 것이었다. 이것은 영국령 북아일랜드에서 영국인들이 중심의 위치를, 아일랜드인들이 주변의 위치를 차지하게 된 배경이자 민족·종교 갈등의 배경이기도 하다. 그리고 북아일랜드 지역이 갖는 이러한 특수성은 이 지역에서 유독 아일랜드 공화국군(Irish Republic Army)의 테러활동이 빈번한 이유와 테러에 따르는 영국정부의 대응과 처벌 역시 강도 높은 이유를 짐작하게 한다. 즉, IRA가 테러활동을 조직적으로 발전시키게 된 것은 불안정한 북아일랜드 정치상황과 밀접하며 영국 또한 그들의 활동에 수동적으로 좌시하지 않은 것이다.

이러한 갈등관계를 주시해 볼 때 식민모국인 영국의 횡포가 존재하지 않았다면 IRA 조직이 탄생하지도, 그들이 굳이 테러리스트로 낙인찍히지도 않았을 것이라 짐작할 수 있다. 게다가 이러한 낙인화 과정에서 발생하는 아이러니는 영국의 횡포보다는 IRA의 활동이 빈번하게 비난의 대상이 되면서 그들의 대항차원의 저항행위가 테러행위로 단일하게 해석되는 가운데 윤리성의 문제에 휘말리게 되었다는 점이다. 그것은 크게 두 가지 이유에서 논란이 되었는데, 첫째는 가톨릭교에서 테러조직이 탄생한 것 때문이고 두 번째는 IRA가 억류된 포로에게 행사한 고문과 폭력 때문이었다. 물론 이러한 문제를 격하게 제기한 측은 IRA의 존재를 국가의 불안요소로 결론 내린 영국정부였다. 영국정부에게 "북아일랜드와 연관된 정치적 폭력은 IRA가 자신들의 조직 활동을 북아일랜드로부터 확대시킨 이래로 영국 내의 죽음과 파괴의 중요하고도 지속적인 원인"(Walker 2)이므로 IRA의 일거수일투족이 국가를 위험에 빠뜨리는 위협행위로 간주된 것이다.

앞서 언급한 영국의 테러방지법이 북아일랜드 지역에서 영국 전역으로 확대되어 적용된 것도 그러한 인식과 밀접하다. 그러므로 〈아버지의 이름으로〉에서 게리, 폴, 캐롤(Carole Richardson), 패디(Paddy Armstrong)를 가리키는 길포드 4인이 체포된 시기가 영국이 아일랜드인들의 테러행위를 위험하게 받아들이는 정점의 시기였다는 사실을 염두에 둘 필요가 있다. 그때 당시 영국은 정부에 맞선 아일랜드인들의 저항행위를 폭력행위로 동일시하고 "아일랜드 준군사조직체의 활동을 차단하기 위해 방대하고도 구체적인 조치들을 계획"하면서 테러방지법의 구체적인 조항들을 체계화했기 때문이다(Walker 3).

이렇게 영국 정부의 감시와 처벌이 강화되는 것에 비례해 IRA의 활동도 고조될 무렵, 게리는 벨파스트에서 강철을 훔치는 좀도둑 생활을 하며 지내고 있었다. 마권업자인 게리의 아버지 주세페(Giuseppe)는 아들이 범죄에 빠지면서 매번 위험에 처하자 대안의 차원에서 그를 영국의 숙모 집으로 떠나보냈다. 이는 아일랜드인으로서 영국령 북아일랜드의 벨파스트에 거주하던 게리가 테러사건이 일어날 당시 왜 하필 영국에 있었는지에 대한 이유이다.

게리는 영국으로 향하던 배에서 동창 폴을 만나는 바람에 숙모 집 대신 같은 고향 출신의 친구 패디와 캐롤 등 히피들이 모여 사는 집에 초대받아 간다. 자유연애와 마약이 원하던 전부였던 게리에게 그곳은 머물고 싶은 장소였지만 패디의 시기 때문에 나오게 된다. 이후 공원을 배회하며 벤치에서 잠시 쉬려고 할 때 버크(Charlie Burke)라는 노숙자가 나타나 자기 자리라고 우기는 사이에 근처에서 폭발하는 소리가 들렸지만 개의치 않았다. 그들이 노숙자와 실랑이를 벌이고 나서 다시 주변을 서성거릴 때 어느 매춘부 여성이 집을 나서며 열쇠를 떨어뜨리자 그 열쇠로 그녀의 집을 침입해 700파운드를 훔쳤다. 이후 얼마 되지 않아 두 사람이 고향으로 되돌아 간 것은 훔친 돈을 모두 탕진해서였다. 그런데 고향에 도착한 직후, TV와 신문에서 IRA의 소행으로 추정되는 런던의 폭발사건이 대서특필되었고 다음 날 새벽, 두 사람은 무죄를 증명할만한 주장은 완전히 무시된 채 영국에서 새로운 제정을 앞둔 테러방지법에 따라 체포되었다. 아들에게 변화의 계기를 주고자 영국으로 게리를 떠나보냈던 주세페의 결정은 결국 이 가족에게 큰 화근으로 작용하게 되고 말았다.

테러방지법은 영국이 아일랜드인들의 산발적인 저항과 테러행위에 위기감을 느끼자 그들을 효율적으로 진압하려는 해결책을 찾는 과정에서 제정되었다. IRA의 테러와 북아일랜드인들의 저항을 무기력하게 만들고자 제정된 테러방지법은 비상사태와 돌발 상황에 효율적으로 대응한다는 명분에 따라 영국 전역으로 확대되었다. 게리와 폴이 체포될 때만 해도 이 법은 '제정을 앞둔' 시기였지만 영국 당국은 이들에게 소급 적용하여 법의 테두리에 가두고 투옥을 합법화 했다. 두 사람이 IRA 소속의 테러리스트로 곧장 지목될 수 있었던 것도 바로 이 테러방지법 덕분이었다. 게다가 게리의 잦은 절도와 마약 행적, 그리고 영국령이면서도 영국에 대한 저항이 빈번한 벨파스트 출신이라는 사실 역시 그의 투옥 결정에 유리하게 작용했다.

그때 당시 테러범을 향한 분노가 고조된 영국인들에게는 그들이 진범인가 아닌가보다는 특정인을 본보기로 처벌하여 공포를 조장하는 것이 중요했다. 그렇기 때문에 범인을 체포하고 언론에 공개하는 과정은 영국 전역에 위안으로 작용했다. 검찰과 경찰이 테러범 검거에 혈안이 되었던 것도 그들에 대한 강력한 처벌이 공식적인 여론이었기 때문이다. 이러한 여론에서 게리와 폴을 기다리는 것은 공정한 재판이 아니라 소위 마녀사상식의 재판이었다. 그러나 테러방지법이 시행되고 많은 시간이 흐른 현재, 주목해 보아야 할 것은 "북아일랜드에서 테러리즘을 종식시킨 것은 테러 관련 법률이 아니라 정치·사회·경제적 환경의 변화"(임준태, 이상식 173) 였다는 역사적 사실이다. 말하자면, 테러방지법이라는 법안 자체가 테러 행위를 종식시킬 수 없는데도 자신들의 불안감을 잠식시키기 위해 그것을 결정적인 도구로 활용했던 것이다.

테러방지법은 영국인의 구미에 맞게 작동되면서도 아일랜드 출신에게 는 불리하게 적용되면서 그 위력은 커진다. 이 법을 통해 아일랜드인들의 처지가 더욱 불리해져 갈 즈음, 경찰이 폴과 게리를 대질 심문시키자 폴은 게리를 향해 "난 양심을 찾았어. 너도 양심을 찾기를 바래"라며 자신이 테러범이라고 자백한다. 그러자 게리가 경찰에게 "나는 이때까지 살면서 한 번도 길포드에 가본 적이 없고 어느 곳도 폭파한 적이 없어요. 나는 IRA에 속해 있지도 않고, 공화국 집안 출신도 아녜요."(Conlon 68)라고 항변하지 만 "자넨 폭탄 테러를 할 만큼 우리를 증오해"라는 반응만 되돌아온다. 이후 "너의 아버지를 쏴버리겠어"라는 경찰의 협박 앞에서 속수무책이 된 게리 역시 폴처럼 거짓자백을 하고 만다.

게리가 거짓 자백서에 서명을 마쳤을 때 복도에서 "경찰이 입에 총을 넣어서 거짓말을 했어!"라고 고함치는 폴의 외침을 듣는다. 경찰은 폴과 게리로부터 자백을 받아내기 위해 가족에 대한 염려, 구타와 고문에 대한 두려움과 같은 인간의 나약함을 이용하여 두 사람을 이간질시켰던 것이다. 게리와 폴을 상대로 경찰 권력의 민낯을 드러내는 폭력은 개인 차원이 아닌 국가차원에서 아일랜드인에게 가하는 폭력이며 그러한 폭력에는 과거 식민사 후유증이 고스란히 잠재되어 있다. 영국은 과거에 자신들의 식민지였고 현재는 자국에 해당되는 북아일랜드의 아일랜드인들에게 국가 폭력을 동원하여 '정당한' 처벌을 가장하고 있기 때문이다.

## III. 법과 제도를 통한 희생양 만들기

게리의 불행한 처지는 감옥에 들어온 이후 보다 심화되는데 영국인 죄수들이 게리를 "아일랜드 깡패"라고 경멸하며 '아일랜드' 죄수로 분류해서이다. 영국인 죄수들에게 새롭게 입소한 게리는 자신들의 정부를 위협한 테러리스트이자 경멸해도 괜찮은 아일랜드인이라는 두 유형으로만 존재한다. 아일랜드인들을 향한 영국인의 이러한 시각은 게리에게만 한정된다거나 당시의 시대상만을 반영하지 않는다. 아일랜드인들이 식민지배를 받은 시절부터 "'화이트 니그로'(White Negro)로 알려진 데서 알 수 있듯이, 아일랜드인들은 영국에서 영국인들이 휘두르는 심각한 차별 때문에 고통 받아 왔던 것이다"(Danie, Racism Review). 이는 영국인들 사이에서 수세기 전부터 팽배했던 사고로서 다음의 설명은 식민역사에서 아일랜드인들이 어떻게 조직적으로 열등한 민족으로 타자화 되었는지를 제시하고 있다.

> 아일랜드인의 정서에 자리잡은 '멸시 당하는' 느낌의 근거는 잉글랜드 사람들이 아일랜드 사람들에 가졌던 편견에 있었다. 아일랜드인에 대한 잉글랜드의 견해는 그들이 전적으로 다른 인종이라는 것이다. 아일랜드는 모든 면에서 잉글랜드의 타자였다. 아일랜드의 타자성은 특히 종교에 근거를 두고 있었다. 잉글랜드인들에게는 선민의식이 국민적 특성으로 자리 잡고 있었고, 그들은 자신들의 위대함의 근본을 종교개혁에서 찾으려는 열정적 믿음을 가지고 있었다. 가톨릭은 미신과 우상 숭배, 그리고 정치적, 사회적 후진성과 동일시되었다. (박지향 40)

이렇게 영국인들 사이에서 자리 잡은 아일랜드인들에 대한 편견은 국가적, 민족적, 종교적, 심지어 인종적 차원에 이르기까지 광범위한 범주를 이루고 있다. 역사를 통해 답습되어 온 영국인들의 그러한 편견과 차별은

이 영화에서 죄수들을 통해 그대로 재현되고 있다.

한편 게리는 감옥에서 온 몸에 이 잡는 약을 뒤집어 쓴 채 끌려오다가 자신과 똑같이 약품이 범벅이 되어 끌려오는 주세페를 목격하고 충격 받는다. 주세페가 체포된 아들 문제를 상의하고자 런던의 숙모 집을 방문했을 때 경찰은 함께 모인 가족들을 '모살 혐의'로, 게리 부자를 IRA 조직원 혐의로 체포한 것이었다. 그런데 두 사람은 누명으로 구금된 상황에도 불구하고 서로에게 따뜻하게 대하지 않는다. 특히 게리는 주세페를 향해 왜 그동안 자신을 한 번도 칭찬하지 않고 불신했는가, 왜 항상 자신이 잘못을 했을 경우에만 가까이 있는가라며 분노를 쏟아낸다. 분노에 못이긴 게리는 여기에서 멈추지 않고 경찰이 아버지를 쏘겠다고 했을 때 행복했다고 거짓말까지 한다. 주세페가 감옥에 와서야 알게 된 사실은 아들이 절도에 손을 댄 것도 자신에게 일부러 보여주기 위해서였다는 것이다. 그래서 그는 아들이 이러한 상황에 놓이게 된 것에 대해 "니 잘못이 아니야"라며 아들을 달랜다.

숙모집을 급습한 이후 검찰은 게리와 폴을 포함해 체포된 4명을 폭탄 테러 모의와 살해 혐의로, 그의 고모 가족과 아버지를 폭발물 소지와 테러단 지원조직이라는 혐의로 기소한다. 그런데 검찰은 이들을 기소하기는 했지만 조작한 자백만으로는 증거가 불충분하자 새로운 증거를 조작하기에 이른다. 그들은 전문가의 위증까지 동원하여 애니 숙모의 장갑에서 폭발물 성분인 니트로 글리세린이 다량 검출되었고 심지어 게리의 어린 동생들까지 폭탄 제조에 참여했다고 발표하면서 게리 가족을 IRA와 연관 짓는다. 이어 딕슨(Dickson) 경위는 네 명이 폭탄테러를 자백했기 때문에 우선적으로 범인이며 이들이 폭파와 살인을 하는 행동대인 IRA의 ASU소속이라고 증언한다. 그러나 게리가 IRA에 소속되지 않은 것은 물론 오히려 그들과 갈등관계였던 정황은 영화의 초반부에 이미 나타나 있었다. 그가 절도를 하던 중에 영국군이 그를 IRA로 오해하여 쫓기는 과정에서 IRA가 자신들의 비밀무기를 들킬 뻔하자 조직원들이 게리를 위협하는 장면이 그 증거이다.

게리와 폴은 재판 과정에서 자신들이 IRA 소속이라는 어처구니없는 혐의를 듣자, 검찰과 재판관측을 향해 조롱하며 가볍게 생각하지만 기소 측의 주장은 법정과 대다수의 영국인들을 경악하게 했다. 그 결과 위조는 곧 진실이 되어 영국사회를 뒤흔들고 말았다. 실제로 재판당시에 채택된 교도소장의 보고서를 보면 게리가 IRA 요원임을 기정사실화 하면서 다만 신념에 찬 IRA 요원이 아니었다고 기록하고 있다.

> "콘론은 상당히 머리가 복잡한 청년으로 그가 저지른 엄청난 범행과는 달리 IRA에 대한 충성심은 다소 얕아 보이며, 정치적 신념이 아닌 단순한 만용으로 폭탄범행을 저지른 것 같다. 그는 다른 IRA 요원과는 달리 훨씬 덜 난폭하며, 폭탄범행을 할 때에도 자신이 한 일의 의미를 충분히 파악하지 못한 채 저지른 것 같다." (Conlon 218)

검찰과 판사는 교도소장의 이러한 판단을 재판에 활용하여 게리를 IRA로 단언한다. 바로 이 지점에서 쉐리단의 영화를 거시적으로 이해하려면 영국과 아일랜드의 갈등관계를 비롯해 IRA가 두 국가의 갈등관계로부터 탄생한 경위에 주목할 필요가 있다. 이 영화에서 IRA의 활동과 위상은 거의 드러나지 않지만 영국인들이 이 조직에 대해 얼마나 많은 반감과 혐오감을 가졌는지는 쉽게 파악할 수 있다. 그러한 심리는 아일랜드인들에게 IRA라는 의심이 들기만 한다면, 언제든지 그들을 처벌 대상으로 지목하는 것으로 나타난다.

변호인 피어스는 테러방지법을 근거로 영국인들의 군중심리를 이용해 테러범을 빨리 잡는 것이 검찰의 목표가 되었고 이러한 분위기에 편승해

"'길포드 4인 사건'에 '2차 대전 이후의 최대 폭파작전'이라는 혐의를 붙여 강권을 행사"했다고 항의한다. 더불어 그녀는 폴의 증언을 바탕으로 경관이 폴의 입에 총을 겨누었으며 딕슨 경위가 게리의 머리카락을 뽑고 성기를 비틀었다고 증언하지만 그는 부인한다. 그들의 무죄를 입증할 마지막 알리바이는 앞서 언급한, 폭발사건이 일어난 당일에 두 사람이 노숙자 버크를 만난 것과 매춘부의 집에서 700달러의 돈을 훔쳤을 때 "집 모든 곳에 지문을 남긴 것"(Conlon 59)이었다. 이 두 사건은 그들이 테러현장에 없었다는 중요한 증거였지만 철저히 묵살됐다. 게다가 검찰은 게리의 좀도둑과 마약복용의 내력을 들어 배심원들로 하여금 자신들에게 유리한 판단을 하도록 유도까지 했다. 그러자 변호인은 배심원을 향해 두 사람이 비록 좀도둑에 마약복용자였지만 영국인들을 공포에 떨게 한 테러리스트는 아니라면서 "감정적인 사건으로 흘러가는 게리 사건 앞에서 광적인 분위기에 휩쓸리지 말라"고 호소한다.

그러나 영국 전역에서는 이미 테러범인 이들을 총살하라는 여론이 들끓고 있었다. 여론에 힘입어 주동자들은 종신형을, 애니 숙모는 16년, 아버지는 12년 형량을 언도받게 된다. 이로써 게리 일행은 "영국에 발을 들여놓은 가장 잔인하고 악랄한 범죄자"로 뒤바뀌어 있었다. 그렇지만 아이러니컬하게도 게리가 자신에게 혐의를 씌운 폭발사건이 얼마나 끔찍했는지를 알게 된 것은 "체포된 자의 특권으로 경찰 사진자료를 본"(Conlon 58) 후였다. 게리는 자신을 향한 혐의가 법이라는 체제에서 진실로 굳어진 과정을 지켜보면서 "재판은 희극보다 더 우스꽝스러웠다"고 고백한다. 법정에서 게리의 범죄를 증언하는 경찰, 게리의 범죄에 확신을 보내는 검찰, 이에 영향 받아 심판을 내리는 재판의 풍경은 공동체의 신념과 믿음에 얼마나 많은 부조리가 내재될 수 있는지를 상기시킨다. 개인과 집단의 이념과 이데올로기가 또 다른 개인과 집단에게는 폭력을 행사하는 명분으로 작용한다는 점에서이다.

그러한 폭력이 난무한 상황에서 경찰, 검찰, 재판관들은 정의의 편에 서지 않고 끊임없이 또 다른 폭력을 재생산하는 주체로 활약한다. 이러한 폭력적인 환경에서 게리 부자가 절망적인 수감생활을 이어가던 어느 날, 조 맥앤드류(Joe McAndrew)라는 인물이 입소하여 게리와 주세페에게 자신이 길포드 식당을 폭파한 진짜 범인이라고 폭로하면서 영화는 새로운 국면에 접어든다. 조는 경찰이 폭파사건에 관한 진실을 알고 있고 게리 부자는 무고한 희생자라고 말한다. 이어 그가 "물의를 일으켜 죄송하다"고 사과하자 주세페는 "우리 말고 당신이 죽인 사람들에게 미안해하시오"라고 냉정하게 대꾸한다. 조가 나타난 이후 게리는 아버지에게 "이젠 당하지 말고 싸워야 할 때"라고 말하면서 심경의 변화를 보인다.

조는 입소 이후, 영국인 간수에게 아일랜드인을 괴롭히면 가족을 죽이 겠다고 협박하자 아일랜드 죄수들을 둘러싼 영국인 죄수들의 괴롭힘도 수그러든다. 그런데 막상 영국인과 아일랜드인들이 단결하면서 평화로운 관계를 이어가자 교도소장 바커(Barker)는 이들의 돈독해진 관계에 두려움을 느낀다. 그들이 뭉치는 행위자체가 교도소를 위협하는 요소로 비췄던 것이다. 바커의 두려움과 우려는 곧 현실로 나타난다. 영국, 아일랜드 가릴 것 없이 죄수들은 감옥에 설치된 카메라를 향해 요구사항을 보이며 협상하고자 했으며 콘론의 무죄를 주장한 것이다. 그러자 바커는 폭동진압대를 투입하여 죄수들을 잔인하게 진압하는데 성공한다.

바커의 의도대로 교도소가 원활하게 유지되던 어느 날, 게리와 조가 완전히 갈라서게 되는 결정적인 사건이 발생한다. 폭동진압 때문에 앙심을 품었던 조가 경계태세를 풀고 있던 바커의 몸에 불을 지핀 사건이 그것이다. 예기치 못한 조의 행위에 놀란 게리는 바커의 몸에 붙은 불을 꺼주고 조를 향해 "이제야 죽이고 싶은 사람의 마음을 알겠다"며 분노한다.

이 장면에서 극명히 재현되는 것은 게리가 테러에 대한 의지나 영국인에 대한 분노가 전혀 없었다는 사실이다. 조의 등장과 그의 방화에 대한 게리의 반응은 폭력과 테러에 관한 게리의 시각을 읽을 수 있는 중요한 지점이자 조와 게리의 성향을 확연히 구분시켜 주는 지점이다. 게리가 조의 방화를 무분별하고 무의미한 폭력행위로 간주하며 분노하는 정황에서 그는 IRA가 지향하는 가치와는 거리가 먼 인물임이 입증되기 때문이다.

## IV. '테러리스트' 타이틀 벗기

주세페와 게리의 불화관계는 감옥에서 절정에 이르렀지만 서로에게 조금씩 마음을 열며 이해해가는 공간도 바로 이곳에서이다. 게리는 아버지가 몰래 건네 준 녹음기에 증언하는 식으로 본격적으로 재소를 준비하기 시작하고 이 과정에서 부자는 서로를 향한 오랜 불신을 거둔다. 이러한 부자의 긴장관계는 그동안 아일랜드 영화에 자주 등장하는 소재가 되어왔다. 그리고 다음의 글에서 알 수 있듯이 쉐리단 역시 자신의 영화를 통해 모국이 발전시켜 온 영화적 토대를 활용하는 것으로 보인다.

> 쉐리단은 1974년 길포드 폭파사건으로 부당한 혐의를 받고 투옥된 주세페와 게리 콘론 사이의 아버지와 아들 관계를 부각시키고자 했다. 영화의 중심은 그들의 공통된 시련이 그들의 불편한 관계, 즉 최근의 상당히 많은 아일랜드 영화의 근간을 이루는 오이디푸스 콤플렉스 유형과 일치하는 아버지/아들 사이의 오이디푸스적 긴장관계를 근본적으로 재정립하면서 어떻게 해결되는지에 두고 있다. (McLoone 69)

이처럼 게리부자에게 일어난 갈등은 여느 아일랜드 영화에서 보이는 전통적인 맥락으로부터 벗어나지 않는다. 다만 이들의 긴장관계가 아일랜드 역사의 시련을 함께 경험하면서 우여곡절 끝에 화해의 국면으로 전환되는 측면에서 아일랜드 영화에서 구사되어 온 전형적인 아일랜드 부자관계와 다르게 재현되고 있다. 달리 말해, 감독은 주세페와 게리의 관계를 통해 주되게 표현하고 싶었던 것은 "폭력적이거나 술취한 모습으로 그려지는 아일랜드 아버지의 정형성을 탈피한 부자관계"였다(Pallister). 기존에 그려진 부정적인 아일랜드 아버지의 형상이나 부자관계를 긍정적으로 바꿈으로써 그는 부자의 관계회복을 아일랜드가 국가적, 민족적 측면에서 자존감을 되찾는 여정으로 치환하고 있는 것이다.

그런데 불행히도 부자가 화해하는 사이에 주세페의 병세는 악화된다. 그가 폐혈전증에 걸려 위험해지자 변호인 피어스는 경위를 찾아가 주세페의 가석방을 요구해 보지만 그들은 그가 범죄자라는 단순한 이유를 들어 석빙을 거부한다. 게리는 주세페가 이 시기에 죽음을 식감하면서 자신에게 다음과 같은 당부의 말을 남겼다고 자서전을 통해 전한다.

> "내가 죽더라도 네가 간수들을 폭행하지 않기를 바란다. 네가 무죄를 입증해 보이는 일을 시작해 다오. 나의 죽음은 너의 결백을 밝히는 데 도움이 될 것이고 너가 결백해 질 때 너가 나의 결백을 입증해 줄 거야."
> (Conlon 194)

주세페의 당부는 게리의 무모한 저항과 폭력이 무죄를 밝히는 데 불리하게 작용하리라는 것을 예감한 데서 비롯된다. 병세가 호전되지 못한 주세페는 죽음을 맞고 죄수들은 창밖에 촛불을 띄워 그를 진심으로 애도한다. 이 시점에서 게리는 과거와는 사뭇 다르게 적극적이고 체계적으로 영국 법정에 저항한다. 그가 이렇게 변모하게 된 것은 "아버지의 죽음과 조 맥앤드류와의 대면을 통해 사법체계 내에서 조치를 취하는 것이 법이 없는 상태의 폭력보다 더 효율적이고 인도적이라는 사실을 깨달았기 때문"이다(Barton 87).

이어 길포드 4인의 죄가 누명이었음을 알게 된 영국인 군중까지 그들의 결백과 석방을 요구하는 시위를 벌인다. 게리 사건을 향한 여론이 우호적으로 바뀔 무렵, 변호인은 법정 자료 보관소에서 "변호인 측에 보이지 말 것"이라는 서류를 우연히 발견한다. 서류에는 주세페와 피고인들의 혐의를 풀어 줄 중요한 근거가 명시되어 있었다. 비밀문서를 확보한 피어스는 법정에서 소위 '길포드 4인' 사건을 조사했던 "경위나 그 상관들은 저들을 피에 굶주린 나라에 던져 줄 희생양으로 삼으라고 명령"했다고 항의하고 "시기를 잘못 만나 아일랜드인이라는 이유만으로 내 의뢰인의 15년도 함께 희생되어야 했다"며 정의에 귀 기울일 것을 요청한다. 그녀가 비밀문서를 가리켜 "이건 영국 법정의 불명예"라고 일침을 놓은 이후 재판관은 "대영법정은 검찰 측의 게리 콘론에 대한 소송을 기각합니다"라고 마침내 선언한다.

앞서 법정에서 진실이 반영되지 못한 채 전도되었던 평결은 법이 사회의 정의를 실현하는 주체가 아니라 오히려 권력에 편승하여 정의를 훼손하는 주체임을 밝혀주는데, 다음의 글은 영국 법정이 진실을 외면한 채 개인들을 희생시키면서 국가로서의 입지를 다져왔음을 증명한다.

> 법정의 조치는 현대 역사에서 나타난 영국 법률체계의 가장 중대한 실패와 오심으로서 이 같은 유죄평결에 대한 국가적 논의를 촉발시켰다. 경찰들, 판사들, 조사 위원들은 증거들을 무시하거나 숨겼으며 피고인들의 무죄를 증명해 줄 변호에 중대한 물증들을 부인했으며, 오직 확연한 범죄란 아일랜드인이라는 것 외에는 어떤 가능성도 없는 네 명의 젊은이들을 희생양으로 만듦으로써 테러리즘의 상황이 형성한 대중들의 정서에 반응했다. (Hauser, "Aesthetic Arguments And Civil Society")

이 주장은 게리를 테러리스트로 만드는 데 경찰과 판사는 물론이고 조사위원과 대중까지도 동조했음을 증명한다. '길포드 4인 사건'의 조작과정만 보더라도 그동안 영국은 IRA를 비롯해 아일랜드의 크고 작은 저항세력은 물론이고 심지어 민간인을 향해서까지 '테러리스트'라는 딱지를 붙였던 것이다. 이는 반대로 아일랜드인들은 자신들을 테러리스트로 규정한 영국인이 오히려 테러리스트에 더 가깝다는 사실을 알면서도 영국에 유리한 헤게모니의 구도에서 그러한 현실을 공언할 주체가 되지 못했다는 의미이다.

그런데 게리는 아일랜드 민족주의자들과 하등의 관련이 없었고 그러므로 IRA의 단원일 리도 없었다. 그럼에도 불구하고 게리가 테러리스트로 투옥된 것은 단지 북아일랜드 출신의 아일랜드인이라는 신분이 영국정부에 좋은 구실이 되어서였다. '길포드 4인 사건'이 일어난 당시만 하더라도 영국과 아일랜드 사이의 불합리한 헤게모니의 영향으로 영국인들에게 아일랜느인은 삼재석 '테러리스트'였고 법과 제도는 그늘이 테러리스트라는 낙인에 근거를 마련해주는 훌륭한 방편이었던 것이다.

게리는 "15년 동안 A급 범죄자 취급"(Conlon 301)을 받다가 테러리스트라는 혐의를 벗는 순간, 염원했던 것은 과거에 잃어버린 일상의 소소함이었으며 그것도 다음의 독백이 들려주듯이 지극히 평범한 것들이었다.

나는 자유와 또 다른 거창한 단어에 대해 생각해 보았다. 그런데 그것은 내게 너무 과분한 것이었다. 그래서 축구경기, 여행, 내 주머니 속에 있는 약간의 돈, 직접 고른 옷처럼 나에게 실현가능한 조그마한 것들을 떠올려 보았다. 그것은 도로 건너기, 빗속을 걷기, 간수들의 불퉁한 입 아래서가 아닌 다른 곳에서 조카와 사촌들을 안아주기, 가족과 함께 수박과 감자빵, 아일랜드 파이 먹기. . . . (Conlon 227)

이처럼 평범한 일상을 희망하면서 게리는 자서전의 마지막에 "나는 더 이상 길포드 4인의 일원으로서는 살아가지 않을 것이다"(Conlon 234)라고 말한다. 게리를 둘러싼 개인과 가족, 그리고 민족 차원의 희생은 영국이 지키려는 소위 그들의 '거짓' 정의에 의해 아일랜드인들이 누려야 할 '일상'이 희생된 일련의 과정으로 전달되고 있다. 자유가 주는 일상에 만족하려는 심리를 끝으로 게리가 자서전을 끝마치는 것도 그러한 일상이 거창한 이념에 우선하지만 희생되는 상황을 보여주고자 했기 때문일 것이다.

마지막으로 이 영화가 갖는 중요한 역할과 긍정적인 측면들 이면에 피어스의 존재를 중심으로 영화의 한계점이 어떻게 드러나고 있는지를 살펴볼 필요가 있다. 영화에서 전반적으로 게리 가족과 주변의 아일랜드인들은 조직적으로 저항하거나 집단적인 항의의 목소리를 내는 주체로 등장하지 않는다. 반면에 게리의 석방을 요구하는 사람들도 영국인들이고 게리의 누명을 적극적으로 해결해주는 변호인도 영국인이다. 영국인의 이러한 능동적인 활약상은 아일랜드인들의 누명이 벗겨지는 바로 그 지점에서 아일랜드인들의 수동성을 부각시킬 여지가 있다. 이는 피어스와 같은 영국인 변호사의 활약을 통해서야 비로소 무고한 아일랜드인들의 희생이 외부세계에 알려지고 쟁점화 되는 것의 문제점을 시사한다. 즉, 아일랜드인들은 왜 스스로 자신들의 참상을 알리지 않는가, 왜 자신들을 스스로 변호하지 않는가라는 부정적인 인식을 남길 수 있는 것이다. 그러므로 쉐리단 서사의 긍정적인 역할 사이에서 변호주체가 왜 영국인인가에 의문을 제기하는 것은 〈아버지의 이름으로〉를 총체적으로 이해하는 데 있어 간과될 수 없는 측면으로 수용할 필요가 있다.

## V. 테러리즘 역사 다시쓰기

대부분 식민역사에서 식민자는 유럽, 아메리카 대륙에 있는 백인국가들이 주를 이루었다면 피식민자는 아프리카, 아시아, 남미 대륙에 위치한 유색인과 흑인 국가들에 해당되었다. 그러나 이러한 일반화 된 구도에서 예외를 보이는 관계가 영국/아일랜드, 일본/한국의 식민역사이다. 전자는 같은 문화권의 백인국가인 영국이 아일랜드의 백인을, 후자는 아시아권 황인종 국가인 일본이 같은 황인종 한국을 지배한 점에 비춰볼 때 여느 식민역사가 보이는 인종지배의 정형성을 탈피한다. 이들 국가는 '소위' 우월한 인종이 열등한 인종을 식민화 한다는 이분화 된 구도를 취하지 않기 때문이다. 게다가 영국과 일본은 각각 아일랜드와 한국을 지배하는 동안 숱한 악행을 서슴지 않았지만 아이러니컬하게도 오늘날 두 국가는 각각 신사의 나라, 아시아의 친절한 경제대국으로 통하고 있다. 두 국가를 향해 이렇게 고정되어 있는 평가와 시선들은 식민역사의 모순이 후대에 이르러 잘못 해석되고 있는 대표적인 아이러니가 아닐 수 없다.

쉐리단이 〈아버지의 이름으로〉를 통해 일깨우고자 하는 사안도 이처럼 식민주체의 과오가 뚜렷함에도 불구하고 현실과 전혀 다른 이미지로 포장된 국가적 현실이며 이로써 피해자가 테러리스트로만 한정된 불합리함에 관한 것이다. 이러한 주제를 바탕으로 이 영화는 아일랜드/영국이라는 국가공동체 내지는 민족주의라는 프레임, 식민주의 이데올로기의 잔상에 의한 가해자/피해자의 이분법을 뒤로 하고 과거 희생자의 목소리에 귀기울여 '진짜' 테러리스트가 누구인지를 되묻고 있다. 이를 통해 감독은 IRA 내지는 아일랜드인들을 테러리스트나 열등한 민족으로 등식화 한 영국인의 가치체계야말로 자신들이 그동안 공격적으로 비난했던 '테러리스트'가 되는 오류를 범했음을 주지시킨다.

이 영화에서만 보더라도 영국의 입장에서 자신들을 위협하는 테러리스트는 과거 식민역사를 거부할 뿐만 아니라 여전히 영국령을 벗어나고자 분투하는 IRA를 비롯한 급진성향의 아일랜드인들이다. 반대로 아일랜드의 입장에서 테러리스트는 과거 식민지배 시절부터 그들에게 부당한 권력을 행사해 온 영국이다. 이러한 양가적인 의미를 고려하여 영국을 향한 아일랜드인들의 테러사건을 해석하면, 테러사건 자체가 갖는 부당성에 공감할 수 있지만 동시에 영국의 대응행위에 무작정 동조할 수만은 없게 된다. 이는 바로 과연 역사에서 일어난 숱한 테러사건을 누구의 시선으로 인식해야 하는가에 관한 쉐리단의 고민과 일맥상통한다.

쉐리단이 초점화 한 '길포드 4인 사건'은 아일랜드를 향한 영국의 억압이 단지 눈에 보이는 물리적 차원에 그치지 않고 법과 제도까지 동원하여 전방위적으로 이뤄져 온 것을 피력한다. 이것이야말로 기존의 '정의'를 새롭게 재정립해야 할 필요성을 전달한다. 이러한 재정립의 과정은 테러리즘과 대항 테러리즘에 관한 윤리성의 문제 역시 재고하게 한다. 〈아버지의 이름으로〉가 "쉐리단이 강조하는 서사구조와 시각적인 스타일 때문에 정치적인 영화보다는 도덕적인 영화처럼 보인다"(McLoone 70)는 견해가 설득력 있어 보이는 것도 그러한 맥락을 반영하기 때문일 것이다.

지금까지 살펴본 것처럼, 쉐리단은 특정 인물인 게리의 일대기와 사건을 다룸으로써 테러리스트와 거리가 멀지만 무고하게 테러리스트로 구분되는 상황 자체가 그러한 메커니즘에 내재된 모순과 부조리를 전제하고 있음을 폭로하고 있다. 이러한 의도에서 감독은 식당에 폭탄을 투여한 진짜 폭파범들이 격한 행동을 하게 된 경위나 배경보다는 폭발사건과는 무관한 아일랜드인이 테러리스트로 지목되는 과정을 초점화 한다. 그럼으로써 이 영화는 아일랜드가 영국으로부터 숱한 억압과 횡포를 당한 사실이 명백함에도 불구하고 영국의 횡포는 묻히고 오히려 아일랜드인들의 불가피한 저항

투쟁은 곧바로 테러리스트 행위로 간주된 행태를 반박하고 있다. 그는 '테러리즘'을 둘러싼 모순된 메커니즘을 직시하면서 심지어 테러리스트와는 전혀 관련 없는 평범한 아일랜드인까지 어떻게 '테러리스트'라는 덫에 갇히게 되었는지를 성찰하고자 했던 것이다.

그러므로 서론에서 언급한 9.11 테러사건처럼 '길포드 4인 사건'을 형상화 한 〈아버지의 이름으로〉 역시 테러리즘을 둘러싼 양가적 입장과 정의에 귀 기울여 볼 것을 요청한다고 볼 수 있다. 쉐리단이 테러리스트로 누명을 쓴 '게리 콘론' 사건을 중심에 둔 것도 '가짜' 테러리스트 사건을 매개하여 테러리즘에 관한 양가적인 의미에 접근해 보고 역사에서 '진짜' 테러리스트와 가해자는 누구였고 그들로 인한 진짜 피해자는 누구였는지를 환기시켜 이미지에 가려진 결과 누락되고 왜곡된 실체를 들여다 보도록 유도하는 데 있을 것이다. 이러한 의미에서 〈아버지의 이름으로〉는 그동안 일방적인 주체에 의해 정의되어 온 테러리즘과 테러리스트에 대한 의미를 반박하고 그럼으로써 과거의 프레임에 경도되지 않도록 경계자적인 해석을 지향하는 계기를 마련해준 영화라 할 수 있다.

박지향. 『슬픈 아일랜드』. 서울: 새물결, 2008.

임준태, 이상식. 「테러방지법 입법 방향에 대한 소고: 영국의 테러관련법과 그에 대한 비판을 중심으로」. 『한국테러학회보』. 5.1 (2012). 168-83.

Barton, Ruth. *Jim Sheridan: Framing the Nation.* Dublin: The Liffey Press, 2002.

Conlon, Gerry. *Proved Innocent: The Story of Gerry Conlon of the Guildford Four.* Dublin: Plume, 1990.

Danie, Jessie. Irish-Americans, Racism and the Pursuit of Whiteness. *Racism Review* March 17, 2009.

(www.racismreview.com/blog/2009/03/17/irish-americans-racism-whiteness/)

Davis, Richard. "Convicting Terrorism: The Northern Ireland Example." Australia & New Zealand Law & History E-Journal 1 (2006): 1-7.

Hauser, Gerard A. ISSA Proceedings 2002 ‑ Aesthetic Arguments And Civil Society. *Rozenberg Quarterly.*

Ives-Allison, Nicole. "Irish Accents, Foreign Voices: Mediated Agency and Authenticity in *In the Name of the Father* and '*Fifty Dead Men Walking*'." *Journal of Terrorism Research* 4.1 (2013): 43-63.

McLoone, Martin. *Irish Film: The Emergence of Contemporary Cinema.* London: British Film Institute, 2000.

Pallister, David. *In the Name of Father.* Vertigo 1.3 (1994) <www.closeupfilmcentre.com/vertigo_magazine/volume-1-issue-3-spring-1994/in-the-name-of-the-father/>

Said, Edward. *Culture and Imperialism.* New York: Vintage, 1993.

Walker, Cliver. "Constitutional Governance and Special Powers Against Terrorism: Lessons from the United Kingdom's Prevention of Terrorism Acts." *Columbia Journal of Transactional Law* 35 (1997): 1-62.

Zizek, Slavoj. *Welcome to the Desert of the Real!: Five Essays on 11 September and Realated Dates.* New York: Verso, 2002.

※ 이 글은 「아일랜드 역사에서 '진짜' 테러리스트는 누구인가? ─짐 쉐리단의 『아버지의 이름으로』」. 『한국예이츠저널』 제53권 (2017): 411-431쪽에서 수정·보완함.

# 찾아보기

# 필자 소개

**김연민** | 전남대학교 영어영문학과 교수
- "Paul Durcan's Exphrasis: The Political Aesthetics of Hybridity"
- 「토마스 하디 시에 나타난 멜랑콜리 시학」

**김은영** | 전남대학교 영어영문학과 강사
- 「'사이'에서 '사이 바깥'으로 ─셰이머스 히니의 『산사나무 등』」
- 「일그러진 기억속의 가족 사진첩 ─엔라이트의 『개더링』」

**김은혜** | 전남대학교 영어영문학과 강사
- 「블룸의 욕망 추구를 통한 조이스의 아일랜드 성도덕 비판」
- 『「율리시스」에서 반영웅상의 사회비판』

**김현아** | 전남대학교 인문학 연구소 학술연구교수
- 『중심과 주변의 정치학: 폭력 윤리, 아이러니의 서사』
- 「갱스터리즘으로 이해하는 남아공 흑인사회 ─애솔 푸가드의 『초치』」

**민태운** | 전남대학교 영어영문학과 교수
- 『조이스의 더블린』
- 『조이스, 제국, 젠더 그리고 미학』

**박은숙** │ 전남대학교 영어영문학과 강사
- 「『젊은 예술가의 초상』에 나타난 배신의 주제」
- 「오셀로의 타자성」

**윤기호** │ 충북대학교 사범대학 영어교육과 교수
- 「예이츠 희곡 해석 서설」
- 「예이츠 희곡의 완성: 『연옥』 연구」

**윤정묵** │ 전남대학교 영어영문학과 명예교수
- 『예이츠와 아일랜드』
- 『예이츠의 작품에 나타난 성과 사랑, 그리고 정치』

**이명하** │ 전남대학교 영어영문학과 박사과정
- 「헨리 제임스의 『보스턴 사람들』에 나타난 대중문화의 등장과 그 성격」
- 「토마스 킹의 『푸른 초원, 흐르는 강물』에 나타난 가면 쓰기와 가면 벗기 ─라이오넬의 실수를 중심으로」